KB123311

조선후기 통신사 필담창화집 번역총서 12

問槎二種 畸賞

문사이종 기상

조선후기 통신사 필담창화집 번역총서 12

問槎二種 畸賞

문사이종 기상

기태완 역주

보고사

이 역서는 2008년도 정부재원(교육과학기술부 학술연구조성사업비)으로 한국연구재단의 지원을 받아 연구되었음(KRF-2008-322-A00073)

이 번역총서는 2012년도 연세대학교 정책연구비(2012-1-0332) 지원을 받아 편집되었음.

차례

◇ 문사이종 기상 권하 問槎二種 畸賞 卷下

◇ 영인자료 [우철]

조선후기 통신사 필담창화집 번역총서를 간행하면서 / 457

일러두기

1. 통신사 필담창화집 번역총서는 제1차 사행(1607)부터 제12차 사행(1811) 까지, 시대순으로 편집하였다.

2. 각권은 번역문, 원문, 영인자료(우철)의 순서로 편집하였다.

3. 300페이지 내외의 분량을 한 권으로 편집하였으며, 분량이 적은 필담 창화집은 두 권을 합해서 편집하고, 방대한 분량의 필담창화집은 권을 나누어 편집하였다.

4. 번역문에서 일본 인명과 지명은 한국 한자음 그대로 표기하고, 처음 나오는 부분의 각주에 일본어 발음을 표기하였다. 그러나 번역자의 견 해에 따라 본문에서 일본어 발음대로 표기를 한 경우도 있다.

5. 번역문에서 책명은 『 』, 작품명은 「 」로 표기하였다.

6. 원문은 표점 입력하였는데, 번역자의 의견에 따라 표기하는 것을 원칙 으로 하였지만, 가능하면 한국고전번역원에서 정한 지침을 권장하였 다. 이 경우에는 인명, 지명, 국명 같은 고유명사에 밑줄을 그어 독자 들이 읽기 쉽게 하였다.

7. 각권은 1차 번역자의 이름으로 출판되었는데, 최종연구성과물에 책임 연구원과 공동연구원의 이름이 반드시 들어가야 한다는 한국연구재단 의 원칙에 따라 최종 교열책임자의 이름으로 출판되는 책도 있다.

8. 제1차 통신사부터 제12차 통신사에 이르기까지 필담 창화의 특성이 달라지므로, 각 시기 필담 창화의 특성을 밝힌 논문을 대표적인 필담 창화집 뒤에 편집하였다.

문사기상(問槎畸賞)

『문사기상』을 표지에서는 '문사이종(問槎二種) 기상(畸賞)'이라 했다. 이는 "『문사기상』과 『광릉문사록』을 합하여 『문사이종』이라 한다."고 한 것이다.

『문사기상』은 추이정(秋以正)이 편집하고, 길유린(吉有鄰)이 교정을 한 일본목판본 3책이다. 전중성(田中省)의 서문과 길유린과 남곽복원교(南郭服元喬)의 발문이 있다.

내용은 1711년 사행 때, 여러 일본인들이 조선의 정사 조태억(趙泰億)·부사 임수간(任守幹)·종사관 이방언(李邦彦) 등 삼사와 제술관 이현(李礥)과 장서기(掌書記) 홍순연(洪舜衍)·엄한중(嚴漢重)·남성중(南聖重) 등과 수창한 시문들을 모아놓은 것이다.

상권은 일본의 장주추부기실(長州萩府記室) 주남(周南) 현효유(縣孝孺)와 진주(津州) 부전인(富田人) 강겸통(江兼通)의 시문이 조선 삼사 및 3서기와 대주서기(對州書記) 우삼방주(雨森芳洲)의 시문과 함께 실려 있다. 1711년 8월 29일 조선사행이 장주(長州) 적간관(赤間關)에 정박했을 때의 수창 및 기증한 작품들이다.

중권은 동도인(東都人) 안등환도(安藤煥圖)와 추이정(秋以正)의 시문

이 조선 삼사 및 3서기의 시문과 함께 실려 있는데, 여기에 적생조래(荻生徂徠)의 편지 1통과 현효유(縣孝孺)의 편지 2통이 부재(附載)되어 있다. 1711년 10월 19일 조선사행이 동도(東都)로 들어가서 본원사(本願寺)에 묵고 있을 때의 수창 및 기증한 작품들이다.

하권은 현효유(縣孝孺)와 예주목(豫州牧) 기향등후(期香藤侯)의 시문이 조선 삼사 및 3서기의 시문과 함께 실려 있는데, 여기에 적생조래(荻生徂徠)의 시 5편이 부재되어 있다. 1711년 11월 조선사행이 동도를 떠나 귀로에 올라서, 12월에 다시 낭박(浪泊)에 머물 때의 수창한 시문들이다.

『문사기상』에 참여한 일본인들은 모두 목하순암(木下順庵, 1621~1698)과 적생조래(荻生徂徠, 1666~1728)의 문하들로서 당시 일본을 대표하는 문인들이었다.

『문사기상』에서 특히 주목되는 것은 적생조래가 권점을 찍고, 비평을 가하고 있다는 점이다. 그런데 그 비평은 본국인에게는 칭송 일변도이고, 조선인들에게는 거의 혹평이었다. 그는 「다시 현생에게 답한 편지(又答縣生書)」에서 "제가 처음 낭화(浪華)에서의 서신을 받고, 족하께서 적관(赤關)에서 승첩한 것을 알았습니다. 한사(韓使)가 도하(都下)에 머물게 되자, 사람들이 관소(館所)를 다녀왔는데, 점차 객관 중의 말을 전해서 또한 족하의 한 승첩을 알았습니다. 공업이 이미 동쪽 제후(諸侯) 중에서 으뜸입니다. 동벽(東壁)은 마른 양식을 쌀 수 없어서 결국 서쪽으로 가지 못하고, 겨우 한 화살을 서로 가하여 객관 중에 남겨놓았을 뿐입니다. 저는 족하가 있어서, 동벽이 남았다고 여깁니다. 한쪽 군사를 서쪽으로 내어서 큰 바다 위에서 맞이하니, 이미 그

혼백을 빼앗을 수 있었습니다. 추적하여 배 안에서 도전하니, 한 마디의 상수(相酬)도 낼 수 없었으니, 어찌 서로 겨룰 수 있겠습니까? 동쪽으로 2천리를 달려오며, 천식(喘息)을 잇지 못했으니 멀다면 멀다고 하겠습니다. 그 두근거림이 점차 안정되려 할 때 동벽의 금복고(金僕姑)가 바람소리를 내고, 또한 그 장막에 비 오듯 모였습니다. 한인(韓人)이 거듭 그 승부를 굴한 것은 물론이고(적생조래는 '용호(龍湖)의 편지 중에 재배(再拜)라는 말이 있었다.'고 했다) 곧 송(松)과 우(雨) 두 사람도 또한 성의를 다하여 투항하느라 겨를이 없었습니다."라고 하며, 조선사행과의 수창을 전쟁으로 표현했다.

남곽복원교(南郭服元喬) 또한 발문에서 "우리 무리의 제군(諸君)들이 문장(文場)을 한 번 뒤흔들었는데, 그러나 삼한(三韓)의 제자(諸子)들은 조용하게 오히려 듣지 못한 듯하였다"라고 조선사행의 인사들을 귀머거리로 폄하했다. 이처럼 적생조래와 남곽복원교는 일본인들의 시문이 조선인들보다 낫다는 자부심을 드러내고 있었다.

문사이종 기상 권상

問槎二種 畸賞 卷上

문사이종 기상

문사기상서(問槎畸賞叙)

홀로 외롭게 잠을 이루지 못하고, 『남화경(南華經)』[1]을 암송하며 나른함을 감은 눈에 의지하고 있는데, 갑자기 문 밖에 발걸음소리가 몹시 요란하게 들렸다. 친구 중에 『문사기상(問槎畸賞)』을 가지고 온 자가 있었다. 책을 펴고 사물이 취한 비유를 지적했는데, 그 뜻이 한인(韓人)의 마음을 욕보여서 들춰내 제거하려는 듯했다. 내가 시렁 위를 가리키며 말하기를 "『남화경』을 들어서 비유하고자 합니다. 동벽(東壁)[2]의 문(文)은 왕왕양양(汪汪洋洋)[3]하여 거의 끝이 없습니다. 하백(河伯)[4]이 없다면 어떻게 동해약(東海若)[5]을 보겠습니까? 차공(次公)[6]의 시는 모장(毛嬙)과

---

1 『남화경(南華經)』: 『장자(莊子)』의 이칭.
2 동벽(東壁): 일본인 동야(東野), 성은 안등(安藤), 이름은 환도(煥圖), 자는 동벽(東壁), 또 다른 자는 이우(二右), 아문(衙門) 동도인(東都人).
3 왕왕양양(汪汪洋洋): 문장의 뜻과 이치가 깊고 넓으며 기세가 혼후(渾厚)하고 웅건한 모양.
4 하백(河伯): 전설속의 하신(河神). 『莊子·秋水』에 "於是焉, 河伯欣然自喜, 以天下之美爲盡在己"라고 했음.
5 동해약(東海若): 해약(海若)은 전설속의 해신(海神). 『莊子·秋水』에서는 북해약(北

여희(麗嬉)[7]처럼 천추(千秋)를 압도하여 아름다움을 가릴 수 없는데, 시골여자의 봉심(捧心)[8]이겠습니까? 추생(秋生)[9]과 강생(江生)[10]은 염염첨첨(炎炎詹詹)[11]하니, 아마 번갈아서 군신(君臣)이 되려는 것입니까? 등후(藤侯)가 마음을 지어냄은 오히려 고야신인(姑射神人)[12]이 세속의 밖에서 아름다운듯합니다. 만물을 병들지 않게 하고 한 해의 곡식을 성숙하게 하는데, 이것이 그 직분입니다. 그 먼지나 쭉정이로도 오히려 삼당(三唐)[13]을 도주(陶鑄 : 배양)할 수 있는데, 하물며 한인이겠습니까? 비록 그러하나 이들은 모두 오히려 바람과 방불함이 있으니, 그 봉봉연(蓬蓬然)[14]한 것이 우리 조래(徂徠)[15] 선생이 풀무질하던 중에 일어나지 않겠

海若)이라고 했음.

6 차공(次公) : 일본인 주남(周南). 성(姓)은 산현(山縣), 이름은 효유(孝孺), 자는 차공(次公), 일자(一字)는 소개(少介), 장주추부기실(長州萩府記室).

7 모장(毛嬙)과 여희(毛嬉) : 모두 고대 미인의 이름. 모장은 춘추시대 월(越)나라 미녀로서 월왕(越王) 구천(句踐)의 애첩이라고 하며, 여희는 진(晉)나라 헌공(獻公)의 폐첩(嬖妾)이었음.

8 봉심(捧心) : 춘추시대 미녀 서시(西施)가 심장의 통증이 있어서 항상 심장을 감싸고 눈썹을 찡그렸는데, 이웃의 추녀가 서시의 그러한 자태를 몹시 아름답다고 생각하여 그 흉내를 냈는데 더욱 추함을 드러냈다고 함. 졸렬한 모방을 말함.

9 추생(秋生) : 일본인 수계(須溪). 성은 추(秋), 본명은 이정(以正), 자는 자수(子帥), 또 다른 자는 희내(喜內), 동도인(東都人).

10 강생(江生) : 일본인 약수(若水). 성은 입강(入江), 이름은 겸통(兼通), 자는 자철(子徹), 진주(津州) 부전인(富田人).

11 염염첨첨(炎炎詹詹) : 문장이 아름다운 모양.『莊子·齊物論』에 "大言炎炎, 小言詹詹"이라고 했는데, 성현영(成玄英)의 소(疏)에 "염염(炎炎)은 맹렬(猛烈)함이고, 첨첨(詹詹)은 사비(詞費)이다"라고 했음.

12 고야신인(姑射神人) : 전설속의 막고야산(藐姑射山)에 산다는 신인(神人).『莊子·逍遙遊』에 "藐姑射之山有神人居焉, 肌膚若氷雪, 綽約若處子"라고 했음.

13 삼당(三唐) : 초당(初唐)·성당(盛唐)·만당(晩唐). 당시(唐詩)를 말함.

습니까? 요컨대 격학(激謞)·질흡(叱吸)·규호(叫譹)·요교(宎咬)·우우(于喁)[16] 등이 어찌 자연의 온갖 소리가 만 골짜기에 부는 것이 아니겠으며, 지리소(支離疏)[17]가 배꼽에 턱을 감추고, 쥔 손가락을 머리에 모으고, 애태타(哀駘它)[18]가 추악함으로써 천하를 놀라게 한 것이 아니겠습니까? 어찌 모두가 문사(問槎)의 기상(畸賞)이 아니겠습니까? 또한 어찌 욕보임이 있겠습니까?"라고 했다. 나와 같은 자는 처음에는 약야(躍冶)[19] 중에서, 지금은 유번(遊樊)[20] 중에서, 천리를 어긴 형벌로써 옹종(擁腫)하게 재목감이 되지 못하니, 우리 무리에서 저력(樗櫟)[21]이라고 말할 만하다. 이러하므로 어찌 이 편(篇)을 마땅히 장수하게 하겠는가? 친구에게 권말(卷末)에 발문을 쓰게 했기 때문에, 내가 외람되게 편단(篇端)에 제(題)를 쓰게 되었다. 친구는 남곽복원교(南郭服元喬)[22]이다.

---

14 봉봉연(蓬蓬然) : 바람이 불어 움직이는 모양. 『莊子·秋水』에 "今子蓬蓬然起於北海, 蓬蓬然入於南海"라고 했음.

15 조래(徂徠) : 적생조래(荻生徂徠, 1666~1728). 강호(江戶) 사람. 필명(筆名)은 무진조래(武津徂徠). 일본의 유명한 유학자이며 문인이었음.

16 격학(激謞)·질흡(叱吸)·규호(叫譹)·요교(宎咬)·우우(于喁) : 온갖 바람소리들을 말함.

17 지리소(支離疏) : 『장자(莊子)』에 나오는 우언(寓言)의 인물. 지체(肢體)가 기형(畸形)이어서 세상에 보탬이 없으면서 진휼을 받아서 사는 인물.

18 애태타(哀駘它) : 춘추시대 위(衛)나라 사람. 추악함으로써 사람들을 놀라게 했음.

19 약야(躍冶) : 자신을 능력이 있다고 여기고, 구용(求用)에 급함을 말함.

20 유번(遊樊) : 유번(遊藩). 제후의 왕부(王府)에서 벼슬하는 것.

21 저력(樗櫟) : 가죽나무와 상수리나무. 큰 재목감이 되지 못하는 나무를 말함.

22 남곽복원교(南郭服元喬) : 복부남곽(服部南郭 : 핫도리난가쿠, 1683~1759). 경도(京都) 사람. 이름은 원교(元僑)·겐코오), 자는 자천(子遷), 호는 남곽(南郭)·부거관(芙蕖館)·주설(周雪). 적생조래(荻生徂徠)에게 배웠다. 관직은 유택후(柳澤侯 : 柳澤吉保, 야나기사와요시야스)의 유관(儒官)를 지냈다. 관직에서 물러난 후 강호(江戶)에서 숙사(塾舍)를 열고 교수했다. 시문으로 한 시대를 풍미했다. 저서가 많이 전한다. 보력(寶曆)

정덕언묵집서세(正德言默執徐歲), 질현일(窒玄日), 상현(上弦) 밤에 운화
도인(雲華道人) 전중성성오(田中省省吾)[23]가 쓰다.

9년 77세로 죽었다.
23 운화도인(雲華道人) 전중성성오(田中省省吾) : 전중동강(田中桐江). 출우(出羽) 사람.
성은 성(省), 자는 성오(省吾), 통칭(通稱)은 평우위문(平右衛門)·청태부(淸太夫), 호는
운화도인(雲華道人). 나중에 성을 부(富), 이름을 일(逸), 자를 일휴(日休), 호를 동강(桐
江)으로 바꾸었다. 산록등조(山鹿藤助)에게 병학(兵學)을 배우고, 병학으로써 갑비번주
(甲斐藩主) 유택후(柳澤侯)에게 출사했다. 간신을 죽이고 오주(奧州)로 도망갔다. 향보
(享保) 9년에 지전(池田)에 은거하여 오강사(吳江社)를 설립하여 풍아(風雅)르 창도했
다. 경학은 정주(程朱)를 종으로 삼았고, 시에 뛰어났다. 적생조래(狄生徂萊)와 교유했
다. 관보(寬保) 2년에 75세로 죽었다. 저서로『기산상풍고(箕山賞楓稿)』·『오강수운(吳
江水韻)』 등이 있다.

문사이종 기상 권상

수계(須溪) 추이정자수보(秋以正子帥甫) 집(輯)
고산(孤山) 길유린신재보(吉有鄰臣哉甫) 교(校)

정덕(正德) 연간 신묘년과 임진년이 교차되던 때 고구려(高句麗)[24]가 동도(東都)로 수빙(修聘)을 왔다. 그 사인(使人)은 조태억(趙泰億)[25]과 임수간(任守幹)[26]이고, 종사(從事)는 이방언(李邦彦)[27]이고, 제술관(製述官)은 이현(李礥)[28]이고, 장서기(掌書記)는 홍순연(洪舜衍)[29]·엄한중(嚴漢重)

---

24 고구려(高句麗) : 조선을 말함.

25 조태억(趙泰億, 1675~1728) : 본관은 양주(楊州). 자는 대년(大年), 호는 겸재(謙齋)·태록당(胎祿堂). 1702년(숙종 28) 식년문과에 급제하여 검열·지평·정언·북평사(北評事)·수찬·부교리 등을 지냈다. 1707년 문과중시에 급제하고, 이듬해 문학·교리를 지낸후 이조정랑을 거쳐 우부승지에 올랐다. 이듬해 철원부사로 나갔다가 1710년 대사성에올라 통신사로 일본에 다녀왔다. 1712년 왜인의 국서(國書)가 격식에 어긋났다는 이유로문외출송(門外黜送)되었다가 이듬해 풀려나왔다. 좌의정을 지냈다.

26 수간(任守幹, 1665~1721) : 본관은 풍천(豊川). 자는 용여(用汝), 호는 돈와(遯窩). 1710년 통신부사가 되어 일본에 파견되었으나 대마도주의 간계에 속아 투옥, 파직되었다. 나중에 승지를 지냈다.

27 이방언(李邦彦) : 본관은 전주. 자는 미백(美伯), 호는 남강(南岡). 우부승지를 지냈다.

28 이현(李礥, 1654~?) : 본관은 안악, 자는 중숙(重叔), 호는 동곽(東郭), 1675년에 진

·남성중(南聖重)이다. 좇아온 자들은 모두 저들 중에서 사화(詞華)로 선발된 자들이다. 이쪽의 조고사(藻觚士 : 문인)들이 해서(海西)에서 동관(東關)[30]에 이르기까지 의모전취(蟻慕羶聚)[31]가 있는 곳에 구름 같은 오리 떼처럼 오염된 고기를 서로 자랑했다, 대개 습속이 시킨 바인데, 요컨대 또한 승평시절의 한 구경거리였다. 우리 무리의 호사가들도 이에 점차 일어나서 그들을 시험하려는 자들이 있었는데, 일을 마친 후 모두 우리 사중(社中)에 원고를 부쳐서 서로 보였다. 선후로 이어져 쌓여서 상자 밑이 기울었다. 길생(吉生)과 추생(秋生)이 와서 정리했는데, 자못 권질(卷帙)을 이루었다. 한가한 때에 펼쳐 완상해보니, 내가 접때 이른 바 부용산(芙蓉山 : 富士山)의 백설(白雪)의 색이 스스로 먼 곳 사람에게 존경을 일으킬 만하다는 것이었다. 매번 절도처(絕倒處)[32]에 이르면, 곧 모영(毛穎)[33]을 불러서 짧은 말로 칭찬했다. 칭찬을 마침으로써 스스로의 부화함을 아뢰게 되었다. 가령 적선(謫仙)[34]을 여기에

사, 1693년에 문과 장원, 1697년에 문과중시급제(文科重試及第). 태상통판첨정(太常通判僉正), 지부원외랑(地部員外郞)을 지내고, 안릉(安陵) 현감 역임. 1711년 통신사 제술관(製述官)으로 일본에 다녀왔다.

29 홍순연(洪舜衍, 1653~?) : 본관은 남양, 경호는 그의 호, 자는 명구(命九). 1677년에 생원(生員), 1705년에 문과(文科) 급제하여 흥덕군수(興德郡守)가 되었다. 1711년에 일본 통신사 정사서기로 갔으며, 그 이후 중국사행(中國使行)에 제술관(製述官)으로 갔다가 돌아오지 못했다.

30 동관(東關) : 동도(東都)의 관문.

31 의모전취(蟻慕羶聚) : 개미들이 누린내를 바라며 모인 곳. 사신들이 향해 가는 곳을 말함. 『莊子 · 徐无鬼』에 "羊肉不慕蟻, 蟻慕羊肉, 羊肉羶也"라고 했음.

32 절도처(絕倒處) : 큰 웃음을 스스로 참을 수 없는 곳.

33 모영(毛穎) : 모필(毛筆)의 이칭.

34 적선(謫仙) : 당나라 이백(李白).

오게 하더라도, 조경(晁卿)[35]이 오히려 있다고 말할 것이다. 오히려 힘써 관배(眢褙)를 짓는다면, 후인(後人)들이 병들어 나른한 늙은이를 거동하게 할 것이다. 또한 옆에다가 승패를 기록하여 갈채(喝采)를 했는데, 어찌 우리 무리의 기양(技癢)[36]에 대한 꾸짖음을 더욱 더해주지 않겠는가? 중추(中秋) 익일에 조래자(徂徠子)[37]가 적다.

신묘년 가을 8월 29일, 사신의 배가 장문주(長門州) 적간관하주(赤間關下州) 후실관(侯實館)에 정박했다. 그날 밤에 주남(周南) 현효유(縣孝孺)가 주문학(州文學) 좌진아(佐眞雅)·좌축왕(佐縮往)·초거경(草居敬) 등과 함께 그들을 보았다. 4경(更)에 갔다가, 5경에 헤어졌다. 현생(縣生)의 필화(筆語) 6조(條)와 시를 함께 나중에 배 안에 보낸 것이 모두 34수이고, 편지가 2수이다. 한객(韓客)과 대주서기(對州書記) 우방주(雨芳洲)[38]

---

35 조경(晁卿) : 일본인 안배중마려(安倍仲麻呂)를 당나라에서 부르던 이름. 당(唐)나라 개원(開元) 5년(717)에 일본의 9차 견당사(遣唐使) 일행으로 와서 공부를 한 후 당나라에서 벼슬을 했음. 좌보궐(左補闕)과 좌산기상시(左散騎常侍) 등을 지냈음. 이백(李白)과 왕유(王維) 등과 친했다.

36 기양(技癢) : 예술인이 우연한 기회를 만나 성급하게 표현하고자 하는 것.

37 조래자(徂徠子) : 적생조래(荻生徂徠 : 오규우소라이, 1666~1728). 강호(江戶) 사람. 이름은 쌍송(雙松 : 나베마츠), 자는 무경(茂卿), 통칭은 총우위문(總右衛門). 호는 조래(徂徠)·훤원(蘐園)·적성옹(赤城翁). 별칭은 물조래(物徂徠). 임봉강(林鳳岡)에게 배웠다. 관직은 군산유택후유(郡山柳澤侯儒)를 지냈다. 처음에는 주자(朱子)를 신봉했으나 나중에 자신의 견해를 세워서, 선유(先儒)의 설을 모두 배격하였다. 명나라 이반룡(李攀龍)을 본받아 고문사(古文辭)을 배웠다. 향보(享保) 13년 63세로 죽었다. 수많은 저서가 전한다.

38 우방주(雨芳洲) : 우삼방주(雨森芳洲 : 아메노모리호오슈우, 1668~1755). 본명은 준량(俊良 : 노부요시) → 등오랑(藤五郎 : 도고로) → 동오랑(東五郎 : 도고로) → 성청(誠淸 : 노부키오), 호는 방주(芳洲), 자는 (伯陽), 조선이름은 우삼동(雨森東)임. 중국어, 조선어에 능통해서 에도시대 중기 일본을 대표하는 유학자. 쓰시마번(對馬藩)을 섬겼으

와 송하소(松霞沼)[39]의 시가 모두 10수인데, 그 해 11월에 사중(社中)으로 가져왔다.

○ 필화(筆語)   주남(周南)

시절이 맹렬한 가을이어서 풍파(風波)가 쉽게 일어나는데, 다만 하늘의 보살핌이 두 나라에 있었습니다. 돛대와 돛이 탈 없이 엄연(儼然)이 여기에 임하였으니, 도리어 또한 사화(使華 : 사자)의 성대한 의절을 감히 축하드립니다.

사신의 행열(大斾)이 동쪽으로 갔다는 소식을 듣고부터 매일 간절히 바라보았습니다. 넓은 사랑의 나머지에 문득 용접(容接)을 받으니 피운(披雲)[40]의 소원이 여기서 이루어졌습니다. 감대(感戴)[41]힘이 어

며 조선과의 우호를 위한 실무에 종사했다. 1698년 조선방좌역(朝鮮方佐役 : 조선담당부보좌역)을 임명받고, 1702년 부산에 건너가, 1703년부터 1705년까지 부산의 왜관에 체재했다. 이 기간 동안 조선측의 일본어사전『왜어유해(倭語類解)』의 편집에 협력하고, 조선어 입문서『교린수지(交隣須知)』를 제작했다. 1711년에는 도쿠가와 이에노부(德川家宣)의 취임을 축하하는 조선통신사를 에도(江戶)에까지 수행했으며, 1719년 도쿠가와 요시무네(德川吉宗) 취임을 축하하기 위한 통신사를 에도까지 수행했다. 목하순암(木下順庵)의 문하생이다.

39 송하소(松霞沼) : 송포하소(松浦霞沼 : 마쓰우라 가쇼, 1676~1728). 에도(江戶) 중기 쓰시마(對馬) 후츄번(府中藩)의 유자(儒者). 자(字)는 정향(禎卿), 호는 (霞沼)임. 목하순(木下順庵 : 기노시타 순안)의 문하에서 수학했으며 특히 시문에 재능을 발휘했다. 같은 목하순암의 문하인 우삼방주(雨森芳洲)와 특별히 친분이 깊었다. 편저(編著)『조선통교대기(朝鮮通交大紀)』(1725)는 중세부터 1716년까지 쓰시마와 조선과의 관계를 기술한 것으로 특히 임진왜란 이후의 부분은 사료적 가치가 높은 것으로 평가받고 있다.

40 피운(披雲) : 경사(敬詞). 왕림해주심이 마치 하늘에서 내려온 것 같다는 의미.

41 감대(感戴) : 감격하고 존숭함.

찌 다하겠습니까? 제군(諸君) 안하(案下).

(선성(先聲)이 스스로 특별하여 과연 주태사(周太師)[42]의 행군(行軍) 때의 효시(嚆矢)이다.)

○용호 엄공 안하에 받들어 올리다
龍湖嚴公案下

주남(周南)

적목관 서쪽 고운 숲의 가을	赤目關西玉樹秋
긴 바람이 목란주[43]를 불어 보내네	長風吹送木蘭舟
누가 바다 위 봉호[44]의 달빛을 아는가?	誰知海上蓬壺月
모두 시인의 비장 속으로 들어가 흐르네	總入詩人脾裏流

(용호(龍湖)가 적(敵)에 불과함을 일찍 알았다.)

○주남께서 보여준 운을 받들어 화답하다
奉和周南示韻

용호(龍湖)

| 귤나무 단풍 숲의 바닷가 가을인데 | 橘樹楓林海上秋 |
| 석양의 창주(滄洲)[45]에 돌아가는 배를 머물었네 | 滄洲斜日住歸舟 |

---

42 주태사(周太師) : 주(周)나라 태사. 태사는 삼공(三公 : 太師·太傅·太保) 중의 한 관직.
43 목란주(木蘭舟) : 목란으로 만든 배. 흔히 배의 미칭으로 사용함.
44 봉호(蓬壺) : 봉래(蓬萊). 전설 속의 삼신산 중의 하나.
45 창주(滄洲) : 물가 지역. 흔히 은거지를 가리킴.

신선 땅에서 가는 곳마다 승경지를 다 찾으니　　仙區到處窮探勝
큰 파도를 다 지나서 온화한 흐름 같네　　歷盡驚濤似穩流

○주남 사백께 받들어 올리다
奉贈周南詞伯
동곽(東郭)

태사의 문장이 풍부하고　　太史文章富

(이는 남의 별호(別號)를 아름답게 사랑해 준 것인데, 설(說)이 심하다.)

빼어난 재간이 이전[46]에 참여했네　　奇才二典參
그대를 알고 몹시 경앙하니　　知君深景仰
주남이라 호를 지었기 때문이네　　所以號周南

○동곽 이공이 주신 운에 차운하여 받들어 사례하다
次韻奉謝東郭李公贈韻
주남(周南)

황공하게도 고아한 노래를 내려주셨는데 감당할 수가 없습니다.
이른 바 〈양춘(陽春)〉과 〈백설(白雪)〉곡[47]은 용이하게 화답할 수 없다

---

46 이전(二典): 『상서(尙書)』의 「요전(堯傳)」과 「순전(舜傳)」.
47 〈양춘(陽春)〉과 〈백설(白雪)〉곡: 춘추전국 시대 초(楚)나라 도성 영(郢)의 노래인데 고아하여 화답하는 자가 드물었다고 함.

는 것입니다. 잠시 비리한 정성을 펴서 받들어 사례할 뿐입니다.

시의 맛이 선승[48]과 같아서	詩味如禪乘
용렬한 재간이 끝내 참여하지 못하네	庸才終未參
문성[49]의 빛이 말과 같아서	文星光似斗
하룻밤에 하늘 남쪽을 비추네	一夜照天南

○우연히 한 절구를 지어서 석상에 받들어 기록하고, 여러 군
자들에게 화답을 요구하다
偶占一絶, 奉錄席上, 諸君子要和

경호(鏡湖)

남아는 천지에서 지음을 귀하게 여기니	男兒天地貴知音
초나라 월나라는 비록 다르나 단금지계[50]를 맺을 수 있으니	
	楚越雖殊可斷金
푸른 바다의 이방에서 담개[51]를 기울이고	滄海異邦傾郯蓋
한 등불 아래 밤 깊은데 세심히 마음 논하네	一燈夜深細論心

48 선승(禪乘) : 불교에서 말하는 수행방법과 교의(敎義).
49 문성(文星) : 문창성(文昌星). 문재(文才)를 주관한다고 함.
50 단금지계(斷金之契) : 쇠라도 자를 만큼의 굳은 약속을 말함. 매우 두터운 우정을 말함.
51 담개(郯蓋) : 담(郯)나라 수레 덥개. 담은 춘추시대 나라 이름. 지금의 산동성(山東省)
담성현(郯城縣) 서남 경계 지역. 여기서는 조선 사신의 수레를 말함.

○경호 홍공이 보인 운을 받들어 화답하다
奉和鏡湖洪公示韻

주남(周南)

기역[52]에 대아[53]의 음이 남아있어서	箕域有存大雅音
여러 분들의 빼어난 가락이 찬 쇳소리를 울리네	諸君絶調響寒金
상봉하여 청담을 못하는 것을 어찌 원망하랴?	相逢何怨淸談背
붓을 휘둘러 한조각 마을을 적어 오네	揮筆點來一片心

○필화(筆語)

주남(周南)

시는 뜻을 말하는 것으로써 짓고, 문은 도를 싣는 것으로써 짓는 것은 참으로 사대부가 시급히 해야 할 일입니다. 이른 바 경국대업(經國大業)이며 불후성사(不朽盛事)[54]라고 했습니다.(붓을 대자 곧 찬란함을 얻었다. 문(文)이 사유(思惟) 위에 있지 않다.) 그러나 세대에는 성쇠가 있고, 사람에게는 교졸(巧拙)이 있습니다. 만약 정밀하게 논하고 상세하게 변별하지 않는다면 우리가 무엇이겠습니까? 이런 까닭에 육경(六經)[55]의 고문(古文) 이후로 역대의 문에 대하여 선유(先儒)들이 모두 평

---

52 기역(箕域) : 기자(箕子)의 강역. 조선을 말한 것임.

53 대아(大雅) : 『시경』의 대아(大雅). 시가(詩歌)의 정성(正聲)을 말함.

54 경국대업 …… 불후성사(不朽盛事) : 삼국(三國) 위(魏)나라 조비(曹丕)의 『전론(典論)·논문(論文)』에 "문장은 경국의 대업이고, 불후한 성대한 일이다(蓋文章經國之大業, 不朽之盛事)"라고 했음.

55 육경(六經) : 『역경(易經)』·『서역(書經)』·『시경(詩經)』·『춘추(春秋)』·『예기(禮記)』·『악기(樂記)』.

론을 했습니다.(우리 중에 누가 좇을 것인가) 당(唐)나라 송(宋)나라 무렵
에는 문학이 더욱 성대해져서, 양공(良工)과 거장(巨匠)들이 종적을
나란히 하여 무리로 나왔습니다. 그 중에 시에는 이백(李白)·두보(杜
甫)·소식(蘇軾)·황정견(黃庭堅)[56]이 있고, 문에는 팔대가(八代家)[57]가
있습니다. 학자들은 자료로 삼아서 방원(方圓 : 준칙)을 이루었는데,
오히려 해와 달과 여러 별들의 관계처럼 모두 남은 빛을 받들었습니
다.(눈은 동남쪽을 보는데 마음은 서북쪽에 있다.) 명(明)나라 때에 이르러서
사걸(四傑)[58]이란 자들이 나왔는데, 오로지 고문(古文)으로써 사걸이
라 불리었습니다. 왕세정(王世貞)과 이반롱(李攀龍)[59]이 성대함을 이
루어서, 풍격(風格)과 체재(體裁)가 다시 사자(四子)와 팔가(八家)의 옛
것이 아니었지만, 재능이 뛰어나고 우뚝이 탁출(卓出)했습니다.(옳지
않을 수 없다.) 또한 원중랑(袁中郎)과 종백경(鍾伯敬)[60]의 무리가 있는

---

56 이백(李白)·두보(杜甫)·소식(蘇軾)·황정견(黃庭堅) : 이백과 두보는 당나라 성당(盛
  唐) 시인들이고, 소식과 황정견은 북송의 시인들임.
57 팔대가(八代家) : 당송팔대가. 당(唐)나라의 한유(韓愈)·유종원(柳宗元), 송(宋)나라의
  구양수(歐陽修)·소순(蘇洵)·소식(蘇軾)·소철(蘇轍)·증공(曾鞏)·왕안석(王安石) 등 8
  명의 산문작가의 총칭.
58 사걸(四傑) : 명나라 변공(邊貢), 이몽양(李夢陽), 하경명(何景明), 서정경(徐禎卿)을
  명나라 사문호(四文豪)라고 함.
59 왕세정(王世貞)과 이반롱(李攀龍) : 왕세정(1526~1590)은 자가 원미(元美), 호는 봉주
  (鳳洲)·엄주산인(弇州山人). 형부상서를 지냈고, 시문으로 저명하여 후칠자(後七子) 중
  의 한 사람이었음. 이반롱(1514~1570)은 자가 우린(于鱗), 호는 창명(滄溟)이고, 왕세정
  과 함께 고문사(古文辭)를 중시하고, 문(文)은 진한(秦漢), 시(詩)는 성당(盛唐)을 주장
  하였다. 후칠자 중의 한 사람이었음.
60 원중랑(袁中郎)과 종백경(鍾伯敬) : 원중랑은 원굉도(袁宏道)이고, 종백경은 종성(鍾
  惺)임. 원굉도(1598~1610)의 자는 중랑(中郎), 호는 석공(石公)이며, 형 종도(宗道)와
  아우 중도(中道)와 함께 삼원(三袁)으로 불린다. 이들 혁제들은 공안파(公安派)를 창시

데, 스스로 규구(規矩 : 법도)를 지어서 별도로 일가(一家)를 세우고, 전고(前古)의 자취를 밟지 않는 것을 아름다움으로 삼았습니다.(단지 선인(善人)인데 무엇으로써 문장을 짓겠는가?) 이후 문장가에 두세 파가 있게 되었습니다. 귀국(貴國)은 문교(文敎)의 융성함이 중엽(中葉) 이래 중국과 백중(伯仲)했고,(반드시 그렇지는 않다.) 성대한 조정이 용흥(龍興)[61]하여 다스림의 교화가 더욱 밝아져서 인재들이 울창하게 일어나니, 청구(靑丘)[62]의 표수(表數) 천리의 영령(英靈)[63]한 조고자(藻舳者 : 문인)들이 어찌 한계가 있겠습니까? 그 숭상하는 바가 반드시 동일하지 않을 것입니다. 그러나 한 시대에는 한 시대의 풍속이 있고, 한 고을에는 한 고을의 풍속이 있습니다, 비록 준걸(俊傑)한 자라도 벗어날 수 없을 것입니다. 지금의 성대한 것이 당나라 송나라에 있는 것인지, 명나라 여러 사람들에게 있는 것인지의 여부를 모르겠습니다.(대원두장(大頓頭杖)으로 친 것이다. 동곽(東郭) 이공(李公) 안하(案下)).

이로(李老)는 작은 글자를 읽을 수가 없어서 한 차례 등불을 비춰 보다가 사양하면서 말하기를 "잠시 내일을 기다립시다."라고 했다. (만약 내가 동곽(東郭)을 대신한다면 한 마디를 소리쳐내어서 도(道)의

했다. 그리고 개성을 중시하는 시문 제작을 주장했다. 종성(1574~1624)은 자가 백경(伯敬)이고, 호는 퇴곡(退谷)이다. 호광 (湖廣) 경릉(竟陵 : 湖北天門) 사람이다. 담원춘(譚元春)과 함께 경릉파(竟陵派)의 창시자였음. 시문에서 모고(摹古)를 반대했음.
61 용흥(龍興) : 용이 구름을 얻어 하늘로 올라간다는 뜻으로, 왕업이 흥함을 이르는 말.
62 청구(靑丘) : 우리나라의 별칭. 청구(靑邱)라고도 쓴다. 〈산해경 山海經〉 권9 해외동경조(海外東經條)에 처음 나타나는 옛 지명으로, 동방(東方)을 뜻하는 말이다.
63 영령(英靈) : 산천의 정기를 타고난 뛰어난 사람.

소재를 목격할 것이다. 어찌 다시 차공(次公)에게 다시 물을 것인가?)
내가 질문하고자 한 것이 여러 조항인데, 이후 다시 꺼낼 수 없었다.
이튿날 갑자기 돛을 폈다.

○필화(筆語)　　　　　　　　　　　　　　　　　주남(周南)

　지난날 우리 사람 중에 산전조(山田照)라는 자가 있었는데, 젊으면
서 영민(穎敏 : 英敏)하고, 자못 문필을 잘 했습니다. 이전 조정의 봉사
(奉使) 성완(成琬)[64]과 이담령(李聃齡)[65] 여러분을 좇아서 교유했습니
다. 불행히도 일찍 죽어서 대성하지 못했는데, 이 사이에서는 왕발
(王勃)과 이하(李賀)[66]에게 비교합니다. 귀방(貴方)의 여러 분들은 지
금 어떠하신지 모르겠습니다. 연세가 더욱 높아지고, 덕(德)은 더욱
아름다워졌음을 돌아보면, 더욱 현달하셨을 것입니다.(원흠(原欽)은
옛날 가군(家君)의 숙생(塾生)이기 때문에 이것을 언급했다.) 용호(龍湖) 엄공
(嚴公) 안하(案下)

64　성완(成琬, 1639~?) : 자는 백규(伯圭), 호는 취허(翠虛)이다. 임술년(1682) 통신사의
　제술관으로 일본에 다녀왔음.
65　이담령(李聃齡, 1652~?) : 자는 백로(百老). 일술년 통신사의 서기로 일본에 다녀왔음.
66　왕발(王勃)과 이하(李賀) : 왕발은 초당사걸(初唐四傑) 중의 한 사람이고, 이하는 중당
　(中唐) 시인으로서 귀재(鬼才)라고 불린다. 모두 이른 나이에 죽었다.

○답(答)   용호(龍湖)

　보이신 뜻을 삼가 상세히 알았습니다. 산전자(山田子)의 꽃이 결실
하지 못한 것은 참으로 애석합니다.(이 곳에 있지 못한 것이 애석하다.)
어찌 하늘이 인재를 내고서, 도리어 일찍 요절하게 한 겁니까? 이치
를 실로 알기 어렵습니다. 성완과 이담령 두 사람은 지위가 높은 벼
슬에 오르지 못하고, 모두 이미 작고했습니다. 슬픔이 큰 것을 어찌
말로 할 수 있겠습니까?

　　　　　　　　　　　　　　　　　　　　　　　　　　　주남(周南)

　영재(英材)가 낮은 벼슬에서 굽히고 있는 것은 사람을 개연(慨然)하
게 하여 한(恨)을 남김이 있습니다.(개연하고 개연한데, 비록 그렇지만 나
는 그 누구를 말하는 것인지 모르겠다.)

○주남 사백께 받들어 올리다
奉呈周南詞伯
　　　　　　　　　　　　　　　　　　　　　　　　　　　방주(芳洲)

　저는 산원흠(山原欽)과 총각(總角) 때의 우호가 있습니다.(붓을 들고
글을 쓰는 것이 지금의 무리에서는 보기가 드물다.) 일찍이 그 영재(英材)의
빼어남이 한 때의 명예를 천단한 것을 보고서, 이후에는 다시 그와
같은 사람이 없을 것이라고 여겼습니다. 어찌 뱃길이 겨를 없이 바

쁜 중에 빈관(賓館)의 술자리 사이에서 모습을 접하게 될 줄 헤아렸
겠습니까? 그 붓을 휘두름이 나는 듯하고, 시사(詩思)가 샘물처럼 솟
아남을 몰래 살펴보니, 참으로 원흠(原欽)과 서로 백중(伯仲)합니다.
(보는 듯하다.) 그러나 학문의 연원(淵源)과 문채(文采)의 정민(精敏)함
은 곧 행운유수(行雲流水)의 자태를 지녀서 실로 그를 넘습니다.(스스
로 척안(隻眼)을 갖추었다.) 저 천지의 맑은 기(氣)를 귀방(貴邦)에서 홀
로 천단하여 인재가 울창하게 나옴이 대개 끝이 없음을 볼 수 있습니
다. 어찌 지극히 공경할 만하지 않겠습니까?

붓을 휘둘러 그대가 채색무지개를 토함을 보니	揮筆看君吐彩虹
묘년의 기개가 호웅을 독점했네	妙年氣槪占豪雄
어느 때에 다시 소단회를 결성하여	幾時重結騷壇會
의자 나란히 하고 대아풍을 자세히 논할 건가?	連榻細論大雅風

(진정(眞情)이 나오는 것이 상투적인 듯 하지만 상투적이지 않다.)

(서문은 석상에서 적어내었고, 시는 녹실(鹿室)에서 보냈다. 화답은 뒤에 보이겠다.)

○석상에 받들어 기록하여, 여러 사백들에게 화답을 요청하다
　席上奉錄諸詞伯要和

　　　　　　　　　　　　　　　　　　　　　범수(泛叟)

천지가 현묘하게 형성하여 조란[67]과 동일하고　　天地玄形鳥卵同

---

67 조란(鳥卵) : 『진서(晉書)·천문지(天文志)』에 "전유(前儒)의 구설(舊說)에, 천지의 체
　(體)는 형상이 조란(鳥卵)과 같은데, 하늘이 땅 밖을 싸고 있는 것이 알 껍질 속의 노른자

하늘이 해외를 싸서 땅이 중간에 있네   天包海外地居中

내 행차 땅을 다하고 뜬 바다에 이어졌는데   我行窮地仍浮海

바다가 다 하니 어찌 푸른 하늘에 오르기 어렵겠는가?

                             海盡何難上碧穹

(서쪽에서 온 사람 중에 오직 이 사람이 있고, 또한 오직 이 시가 있다. 비록 그러하나 풍기(風氣)에 얽매임이 애석하다!)

○범수 시백을 받들어 화답하다
奉和泛叟詩伯

                              주남(周南)

음성을 토함이 서로 같지 않음을 어찌 생각하랴?   何思音吐不相同

의기가 한묵 중에서 서로 투합하네   意氣交投翰墨中

문득 갱장[68]한 금옥소리가 흩어짐을 보니   忽見鏗鏘金玉散

바람소리 격렬하게 푸른 하늘에 가득하네   風聲激烈滿蒼穹

(찬탄을 입에 용납하지 않는 것은 내가 보는 바와 똑같다. 재기(才氣)는 서로 대적하나, 풍조(風調)는 스스로 다르다.)

위와 같다"고 했다.

68 갱장(鏗鏘) : 금속이 울리는 소리.

○동곽 이공의 안하에 받들어 올리다
奉呈東郭李公案下

주남(周南)

관문의 자기[69]가 은하수에 접하고	關門紫氣接銀河
돛 그림자 구름처럼 사자가 지나가네	帆影如雲使者過
누가 〈양춘곡〉을 연주하여 해국에 채우는가?	誰奏陽春充海國
가을바람이 사공의 노래로 흩어져 들어가네	秋風散入棹郎歌

(참으로 이는 양춘(陽春) 아래에 부친 것이다. 홍(洪)의 칠절(七絶)은 이에 미치지 못한다. 주상(遒上 : 출중함)함을 볼 수 있다. 시는 신물(神物)이므로 모아서 취할 수 없다.)

○주남 사백의 운을 받들어 차운하다
奉次周南詞伯韻

동곽(東郭)

동해 한 물결이 은하수에 접하고	東溟一派接天河
신선 구역을 말하지 않았으나 이날 지나가네	不道仙區此日過
외로운 여관의 푸른 등불 아래 담소하는 곳	孤館靑燈談笑地
대숲의 서늘한 소리가 어부가에 섞이네	竹林凉籟雜漁歌

(동곽의 시는 이것이 제일이다. 다만 촌기(村氣)가 눈에 가득하다.)

---

69 관문의 자기(紫氣) : 자기는 상서로운 구름기운. 일설에 노자(老子)가 서쪽으로 여행할 때 관령(關令) 윤희(尹喜)가 자기가 관문으로 떠오는 것을 보았는데, 과연 노자가 푸른 소를 타고 지나갔다고 함.

○비루한 시를 온 좌석의 여러 시호들에게 한 웃음거리로 올리다
漫艸, 奉滿坐諸詩豪一粲

하소(霞沼)

온 좌석의 여러분은 모두 사호들인데	諸君滿座總詞豪
말을 탄 채 채색 붓을 휘두를 만하네[70]	倚馬時堪揮彩毫
다만 나의 뱃속엔 한 글자도 없는데	唯我肚中無一字
취향[71]에서 단지 매일 취함만을 아네	醉鄉只解日酕醄

(사만석(謝万石 : 謝萬)[72]이 북정(北征)할 때의 기상(氣象)이다. 호상(豪爽)하여 그 사람을 상상해 볼 수 있다.)

○하소 시백을 받들어 화답하다
奉和霞沼詩伯

주남(周南)

파양 호수의 사방이 웅호한데	鄱陽湖水四方豪
영재가 채색 붓을 적시는 것이 더욱 좋네	尤好英才濡彩毫
시의 맛은 좋은 술과 끝내 같지 않은데	詩味醇醨終不若
낭랑히 한 번 읊어보니 이미 취했네	朗吟一過已酕醄

---

70 말을…… 휘두를 만하네 : 빼어난 문필을 말함. 환선무(桓宣武 : 東晉의 桓溫)가 북정(北征)을 할 때 원호(袁虎)가 종사했는데, 말에 탄 채 포고문 7장을 단숨에 써냈다고 함. 이후로 의마(依馬)는 재사(才思)가 민첩함을 의미하게 되었다. 『세설신어(世說新語)·문학』에 보임.
71 취향(醉鄉) : 당나라 왕적(王積)의 「취향기(醉鄉記)」에 나오는 상상 속의 나라. 완적(阮籍)과 도연명(陶淵明) 등 십여 사람만이 그곳에서 노닌다고 함.
72 사만석(謝万石) : 진(晉)나라 사만(謝萬), 만석은 그의 자. 북정(北征)하여 큰 공을 세우고, 산기상시(散騎常侍)를 재냈음.

(송포(宋浦)는 파주인(播州人)이다.)

(모도(酕醄)는 험운(險韻)인데, 가볍게 마땅함을 이어받았다. 높은 재사(才思)를 볼 수 있다. 그러나 주남(周南)에게 있어서는 이런 것은 논할 수 없다.)

○전운에 차운하여 받들어 주남께 사례하다
次前韻, 奉謝周南

범수(泛叟)

말은 비록 다르지만 마음의 기약은 같으니　　　語音雖別襟期同
단란한 이 밤중이 싫지 않네　　　　　　　　不厭團圞此夜中
지척의 부상에선 닭이 아직 울지 않고　　　　咫尺扶桑鷄未唱
오히려 별들이 푸른 하늘에 가득함을 보네　　尙看星斗滿靑穹

(다시 내었으나 쇠퇴하지 않았다. 창연(愴然)하다.)

○다시 범수께서 차운한 운을 보인 것에 화답하다
重和泛叟次前韻所示

주남(周南)

두 나라는 천년 동안 취미가 같은데　　　　二域千年臭味同
종유의 최선은 준영 중에 있네　　　　　　從遊最善俊英中
도리어 이별이 금방 있을 것을 생각하는데　還思離別在朝暮
한 달이 공연히 머물러 큰 허공을 비추네　　一月空留照大穹

(조(曹)와 회(檜)[73]가 대오가 되었다. 이는 도리어 한스럽다. 나올수록 더욱(愈出愈□))

○석상의 여러 사백들을 받들다
奉席上諸詞伯

동곽(東郭)

일본의 형승인 두 웅장한 관문인데	日東形勝兩雄關
대마도의 풍연과 백중간이네	馬島風煙伯仲間
대숲 선가는 푸른 바다에 임했고	竹裏仙家臨碧海
해안가엔 어부집들이 푸른 산에 가깝네	岸邊漁戶近靑山
주민들이 객을 공경하여 관대한 예절이 많은데	居民敬客多寬禮
늙은 시인이 만나는 사람 중에 기쁜 얼굴이 있네	詩老逢人有好顔

(이는 몹시 비리한 말이다.)

| 내 행차 낙막하지 않음이 가장 기쁘니 | 最喜五行不落莫 |
| 비단자리 큰 촛불 아래 앉아서 한가롭네 | 綺筵橡燭坐淸閑 |

(관(關)에 상하(上下)가 있었기 때문에 언급한 것이다.)(공교한 듯 하지만 도리어 추(醜)하다. 완연(宛然)한 송인(宋人)이어서 면목(面目)이 가증(可憎)스럽다.)

○동곽 이공의 고운을 받들어 화답하다
奉和東郭李公高韻

주남(周南)

| 사신 수레가 적목관에 잠시 머무르니 | 四牡暫留赤目關 |
| 한 번 만나 문필을 서로 겨루네 | 一逢相敵紙毫間 |

---

73 조(曹)와 회(檜) : 춘추시대 나라 이름. 『시경』의 국풍에 나오는 국명임.

하늘에 드리운 붕새의 날개가 가을바다를 지나고　垂天鵬翼過秋海

비를 띤 용의 깃발이 아침 산에서 나오네　帶雨龍旌出曙山

노래 중의 영가[74]에서 백설이 날리고　曲裏郢歌飛白雪

늙어가며 선골의 붉은 얼굴을 보네　老來仙骨覩朱顔

두세 번의 수창으로 정을 어찌 다하랴?　二三酬唱情何盡

언제나 다시 한가함을 얻을지 모르겠네　不識幾時更得閑

(이 때 밤이 이미 새벽에 가까워서 모임이 장차 헤어지려 했다. 서둘러 썼는데, 다만 추태(醜態)를 보였다.)(대국(大國)의 무고(武庫)에는 날카로운 것과 둔한 것이 없지 않다. 비록 그렇지만 지위(地位)가 스스로 다르다. 안목을 갖춘 자는 헌길(獻吉 : 李夢陽)[75]과 명경(明卿 : 吳國倫)[76]이 이 법을 기쁘게 사용했음을 볼 것이다.)

○석상의 네 분께 받들어 올리다
奉呈席上四公

주남(周南)

봉황의 오색 채색의 문양　鳳凰五彩文

깃털이 어찌 그리 기이한가?　毛羽一何奇

찬란한 붉은 산호 빛이고　粲粲赤珊瑚

머리 위는 푸른 유리빛이네　頭上青瑠璃

---

74 영가(郢歌) : 영(郢)은 전국시대 초(楚)나라의 도성으로서 영가는 초나라 노래를 말함. 그 중에 〈백설곡〉이 있었음.

75 헌길(獻吉) : 명나라 이몽양(李夢陽)의 자. 호는 공동자(空同子). 문단에서 복고주의를 창도했음.

76 명경(明卿) : 명나라 오국륜(吳國倫)의 자. 호는 천루자(川樓子). 후칠자(後七子) 중의 한 사람.

(선체(選體 : 『文選』의 문체)가 몹시 두루 아담(雅淡)하다. 이는 광체가 사람을 비추고, 신기(神奇)가 편편(翩翩)하여 선인(仙人)이 세상에 내려온 듯하다.)

| 아침에 단혈산⁷⁷에서 날고 | 朝飛丹穴山 |
| 약수⁷⁸ 가에서 깃털을 씻네 | 濯翼弱水湄 |

(말이 단사(丹沙)를 이루었다. 갑자기 일어났다가 갑자기 끊긴다.)

창해에 가을바람 일어나니	滄海秋風起
뜬 구름이 서북으로 내달리네	浮雲西北馳
해안엔 경수⁷⁹가 자라는데	海岸生瓊樹

(이는 차공(次公) 자신을 말한 것이다.)

결실이 어찌 그리 많은가?	結實何離離
해가 동남 모퉁이에서 나와서	日出東南隅
부상의 가지에서 밝게 빛나네	光輝扶桑枝

(양공(良工)이 옥을 깎아서 사람의 눈을 밝게 비춘다.)

붉은 놀은 악단⁸⁰과 같고	紅霞若渥丹
넓은 물결은 아득히 끝이 없네	浩波渺無涯
구림과 낭간⁸¹이	璆琳與琅玕

---

77 단혈산(丹穴山) : 전설 속의 봉황이 산다는 산.
78 약수(弱水) : 고대의 물 이름. 전설에 이 물에는 기러기 털조차 띄울 수 없다고 함. 주로 험악하여 건널 수 없는 물을 말함. 『海內十洲記・鳳麟州』에 보임.
79 경수(瓊樹) : 옥을 내는 나무로서 그 꽃을 먹으면 장생(長生)한다고 함.
80 악단(渥丹) : 윤택하게 빛나는 주사(朱砂).

높은 가지에 들쭉날쭉하네   翹條各參差

(착잡(錯雜)하여 중복된 곳이 몹시 체(體)의 묘함을 얻었다.)

넓은 하늘에서 한 번 돌아보고   天衢一顧返

날개 쳐서 문득 내의[82]하네   奮翼忽來儀

(끊겼다가 다시 이어졌다.)

곁눈질을 만족한 뜻으로 하고   眄睞以適意

아름답게 채색 눈썹을 치끼네   鏘鏘揚采眉

(지극한 태도(態度)를 갖추었다.)

작은 소리로 〈소호〉[83]를 부르고   小音飜韶護

큰 소리로 〈함지〉[84]를 드날리네   大音飛咸池

(이 봉황은 또 다른 것인데, 용사(用事)가 끝이 없다.)

돌개바람은 땅을 스치며 오고   回風拂地來

구름 그림자가 또한 많네   雲影且祁祁

연작과 메추라기와 비둘기는   燕雀鷃鷦鳩

날개를 접고 복종하네   斂翅以委靡

(이러한 한 접속이 없지 않다.)

---

81 구림(璆琳)과 낭간(琅玕) : 구림과 낭간은 모두 미옥(美玉)의 이름.

82 내의(來儀) : 봉황이 와서 춤추는 것이 용의(容儀)가 있는 것.

83 소호(韶護) : 은(殷)나라 탕왕(湯王)의 음악 이름. 일설에는 소(韶)는 순(舜)의 음악이
   고, 호(護)는 탕(湯)의 음악이라고 함.

84 함지(咸池) : 요(堯)의 음악 이름. 일설에는 황제(黃帝)의 음악을 요가 증수(增修)한 것
   이라고 함.

온 새들은 재잘댐을 멈추고 　　　　　　　　百禽啁哳歇

서로 이끌고 다시 무엇을 할 것인가? 　　　相率復何爲

좋은 기약을 머물게 할 수 없으니 　　　良期不可淹

훨훨 날아 멀리 떠나가려 물러나네 　　　飄飄遠將辭

(도리어 힘을 들이지 않았다.)

서쪽으로 곤륜포[85]로 날아가서 　　　　西翔崑崙圃

몽사[86]의 물가로 내려가 물마시네 　　　降飮濛汜渚

(깊고 맑음[淵汀]이 법으로 삼을 만하다.)

먼 허공을 어떻게 올라갈 건가? 　　　　窈冥何可攀

범람하여 따를 바가 없네 　　　　　　　汎濫靡所隨

성대한 시내에 참으로 한 번 볼 수 있을 뿐인데 　聖世亮一見

아각[87]을 생각할 수 없네 　　　　　　阿閣不可思

누가 해곡의 대나무[88]를 잘라서 　　　誰截嶰谷竹

너와 더불어 자웅을 연주하랴? 　　　　與爾奏雄雌

(이 한 전환은 몹시 교묘하여 전혀 흔적이 없다. 단지 이와 같이 해야 결(結)에 절로 깎아서 지어낸 말이 없게 된다.)

(위 1수는 전날에 구상했던 초고인데, 잠시 기록하니, 봉황의 기쁨을 보고서 훗날 틈이 있으면 부디 화답의 시를 내려주시기 바랍니다.)

---

85 곤륜포(崑崙圃) : 곤륜현포(崑崙玄圃). 곤륜산 위에 있다는 신선이 거주하는 곳.

86 몽사(濛汜) : 해가 지는 곳.

87 아각(阿閣) : 봉황이 둥지를 틀었다는 누각.

88 해곡(嶰谷)의 대나무 : 해곡은 곤륜산 북쪽 골짜기 이름. 전설에 황제(黃帝)가 영륜(伶倫)을 시켜서 해곡의 대나무를 잘라다가 악기를 만들도록 했다고 함.

○필화(筆語)　　　　　　　　　　　　　　　　　　　주남(周南)

　빈관(賓館)은 몹시 엄격한데, 외람되게 객을 접대해 주심을 받았습니다. 하물며 한 번 보고 옛정과 같이 수창(唱酬)을 왕래하고, 만나는 사이에 문득 깊은 마음을 보여주셔서 감사함을 어찌 말로 하겠습니까? 다만 밤이 이미 새려하여서 서둘러 고별하며, 겨우 화답을 이으면서 비루한 회포를 다 펴지 못했습니다. 이것이 애석하니, 바라건대 물러나 객사로 가서 흉중의 실마리를 거두어서 다시 여러 장(章)을 지어서 좌우에 올리려고 합니다. 훗날 부디 답장(答章)을 내려주시기를 바랍니다.

○국신 제술관 이공의 안하에 받들어 올립니다

奉呈國信製述官李公案下 모두 10수. 이하는 9월 삭(朔)의 원고인데, 대부서기(對府書記)에게 부탁하여 배 안에 증정했다.

　　　　　　　　　　　　　　　　　　　　　　　　　주남(周南)

만 리 긴 바람이 파도를 깨트리며 오니	萬里長風破浪來
엄연한 높은 흥치가 봉래에 가득하네	儼然高興滿蓬萊
세간의 호련[89]은 원래 존귀한 기물이고	世間瑚璉原尊器
천하의 편남[90]은 스스로 큰 재목이네	天下梗楠自大材
봄 깊은 위봉전[91]에서 대책문을 짓고	策對春深威鳳殿

89　호련(瑚璉) : 서직(黍稷)을 채워서 종묘에 올리는 그릇.
90　편남(梗楠) : 황편목(黃梗木)과 남목(楠木 : 녹나무). 모두 큰 나무임.
91　위봉전(威鳳殿) : 원주에 "고려(高麗) 때의 전시소(殿試所)이다"라고 했음.

가을 서늘한 관어대⁹²에서 부를 이루네 　　　　賦成秋冷觀魚臺

(개합(開闔)이 지극히 묘하다.)

기회를 타고 왕자가 준현들을 올리니 　　　　乘時王者登賢俊

운각의 단청⁹³이 차례로 열리네 　　　　雲閣丹靑次第開

(전려굉아(典麗宏雅)하여 당세(當世)에 관면(冠冕)이다. 스스로 대가(大家)이다.)

○ 제2수(其二)

창해 부상⁹⁴의 물가에서 갓끈을 씻고 　　　　濯纓滄海扶桑渚

관면⁹⁵이 하늘에 가까워 상서로운 빛이 많네 　　　　冠冕近天多瑞暉

자기⁹⁶가 동남의 별들을 가리키고 　　　　紫氣東南星宿指

뜬 구름은 서북의 제향⁹⁷으로 돌아가네 　　　　浮雲西北帝鄕歸

큰 재간의 사마가 사명⁹⁸을 감당하니 　　　　大才司馬堪辭命

경술이 넉넉하여 덕의 위엄을 펴네 　　　　經術寬饒布德威

---

92 관어대(觀魚臺) : 원주에 "고려 이색(李穡)이 부(賦)를 지었다"고 했다. 이색의 「관어대
　소서(觀魚臺小序)」에 "관어대는 영해부(寧海府)에 있는데, 동해에 임하였다. 바위 벼랑
　아래 노는 물고기를 셀 수 있어서 그렇게 이름 지었다. 부(府)는 나의 외가이다. 부디
　중원(中原)에 전해지기를 바랄 뿐이다"라고 했다.

93 운각(雲閣)의 단청 : 운각은 운대(雲臺). 공신과 명장들의 초상을 그려놓고 기념하는
　누대.

94 창해(滄海) 부상(扶桑) : 신화 속의 바다 섬의 이름. 부상은 전설 속의 해가 뜨는 곳에
　있다는 신목(神木).

95 관면(冠冕) : 고대 제왕이나 관원이 썼던 모자.

96 자기(紫氣) : 보검(寶劍)의 광기(光氣)를 말함. 『진서(晉書)·장화(張華)』에서, 두우(斗
　牛) 사이에 항상 자기가 있었는데, 보검의 정(精)이 하늘로 쏘아진 것이라고 했음.

97 제향(帝鄕) : 천궁(天宮), 혹은 선향(仙鄕).

98 사명(辭命) : 사령(辭令). 응대하는 언사(言辭).

평대[99]에서 작품을 분별하던 날을 아득히 추억하니　遙憶平臺分簡日

〈원유〉[100]의 웅장한 부에 화답작품이 드물었네　　遠遊雄賦和章稀

(대저 차공(次公)의 칠율은 색택(色澤)은 중묵(仲默 : 何景明)[101]과 같고, 신리(神理)는
우린(于鱗 : 李攀龍)[102]을 닮았고, 골격(骨格)은 우승(右丞 : 王維)[103]에 근본을 두었는데,
묘를 이룬 이유이다.)

○ 제3수(其三)

업하[104]에서 관모를 터니 재자로 불리고[105]	彈冠鄴下稱才子
이 날 남조[106]에 큰 명성이 전해졌네	此日南朝傳大名
홀을 들고[107] 우유하니 산수에 색채가 나고	抂笏優遊山水色
누대에 올라 흘겨보니 비바람소리가 나네	登樓睥睨雨風聲
주궁의 관현소리에 검은 학이 내려오고[108]	朱宮絃管降玄鶴

99　평대(平臺) : 한(漢)나라 양효왕(梁孝王)이 건축한 대의 이름. 하남성 상구현(商丘
縣) 동북에 있었음. 양효왕은 일찍이 추양(鄒陽)과 매승(枚乘) 등과 함께 이곳에서 노닐
었음.

100　원유(遠遊) : 전국시대 굴원(屈原)의 초사 작품.

101　중묵(仲默) : 명나라 하경명(何景明)의 자. 전칠자(前七子) 중의 한 사람. 이몽양(李
夢陽)과 함께 문단의 영수였음.

102　우린(于鱗) : 명나라 이반룡(李攀龍)의 자. 후칠자 중의 한 사람. 한 때 문단의 영수였음.

103　우승(右丞) : 당나라 왕유(王維). 일찍이 우승 벼슬을 지냈기 때문에 왕우승이라 불림.

104　업하(鄴下) : 조조(曹操)가 위왕(魏王)이 되어 도읍했던 곳.

105　관모를 터니 재자로 불리고 : 탄관(彈冠)은 친한 벗이 이끌어 벼슬에 나가는 것. 재자
(才子)는 건안칠자(建安七子)를 말함.

106　남조(南朝) : 중국에서 동진(東晉)이 망한 후 420년부터 589년까지 화남(華南)에 한
족(漢族)이 세운 송(宋), 제(齊), 양(梁), 진(陳) 네 나라를 통틀어 이르는 말.

107　홀을 들고 : 주홀(抂笏)은 주홀간산(抂笏看山). 진(晉)나라 왕휘지(王徽之)가 홀(笏)
로 얼굴을 괴고 서산(西山)을 보면서 "서산에 아침이 되니 상쾌한 기운이 있다"고 했음.
관직에 있으면서 한정아흥(閑情雅興)이 있음을 말함.

푸른 바다의 깃발에 붉은 고래가 뛰어오르네	碧海旌旗躍赤鯨
시학이 사명이 됨을 더욱 감당하니	詩學尤堪作辭命
사신의 배 만 리에서 서광이 생겨나네	星槎萬里瑞光生

(웅려(雄麗)함이 비할 바가 없다. 원미(元美 : 王世貞)[109]도 넘지 못한다.)

○ 제4수(其四)

예의가 아름다움 진현관[110]인데	儀文閑雅進賢冠
인물이 상류여서 봉황 난새를 날리네	人物上流飛鳳鸞
달빛 성설한 서원에서 한묵을 쥐고	月淨西園援翰墨
봄 깊은 동각에서 신반[111]을 풀어 놓았네	春深東閣委紳鞶
손안의 검은 벽옥은 가을서리처럼 빛나고	握中玄璧秋霜燿
갑 속의 붉은 칼의 별 문양이 차갑네	匣裏赤刀星宿寒
어디서 구름을 넘는 홍곡의 날개를 얻어서	安得凌雲鴻鵠翼
그대와의 교의에 향기로운 난을 맺을까?	與君交義結芬蘭

(그 다음 것도 또한 목난(木難)과 화제(火齊)[112]이다.)

---

108 주궁(朱宮)의 …… 검은 학이 내려오고 : 주궁은 주홍색의 궁궐. 『楚辭·九歌·河伯』
  에 "魚鱗屋兮龍堂, 紫貝闕兮朱宮"이라고 했음. 현학(玄鶴)은 검은 학. 학이 2천 년이
  되면 검게 변한다고 함.
109 원미(元美) : 명나라 왕세정(王世貞)의 자. 후칠자 중의 한 사람.
110 진현관(進賢冠) : 문관의 복식을 말함.
111 신반(紳鞶) : 관복의 허리에 매는 큰 띠.
112 목난(木難)과 화제(火齊) : 목난과 화제는 모두 미옥(美玉)의 일종이다.

○ 제5수(其五)

네 필 말 수레가 달려가는 길이 아득한데	四牡騑騑征路杳
가을에 낙양궁에서 부절을 쥐었네	秋天持節洛陽宮
순간[113]은 값이 귀해 동방의 아름다움이고	珣玕價貴東方美
현관으로 다스림은 남국풍이네	絃管治融南國風
월영대 안에서 최자를 일으키고	月詠臺中起崔子
우신관 아래서 김공을 보네	佑神館下見金公
문장은 본래 천년의 사업인데	文章本謂千年業
하물며 다른 나라에서 명성이 홀로 웅장함에랴!	況是它邦名獨雄

(귀국(貴國)의 최문창(崔文昌 : 崔致遠)과 김문열(金文烈 : 金富軾)은 모두 문한(文翰)의 소임으로써 중화(中華)에 사신을 가서 지명(知名)있는 인사가 되었습니다. 비루한 작품에다 몰래 받들어 비유했습니다. 월영대(月詠臺)는 최치원(崔致遠)이 노닐던 곳이고, 우신관(佑神館)은 남송(南宋)에서 번사(蕃使)를 머물게 했던 곳인데, 김부식(金富軾)이 일찍이 이곳에서 머물렀습니다.)

○ 제6수(其六)

해상에 오색구름이 열림을 멀리서 보니	遙觀海上五雲開
갑자기 뗏목 탄 사자가 오네	忽有乘槎使者來
고취곡은 바람에 들어가 하늘가에 가득하고	鼓吹入風天際滿
깃발은 해에 비춰 물속에서 도네	旌旗映日水中回
밝은 시절에는 오궁[114]에서 대함을 논하지 않고	明時不論梧宮對

---

113 순간(珣玕) : 순과 간은 모두 미옥(美玉)의 일종이다.

114 오궁(梧宮) : 전국시대 제(齊)나라 궁전 이름. 초(楚)나라 사신이 왔을 때 오궁에서 사신을 대접했다고 함.

맑은 관청에선 업하의 재능을 더욱 바라네　　　淸署尤望鄴下才
스스로 웅장한 여행이 세상을 덮을 만하니　　　自是壯遊堪蓋世
태양이 뜨는 곳에 봉래가 접해있네　　　　　　太陽升處接蓬萊

(우유(優遊)함 속에 만균(萬鈞)의 힘이 있다. 모두 이전의 제일(第一)·제이(第二)·제
삼(第三)의 것과 함께 내가 이른 바 부용산(芙蓉山：富士山)의 백설(白雪)처럼 높은
작품일 뿐이다.)

○ 제7수(其七)

사신이 창해 가에 멀리 임하니　　　　　　　　冠蓋遙臨滄海圻

(구(句)가 사모비비(四牡騑騑)와 같은 과(科)이다.)

기방에 여전히 주나라 문화가 빛나네　　　　　箕邦猶自燿周文
풍경에서 천황의 해를 멀리 문안하고　　　　　豊京遠弔天皇日
건도에서 선려의 구름을 문득 보네　　　　　　乾島忽覯仙侶雲
기운 가득한 남방엔 주예가 수려하고　　　　　氣滿南方珠蘂秀
가을 된 북지엔 계수가지 향기나네　　　　　　秋來北地桂枝芬
서생이 현신송을 본떠지어서　　　　　　　　　書生欲擬賢臣頌
인애하고 명찰한 대국의 그대께 올리려하네　　請獻仁明大國君

(본주(本州)의 지금의 부(府)는 곧 옛 풍포경(豊浦京)이다. 신공황후(神功皇后)가 이곳
에 도읍했는데, 곧 그 남교(南郊)이다. 또 바다 속에 건주(乾珠)와 만주(滿珠) 두 섬이
있다.)

○ 제8수(其八)

가을바람이 만 리로 사신의 수레를 보내니　　　秋風萬里送軺車
명을 받은 이가 조나라 인상여[115]임을 누가 알랴?　銜命誰知趙相如

천하에서 함께 화씨벽[116]을 전하는데　天下共傳和氏璧

한나라에선 다만 동생[117]의 글을 중시했네　漢廷殊重董生書

벼슬하는 심정은 자궐[118]에서 긴 꿈으로 내달리고　宦情紫闕馳長夢

고향생각은 흰 구름으로 하늘에 가득하네[119]　鄕思白雲滿太虛

옛 왕문의 재자들을 모이게 한다면　振古王門才子湊

그대는 스스로 긴 옷자락[120]을 이끌 수 있으리라　若君自可曳長裾

○ 제9수(其九)

밝은 왕이 멀리 사신 보내 이웃나라를 기쁘게 하니

　明王遙騁嘉隣國

옥백의 사령이 준웅들이네　玉帛辭令屬俊雄

해외의 대음을 현자들이 아니　海表大音賢者識

주나라의 남은 예속으로 옛 나라가 융성했네　周家遺禮舊邦隆

구름 위로 솟은 높은 흥이 봉영[121]밖에 있고　凌雲高興蓬瀛外

---

115 조(趙)나라 인상여(藺相如) : 전국시대 조나라의 재상이었음. 현명한 정치가와 외교
　가로 유명함.

116 화씨벽(和氏璧) : 본래 초(楚)나라 변화(卞和)의 벽옥이었는데, 초나라의 국보가 되
　었고, 다시 조(趙)나라의 국보가 되었다. 진(秦)나라가 15개 성(城)과 바꾸자고 강요하
　여, 인상여가 벽옥을 가지고 사신으로 가서 기지를 발휘하여 다시 조나라로 가져왔다.
　이를 완벽귀조(完璧歸趙)라고 한다.

117 동생(董生) : 한나라 동중서(董仲舒). 한무제(漢武帝) 때의 정치가 및 사상가로서 유
　학(儒學)을 국가의 정치사상으로 정착시키는데 공헌을 했음.

118 자궐(紫闕) : 제왕의 궁궐.

119 태허(太虛) : 하늘.

120 긴 옷자락. 장거(長裾). 유복(儒服)을 말함.

121 봉영(蓬瀛) : 봉래(蓬萊)와 영주(瀛洲). 모두 삼신산(三神山)에 속함.

세상을 덮는 **빼어난** 문장이 일월 중에 있네 　　　蓋世奇文日月中

서부와 동금[122]을 지금 논하지 않고 　　　西缶東琴今不論

쌍으로 울리며 소호를 추풍 속에 연주하네 　　　雙鳴韶護奏秋風

○ 제10수(其十)

부산진은 예스러워 상서로운 구름 푸르고 　　　釜山鎭古瑞雲蒼

하룻밤에 사신수레가 땅에 아득하네 　　　一夜星軺地渺茫

햇살 도는 부상은 하늘색이 아릅답고 　　　日遶扶桑天色嫩

물이 이른 창해엔 지유[123]가 기네 　　　水來滄海地維長

웅장한 바람의 남국에 관적을 날리고 　　　雄風南國飛官跡

달이 진 서방에서 고향을 향하네 　　　落月西方向故鄕

남자기 평생 원대한 뜻을 품으니 　　　男子平生懷遠志

그대의 문패가 가을 햇볕을 쬠을 보네 　　　看君文斾曝秋陽

(아름답지 않다고 말하지 않을 수 없다. 이는 차공(次公)이 사색을 겪지 않은 것이다.)

---

122 서부(西缶)와 동금(東琴) : 서부동슬(西缶東瑟)을 말함. 전국시대 진(秦)나라와 조
(趙)나라가 민지(澠池)의 회동 때 조왕은 진왕을 위해 슬(瑟)을 연주했는데, 진왕은 조왕
을 위해 부(缶)를 치려하지 않았다. 이에 인상여(藺相如)가 진왕을 위협하여 부를 치게
했다. 이때 진왕은 서쪽에 있었기 때문에 서부라고 하고, 조왕은 동쪽에 있었기 때문에
동슬이라 했다.

123 지유(地維) : 대지(大地)를 버티어 받든다고 하는 상상(想像)의 밧줄. 대지(大地)를
달리 이르는 말이다.

○국신서기 경호 홍공 안하에 받들어 올리다

奉呈國信書記鏡湖洪公案下 8수

주남(周南)

| 관문에서 문득 기수랑¹²⁴을 만나니 | 關門忽遇棄繻郞 |

관문에서 문득 기수랑124을 만나니　　關門忽遇棄繻郞
의기가 서로 투합하여 하늘색이 서늘하네　意氣相投天色凉
한 번 보고 스스로 높은 벗의 의리를 감당하니　一見自堪高友義
난의 바람이 소매에 가득하여 잊을 수가 없네　蘭風滿袖遂難忘

(이하 7수는 어찌 아름답지 않다고 하겠는가? 요컨대 차공(次公)의 높은 작품이 아니다.)

○ 제2수(其二)

사신이 명을 받아 아득히 서로 기뻐하니　使信銜命杳相嘉
영재를 크게 뽑아 나라 영광을 빛내네　大拔英才燿國華
다시 명성이 원근에 크게 알려져서　還爲名聞轟遠近
알현을 바라는 명함이 수레에 가득하네　枉令謁刺滿征車

○ 제3수(其三)

나라의 고관이 현인을 급히 구하니　王門軒冕急救賢
제자이 국자감125 앞에 이어지네　諸子翩翩國子前

---

124 기수랑(棄繻郞) : 기수생(棄繻生)과 같음. 한(漢)나라 종군(從軍)을 말함. 종군이 사자(使者)이 되어 군국(君國)을 방문할 때 관문으로 가니, 관리(關吏)가 수(繻)를 주었다. 종군이 "대장부가 서쪽으로 여행을 가니, 끝내 다시 되돌려주지 못할 것이다"라고 하고, 수를 버리고 떠나갔다. 수는 비단에 글을 적어서 나눈 조각으로 부신(符信)으로 삼는 징표임.

125 국자감(國子監) : 나라에서 세운 학교.

사방의 사신으로 임명할 만하니　　　　　爲許四方堪作命
그대의 훈업이 능연각[126]을 비출 것을 알겠네　知君勳業照凌煙

○ 제4수(其四)

높이 올라 부를 지은 대부의 재능[127]이　　　登高作賦大夫才
다시 누선으로 바다를 건너옴을 보네　　　更覯樓船橫海來
천하의 아름다운 명성을 누가 겸했던가?　天下美名誰得兼
천추의 죽백이 그대를 위해 열리네　　　千秋竹帛爲君開

○ 제5수(其五)

기러기가 남쪽으로 나는 가을색이 찬데　鴻雁南飛秋色寒
사신이 창해에서 파도를 보네　　　　　使臣滄海見波瀾
조정의 여러 관작에 문관이 귀중한데　朝廷列爵文官貴
명을 받들고 돌아가며 대한을 향하네　奉命歸來向大韓

○ 제6수(其六)

열사가 평생 의기가 높은데　　　　　烈士平生意氣高
지금 위험에 임한 영웅호걸을 보네　　方臨危險見英豪
바람 부는 파도가 팔월에 산악 같은데　風濤八月如山嶽
명을 전하는 해동에서 부절과 깃발을 옹위하네　傳命海東擁節旄

---

126 능연각(凌煙閣) : 당태종(唐太宗) 때 세운 공신들의 초상을 모신 누각의 이름.

127 높이 …… 대부의 재능 : 삼국 위(魏)나라 왕찬(王粲)이 누대에 올라 〈등루부(登樓賦)〉를 지었음.

○ 제7수(其七)

기실이 글을 지어 푸른 허공을 비추는데	記室文成照碧空
부공은 어찌 두통병에 걸렸는가?	府公何得病頭風
태평시절이라 요속들은 할 일이 없으니	升平僚屬選無事
가는 곳마다 시편들이 해동에 가득하네	到處詞章滿海東

(가경(佳境)이다.)

○ 제8수(其八)

사방의 사신으로 준현을 뽑으니	專對四方推俊賢
지은 글이 본래 아름다움을 더욱 보네	尤看書記本翩翩
글이 고상한 〈백설가〉를 누가 화답하랴?	詞高白雪誰能和
수국에 서리 날리는 가을 하늘이네	水國霜飛九月天

(크게 성당(盛唐)의 묘경(妙境)을 얻었다.)

○나라 사신의 서기 용호 엄공의 안하에 받들어 올리다
奉呈國信書記龍湖嚴公案下

주남(周南)

준재에 그대가 스스로 있으니	俊才君自在
지은 글이 그래서 아름답네	書記故翩翩
붓을 귓가에 꽂고 왕국을 떠나서	珥筆辭王國
규를 들고 해 옆을 달리네	執圭馳日邊
긴 옷자락은 자해[128]에서 빛나고	長裾光紫海

웅장한 검은 푸른 하늘에 의지했네 　　　　雄劍倚靑天
외국사신이 여행에 고생하는데 　　　　殊使勞征役
밝은 시절에 높은 현신이 되리라 　　　　明時爲重賢

(5수가 모두 묘(妙)하니, 그대의 입에 절로 오색 연하(煙霞)가 둘렸음을 알 수 있다.)

○ 제2수(其二)

표표히 오는 것이 얼마나 멀던가? 　　　　飄飄來曷遠
여관 음식을 끼니로 삼은 듯하네 　　　　旅食若爲餐
제수129를 가경이리고 칭송하고 　　　　鯷水稱佳境
청산130을 장관이라고 말하네 　　　　蜻山復壯觀
군신백관에는 현자를 숭상하고 　　　　臣工尙賢者
사신에는 유학자의 관리를 중시하네 　　　　使命重儒官
여관에서 오히려 마땅히 쉬고 　　　　館舍猶應息
행로의 어려움을 무릅쓰지 마시오 　　　　莫爲行路難

○ 제3수(其三)

오히려 꽃이 가득한 현이라고 말하고 　　　　猶言花滿縣
곧 떠나서 사신의 배를 띄웠네 　　　　乃去泛星槎
백리에 현가131가 끊어졌는데 　　　　百里絃歌絶

---

128 자해(紫海) : 전설 속의 바다 이름.
129 제수(鯷水) : 제해(鯷海). 제인(鯷人)이 거주한다는 해외의 나라. 여기서는 일본의 물
　을 말함.
130 청산(蜻山) : 일본을 청주(蜻洲) 혹은 청령주(蜻蛉洲)라고 함. 청산은 일본의 산을 말함.
131 현가(絃歌) : 예악교화(禮樂敎化)를 말함. 《논어(論語)·양화(陽貨)》에 공자의 제자

천추에 한묵을 자랑하네	千秋翰墨誇
해주에서 보기를 바라보고	海洲望寶氣
일본에서 구름과 놀을 들이키네	日域嚥雲霞
다시 동방을 향해 가니	更向東方往
경사가 이미 멀지 않네	京師已不遐

○ 제4수(其四)

상봉하니 구면 같은데	相逢如舊識
돌아보며 우리를 부끄럽게 하네	顧眄辱吾曹
의기가 얼굴에 더욱 드러나고	意氣顏尤著
현량이 홀로의 공적을 돕네	賢良助獨襃
사성[132]이 밤을 비출 만하고	使星堪照夜
선학이 또한 언덕에서 우네	仙鶴且鳴皐
조왕의 보배가 되려하지 않지만	非欲趙王寶
연성벽[133]의 가격이 스스로 높네	連城價自高

(안조(顏助)는 화인(華人)이어서 귀하의 종족이 아니지만, 동성(同姓)이기 때문에 잠시 언급했습니다.)

자유(子游)가 무성(武城)을 다스릴 때 예악으로써 현을 다스렸다고 했다.
132 사성(使星) : 사자(使者)를 말함. 한(漢)나라 이합(李郃)이 익주(益州)에 있을 때 황제의 두 사자가 익주로 오자, 하늘을 보며 "두 사성(使星)이 익주의 분야로 향했다"고 했다.
133 연성벽(連城璧) : 전국시대 조(趙)나라 혜문왕(惠文王)이 화씨벽(和氏璧)을 얻었는데, 진(秦)나라 소왕(昭王)이 15성(城)과 바꾸자고 했음. 그래서 화씨벽을 연성벽이라고 함.

○ 제5수(其五)

오히려 시를 분별하는 재상[134]이 있었으니	猶有辨詩相
계림에 대아가 남아있었네	鷄林大雅存
헌걸찬 제자들의 기세가	軒軒諸子氣
어느 왕문에 많이 있는가?	濟濟何王門
전현의 자취를 천추에 보는데	芳躅千秋覩
아름다운 얼굴이 구월에 온화하네	朱顔九月溫
어찌 긴 세월의 차례에 응하여	安應長歲序
담소가 술잔을 대했던가?	談笑對靑樽

(계림(鷄林)의 재상은 백거이(白居易)의 『백씨장경집(白氏長慶集)』을 분별할 수 있었
다.)

○나라 사신의 서기 범수 남공의 안하에 받들어 올리다
奉呈國信書記泛叟南公案下 1수
주남(周南)

7언 가행(歌行)의 묘(妙)는 엄주(弇州 : 王世貞) 이후에는 마땅히 이
사람에게 속한다.

---

134 시를 분별하는 재상 : 『구당서·백거이전』에 "계림(雞林)의 상인들이 (백거이의 시
를) 사서 구하려 함이 몹시 간절했다. 스스로 말하기를 '본국의 재상께서 항상 일금(一
金)으로 시 한 편(篇)과 바꾸는데, 심하게 위작된 것은 재상께서 금방 판별해 낼 수 있습
니다'라고 했다. 편장(篇章)이 있은 이후로 이처럼 널리 유전(流傳)된 것은 없었다."고
했다.

그대의 웅장한 여행이 천하를 종횡함이 부러운데 羨君壯遊縱天下

창해에서 고래를 타고 일본을 보네 滄海騎鯨觀日本

봉래궁궐에 상서로운 구름이 오르고 蓬萊宮闕瑞雲生

육오[135]가 머리 들고 혼돈을 삼키네 六鼇翹首吞混沌

두우성[136] 있는 곳은 어찌 그리 아득한가? 斗牛之墟何茫茫

떠가는 뗏목[137]이 지금 하늘 한쪽에 있네 浮槎卽今天一方

발을 뻗어 밑으로 큰 거북과 악어 굴을 찾고 投足下探黿鼉窟

손을 들어 태양을 받들려 하네 擧手上欲捧太陽

호기가 가을 하늘에 비껴 은하수를 넘고 豪氣橫秋凌霄漢

남명과 북명에서 붕새가 큰 날개를 치네[138] 南溟北溟擊巨翰

지은 시는 표일하여 적선과 같아서[139] 作詩飄逸似謫仙

천리를 가는 천리마처럼 결박할 수 없네 驥麒千里不可絆

---

135 육오(六鼇) : 신화 속에 다섯 선산(仙山)을 짊어지고 있다는 6마리의 큰 거북. 발해 (渤海) 동쪽 큰 골짜기에 대여(岱輿)·원교(圓嶠)·방호(方壺)·영주(瀛洲)·봉래(蓬萊) 등 5개의 산이 있는데, 신선이 거주하는 곳이라고 함. 이들 산이 항상 물결 속에 부침하기 때문에 상제가 15마리 큰 거북을 보내 교대로 머리에 이고 있도록 했다고 함. 나중에 대여와 원교는 북쪽으로 흘러가 버리고 삼신산만 남았다고 한다. 혼돈(混沌) : 전설 속의 짐승의 이름. 곤륜산(崑崙山) 서쪽에 사는데, 머리는 개와 같고, 털은 길고 네 발은 곰과 간다고 함.

136 두우성(斗牛星) : 28수(宿) 중의 두성과 우성. 전설에 진(晉)나라 때 보검의 정(精)인 자기(紫氣)가 두성과 우성을 사이를 쏘아서 뇌환(雷煥)이 보검 두 자루를 얻었다고 함.

137 떠가는 뗏목 : 부사(浮槎). 전설 속의 바다와 은하수를 왕래한다는 뗏목. 주로 사신의 배를 지칭함.

138 남명과 …… 큰 날개를 치네 : 『장자(莊子)·소요유(逍遙遊)』에 남명(北冥)의 물고기 곤(鯤)이 붕(鵬)새가 되어 남쪽바다로 9만리를 날아간다고 했음.

139 표일(飄逸)하여 적선(謫仙)과 같아서 : 표일은 문학작품의 풍격(風格)이 청신(淸新) 하고 쇄탈(灑脫)하고, 의경(意境)이 고원(高遠)한 것. 적선은 당나라 이백(李白)의 별칭. 하지장(賀知章)이 이백을 적선이라고 했음.

(범수(泛叟)의 천지현형(天地玄形) 한 절구를 보니, 차공(次公)이 본 것과 내가 다르지 않다. 기괴함을 거의 예측할 수 없다.)

바다 속 산호가 백천 그루이고	海中珊瑚百千樹
파도를 쳐서 비를 이루어 물안개를 뿜고	鼓波成雨噴沫霧
귀신을 부리고 도깨비를 묶고	驅使鬼神縛魍魅
우주를 흘겨보며 구름길을 달리네	睥睨宇宙雲衢鶩
풍동군성에 오동잎이 떨어지고	豊東郡城梧桐落
임해관140 앞엔 조수가 하얗네	臨海館前潮水堊

(돈좌(頓挫 : 시문의 전환)가 매우 묘하다.)

바다에 임해 잠시 슬과 생을 타고	臨海暫鼓瑟與笙
나를 보며 반가운 눈으로 한 차례 즐기네	顧我青眼一歡譃
손안의 아름다운 옥을 명월주라고 하며	握中美珠稱明月
나에게 던지니 빛이 백제141 궁궐을 쏘네	投我光射白帝闕
깊은 가을 9월에 천기가 맑은데	高秋九月天氣淸
가을의 흰 기운이 펴져 머리털을 부네	西顥沆碭吹毛髮
붓 휘둘러 뜻을 붙임이 얼마나 주밀한가?	揮毫寄意何綢繆
비록 여러 패옥이 있더라도 수창할 수가 없네	雖有雜珮不堪酬
교정이 향기로운 난을 맺을 수 있으니	交情新可結芳蘭
천지의 풍운이 하루살이를 감동케 하네	天地風雲感蜉蝣

---

140 임해관(臨海館) : 원주에 "적간(赤間)은 풍동군(豊東郡)에 속한다, 또 예전에 임해관 (臨海館)이 있었다"고 했다.
141 백제(白帝) : 신화 속의 다섯 천제(天帝) 중의 하나. 서방을 주관하는 신.

주주 남쪽 땅의 현씨의 아들인데[142]　　　周南鄙人縣氏子
천지에 입신함을 일지[143]로 깨우치고　　　立身覆載喩一指
(자부(自負)가 심하다.)

부친을 위해 장산 언덕에서 말을 치며　　　爲父牧馬長山阿
(호걸(豪傑)이 가난을 숨기지 않았다.)

때때로 경서를 보는 것을 삼가 응낙했네　　　時時夾經謹諾唯
시례를 부친 앞에서 이으면서[144]　　　詩禮繽紛趨庭前
얼마간 고생 한 것이 십여 년인데　　　辛勤多少十餘年
날개가 약간 이루어져 날 만하여서　　　羽翼稍成當翶翔
문득 활과 화살을 들고 팔방을 유람했네　　　忽捯弧矢遊八埏
동도의 진신 적선생[145]께　　　東都搢紳荻先生
(근본을 잊지 않았다고 할 만하다.)

한 번 읍을 하고 간절히 옥의 이룸을 기대했네　　一揖哼哼期玉成

142　원주에 "집이 본래 주주(周州) 남비(南鄙)이다"고 했음.
143　일지(一指) : 『장자(莊子)‧제물론(齊物論)』에 "천지는 일지(一指)이고 만물은 일마
　　(一馬)이다"라고 했음. 천지가 비록 크지만 한 손가락으로 가릴 수 있다는 것. 이후 일지
　　는 시비득실을 가릴 수 있다는 전고로 사용되었음.
144　시례(詩禮)를 부친 앞에서 이으면서 : 시례는 『시경』과 삼례(三禮). 널리 유가의 경전
　　을 말함. 추정(趨庭)은 부친의 가르침을 계승하는 것. 공자(孔子)의 아들 이(鯉)가 마당
　　을 지나가다가 공자에게서 『시경』과 『예기』를 공부하라는 가르침을 받은 데서 유래했음.
　　원주에 "가옹(家翁) 장백현(長白現)은 본번강관(本藩講官)이었다"고 했음.
145　적선생(荻先生) : 원주에 "나의 스승 적생무경(荻生茂卿)은 동도인(東都人)이다"고
　　했음.

부용봉[146]은 적설로 천추에 희기 때문에	芙蓉積雪千秋白

(이는 곧 색(色)에 가깝다.)

스스로 명산이라 이름 붙일 만한데	自是名山堪托名
누가 완박[147]을 지니고 야광주를 바라며	誰持頑璞望夜光

(묘(妙)하다.)

홀로 소질[148]을 지니고 문장을 이룸을 바라는가?	獨有素質可成章
단지 현씨 집의 옛 돼지나 개에 불과하여	徒是縣家舊豚犬

(1구(句)도 완만(緩慢)함이 없다.)

세월은 덧없이 흐르고 큰 창고를 낭비하니	歲月荏苒糜大倉
어찌 옥산[149] 옆에 몸을 의탁함을 도모하여	曷圖托身玉山側
하루아침에 아름다운 덕에 친함을 주선하랴?	一朝周旋親懿德
향국의 선사도 볼 수 없는데	鄉國善士不可見
천하의 선사는 더욱 얻기 어렵네	天下善士更難得
그대는 본래 재자로서 삼한의 영걸인데	君自才子三韓英
인끈 매고 출사하여 밝은 시절을 당했네	結綬彈冠當聖明
고표가 헌헌[150]하게 인간세상을 벗어나고	高標軒軒出人間
한묵의 필봉이 동경을 능가했네	翰墨鋒穎凌東京

146　부용봉 : 원주에 "부사(富士)는 일명 부용봉(芙蓉峯)이다"라고 했음.
147　완박(頑璞) : 가공하지 않은 옥석. 졸렬한 품성을 비유하는 겸사.
148　소질(素質) : 하얀 바탕.
149　옥산(玉山) : 마음이 고상하고 용모가 아름다운 사람을 이르는 말.
150　고표(高標)가 헌헌(軒軒) : 고표는 인물이 출중한 모양. 헌헌은 의태가 헌앙(軒昂)한 모양.

군왕의 밝은 생각 운대[151]가 간절하니	君王叡思切雲臺
봉각에서 사륜의 인재[152]로 추천하려 했네	鳳閣將擧絲綸才
좋은 운수가 한 때에 우리 무리에게 빌려주니	嘉運一時假吾輩
팔을 잡고 서로 향하다가 몇 번이나 돌아왔던가?	把臂相向知幾回
인정을 두루 합당하게 지기에게 펴는데	人情偏當伸知己
뜬 구름처럼 모이고 흩어짐이 어찌 그리 빠른가?	浮雲聚散何甚駛
밝은 달과 함께 가을바람을 타고	願與明月乘秋風
서쪽으로 날아가 한수 가에 오래 머무르고 싶네	西飛長住漢水湄

(곡(曲)이 장차 끝나려 하여 음절이 더욱 촉박하고 더욱 급한데, 그 신색(神色)의 한가하고 태연자약함을 보면, 명공(名工)이라 하지 않을 수가 있겠는가?)

○조선 네 분의 책상 아래에 받드는 편지
奉朝鮮四君案下書

주남(周南)

(신준(神俊)함이 이전에 없던 것인데, 곧장 세성(歲星)과 장경(長庚)과 함께 아름다운 빛을 다툰다. 어찌 일기(一氣)가 관통하여 끝까지 이름을 알 수 있겠는가?)

효유(孝孺)는 무상(無狀 : 불초)한데, 유독 태평한 사이의 기(氣)를 만나서, 칠척(七尺)의 뼈와 몸을 고주(鼓鑄)[153]하여서, 외롭게 천지 사이

---

151 운대(雲臺) : 한(漢)나라 명제(明帝) 때 공신 등우(鄧禹) 등 28명의 장군의 초상을 모신 대의 이름.
152 봉각(鳳閣)에서 사륜(絲綸)의 인재 : 봉각(鳳閣)은 중서성(中書省)의 별칭. 사륜의 인재는 국가문서를 담당하는 인재를 말함.
153 고주(鼓鑄) : 바람을 불어 불을 피워 금속을 녹여서 주조하는 것.

에 심었습니다.(자부(自負)가 심하다.) 큰 것은 용마루나 들보용으로서 먹줄에 맞지 않고, 작은 것은 난절(欒楶)[154]용으로서 아로새김에 맞지 않습니다. 평생 한 바는 소리 내어 구구하게 글을 읽고, 먹을 갈아 붓을 적셨습니다. 한 활과 열 화살, 장도(長刀)와 단도(短刀)의 부용(芙蓉)의 문양[55]을 한 방에 걸어놓고 아득히 장차 생애를 마치고자 했습니다.(실경(實境)이기 때문에 정신이 있다.) 저술한 한두 문사(文辭)는 곧 서장(西長) 바닷가의 농서(農書)와 어가(漁歌)를 복원한 것인데, 비리하여 기록할 수 없습니다. 다만 그 글을 지을 때에 기뻐하며 스스로 즐거움으로 삼았습니다. 마음으로 군자인(君子人)을 얻어서 함께 하면 만족할 뿐이라고 말했습니다. 그렇지 않다면, 무엇으로 나의 번민함을 두들겨 없애고, 나의 위축됨을 약탈하여 원대한 구역으로 보내버릴 수 있겠습니까? 이에 군자인에 대하여 급급(汲汲)하기를 미치지 못할 것처럼 하고, 황황(遑遑)하기를 얻지 못할 것처럼 한 것입니다. 제가 여러분을 따르는 것을 갈증이 난 자처럼 하는 것은 이 때문입니다.(1구(句)가 접하여 머무니, 형세가 빨리 달리는 말[奔馬]을 다스려서 버린 후에 전환하여 가는 것이 자유자재이다.) 비록 그렇지만, 나에게 불행히도 밝은 시대에 태어나지 못하게 한 것은 큰 나라의 전장(典章)[156]과 군자(君子)들의 위의(威儀)를 보지 못하게 하였고, 나에게 불행히도 몸에 조충소지(彫蟲小技)[157]를 없게 한 것은 좌우에서 친히 모시고서 해타

154　난절(欒楶) : 곡계(曲枅)와 동자기둥. 곡계는 두공(枓栱)의 일부로서 건물의 위쪽 하중을 버티는 횡목(橫木).

155　부용(芙蓉)의 문양 : 칼에 새긴 연꽃 문양을 말함.

156　전장(典章) : 제도와 법령 등의 총칭.

(咳唾)[158]의 나머지를 받들지 못하게 했습니다. 이 두 가지는 내가 나의 천성에서 획득한 것입니다.(편수(編首)를 한 번 돌아본다.) 만약 지극한 성취를 말하지 않고, 효험을 팔지 않는 것은 모두 내가 할 수 있는 바가 아니어서, 여러 분들을 우러르게 되었습니다. 제가 처음 알현의 일을 맡아서 문을 바라볼 때 하늘이 보는 듯하고, 신(神)이 아는 듯하여, 얻을 수 없는 것이 또한 이루어졌습니다. 어찌 장자(長者)께서 몹시 용납하셔서, 길가의 사람을 멀리 내버리지 않고, 곧 이와 같이 계단 앞의 자리를 빌려주실 줄 알았겠습니까? 단지 이것만이 아니라, 붓과 벼루를 서로 접하고서 창화(唱和)를 하고, 처음 만나 대화를 하는 사이에, 정의(情義)가 한꺼번에 이르렀습니다. 그래서 저는 교훈에 대하여 한만하지 않고, 허물을 면할 수 있었는데, 받은 바가 많은 것을 어찌 감히 감당할 수 있다고 하겠습니까? 비록 그러하지만, 이는 참으로 군자께서 남을 사랑하는 지극한 정에서 나왔는데, 내가 할 수 없는 바를 여러 분들에게서 얻은 것입니다. 마땅히 나의 천성과 함께 할 것이고, 칠 척의 몸과 함께 할 것입니다.(편수를 두 번째로 돌아본다.) 오직 감개함이 하루가 아니고, 곤강(崑崗)[159]과 계림(桂林)[160]가에서 지금 한 가지를 꺾고, 지금 한 조각을 깎아내었으니, 그것으로써 대년(大年)[161]을 맺어서 배와 등에 계수가지와 옥 조각을 난만(爛漫)

---

157 조충소지(彫蟲小技) : 문장을 고심하여 다듬어 짓는 작은 기능.
158 해타(咳唾) : 타인의 언어와 시문(詩文) 등을 칭송하는 말.
159 곤강(崑崗) : 중국의 곤륜산(崑崙山). 옥의 산지로 유명함.
160 계림(桂林) : 지금의 중국 광서성 장족(壯族) 자치지구 동북부지역. 유명한 경승지임. 계림일지(桂林一枝)는 과거에 합격함을 말함.

하게 하겠습니다.(이 일절(一節)은 좌측으로 우린(于麟 : 李攀龍)의 어깨를 치고, 우측으로 원미(元美)의 소매를 잡은 것이다.) 지금 장차 멀리 이별하면, 왕래하는 사이에 다시 모실 수 있을지 모르겠습니다. 곧 사람에게는 백년의 수명이 있는데, 이 모임은 단지 일 경각의 만남일 뿐입니다. 곧 천지의 처음과 천지의 끝을 회복하더라도 천고(千古)와 만고(萬古)가 또한 단지 한 경각의 만남일 뿐입니다. 생각이 무궁하고 연련(戀戀)함을 말로 할 수 없습니다.(이 일절(一節)은 차공(次公)이 자부한 것이 또한 심하다. 다만 한인(韓人)이 끝내 한 가지도 이어서 감당할 수 없는 것이 애석하다.) 밤에 자리 위에서 서로 창화(倡和)한 것은 비루한 회포를 다 펼 수 없었습니다. 물러나와 비루한 말을 펴서 각각 별도의 받들어 올렸습니다. 그 중에 규구(規矩)의 여부(與否)는 논하지 않고, 잠시 비루한 성성만을 올렸습니다. 저 산양(山陽) 바다는 천여 리입니다. 웅장한 흥취와 장관(壯觀)이 모두 사인(詞人)의 가슴을 열어줄 수 있습니다. 대판성(大坂城)과 경사(京師)의 아름다움과 비파호(琵琶湖)[162]의 드넓은 물은 또한 동방(東方)의 아름다운 것입니다. 멀리 가면 준주(駿州)[163]의 부악(富嶽)이 만 장(丈)인데, 여덟 잎의 연꽃이 중천에 날리고, 흰 눈발이 광채가 선명하여서, 위로는 상제(上帝)의 뜰을 비추고, 아래로는 용궁(龍宮)을 비춥니다. 온갖 귀신과 도깨비의 기괴

---

161 대년(大年) : 긴 수명.
162 비파호(琵琶湖) : 일본에서 가장 큰 담수호. 혼슈[本州] 중서부 시가 현[滋賀縣]에 있다. 남북 길이가 약 64㎞, 면적은 674㎢이다. 모양이 비파를 닮았다 하여 이런 이름이 붙었다.
163 준주(駿州) : 준하국(駿河國)의 다른 이름. 현재의 정강현(靜岡縣) 중앙부.

함이 그 자취를 감출 곳이 없습니다. 저 양령(陽靈 : 태양)과 음백(陰魄
: 달)이 서로 숨어서 아침저녁의 광명이 된 것은 사신의 큰 깃발이
지나감을 기다려서 잔안(屛顔)[164]을 한 번 풀어서 가빈(嘉賓)을 맞고자
함입니다.(이 산이 있은 이래로 이와 같은 말은 있은 적이 없었다. 산이 누구를
위해 잔안을 한 번 풀어주는가?) 이때를 당하여, 수레 위와 말 위에서 시상
이 솟아 흐르고, 비단수와 같은 시구가 이빨 사이에서 왕성하게 돌출
합니다. 이른 바 한 말 술에 시가 백 편이고[165], 말에 기대어 글을
지음[166]을 기다릴 만하다는 것입니다. 이때 한 차례 저를 위해 화답의
시를 지은 것을 돌이켜 생각하니, 소중한 큰 나라의 보배를 빌려다가
미인(美人)이 주신 것입니다. 사람들 중에 동도(東都)의 적생무경(荻生
茂卿)이란 사람은 저의 스승입니다. 안등동벽(安藤東壁)이란 자와 소
창정(小倉貞)이란 자는 모두 저의 벗입니다. 사신의 큰 깃발이 도성으
로 들어가면, 마땅히 와서 뵐 것입니다. 그 화답시의 대편(大篇)은
저들에게 맡겨 전송했는데, 이처럼 이어진 것은 하늘과 더불어 갖추
어진 것입니다.(편수를 세 번째 돌아본다. 문이 여기에 이르러 그쳤다.) 부디
예(禮)와 다르다고 여기지 말기 바랍니다. 마땅히 각 자리마다 별도

---

164 잔안(屛顔) : 산이 험준한 모양을 형용하는 말.
165 한 말 술에 시가 백 편이고 : 두보(杜甫)의 〈음중팔선가(飮中八仙歌)〉에 "李白一斗詩
百篇"이라고 했음.
166 말에 기대어 글을 지음 : 『세설신어(世說新語)·문학(文學)』에 "환선무(桓宣武)가 북
정(北征)할 때 원호(袁虎)가 그때 따라갔는데, 질책을 당하여 면관(免官)되었다. 마침
포문(布文)을 펴야 할 일이 있어서 원호를 불러다가 말 앞에 기댄 채 짓게 하였다. 손이
붓에서 떨어지지 않고 곧 종이 7장을 지어냈는데 빼어나게 볼만 했다"고 했다. 이로 말미
암아 의마가대(倚馬可待)는 문사가 민첩함을 말하게 되었다.

로 한 장씩의 편지를 갖추어 올려야 하지만, 다만 배의 출발이 급박하여 겨를이 없어서 모두 한 종이에 실었는데, 저의 본래의 뜻이 아닙니다. 부디 많은 허물로 여기지 마시기를 바랍니다.

○방주우삼[167] 형의 대와 하소송포[168] 형의 대에 받들어 올리는 편지
奉呈芳洲雨森兄臺·霞沼松浦兄臺書 9월 11일, 뱃길에 올리다.

주님(周南)

온화한 바람의 호송 아래 큰 배가 곧 대판부(大坂府)에 당도했습니

---

167 방주우삼(芳洲雨森) : 우삼방주(雨森芳洲 : 아메노모리호오슈우, 1668~1755). 본명은 준량(俊良 : 노부요시) → 등오랑(藤五郞 : 도고로) → 동오랑(東五郞 : 도고로) → 성청(誠淸 : 노부키오), 호는 방주(芳洲), 자는 (伯陽), 조선이름은 우삼동(雨森東)임. 중국어, 조선어에 능통해서 에도시대 중기 일본을 대표하는 유학자. 쓰시마번(對馬藩)을 섬겼으며 조선과의 우호를 위한 실무에 종사했다. 1698년 조선방좌역(朝鮮方佐役 : 조선담당부 보좌역)을 임명받고, 1702년 부산에 건너가, 1703년부터 1705년까지 부산의 왜관에 체재했다. 이 기간 동안 조선측의 일본어사전『왜어유해(倭語類解)』의 편집에 협력하고, 조선어 입문서『교린수지(交隣須知)』를 제작했다. 1711년에는 도쿠가와 이에노부(德川家宣)의 취임을 축하하는 조선통신사를 에도(江戶)에까지 수행했으며, 1719년 도쿠가와 요시무네(德川吉宗) 취임을 축하하기 위한 통신사를 에도까지 수행했다. 목하순암(木下順庵)의 문하생이다.

168 하소송포(霞沼松浦) : 송포하소(松浦霞沼 : 마쓰우라 가쇼, 1676~1728). 에도(江戶) 중기 쓰시마(對馬) 후츄번(府中藩)의 유자(儒者). 자(字)는 정향(禎卿), 호는 (霞沼)임. 목하순(木下順庵 : 기노시타 순안)의 문하에서 수학했으며 특히 시문에 재능을 발휘했다. 같은 목하순암의 문하인 우삼방주(雨森芳洲)와 특별히 친분이 깊었다. 편저(編著)『조선통교대기(朝鮮通交大紀)』(1725)는 중세부터 1716년까지 쓰시마와 조선과의 관계를 기술한 것으로 특히 임진왜란 이후의 부분은 사료적 가치가 높은 것으로 평가받고 있다.

다. 가을 물이 긴 하늘과 함께 한 색깔인데 바로 영웅이 조작(造作)되는 때입니다. 게다가 손님과 주인이 동남(東南)의 아름다움에 부끄럽지 않으니. 훈지(塤箎)가 함께 연주됨을 돌아보고, 금슬(琴瑟)을 함께 타서 가을바람의 자연스러운 갱장(鏗鏘)[169]하는 소리에 답하고자 합니다. 관(關)을 지나온 이전의 큰 시문이 몇 편인지는 알지 못하나, 적간(赤間)에서의 한 번 모임은 상제(上帝)의 궁(宮)에서 꿈속에서 노니는 것에 비유할 수 있습니다. 본 것은 구름과 놀 속의 선자(仙子)들이고, 들은 것은 균천광악(鈞天廣樂)[170]입니다. 얼마 후 갑자기 인간세상으로 떨어졌는데, 산하는 바뀌지 않았고, 사람과 축생도 예전과 같지만, 유풍(遺風)과 여음(餘音)은 오히려 귀와 눈에서 방불(髣髴)합니다. 운전(雲牋)[171]이 녹실(鹿室)로부터 이르니, 더욱 간절히 우러러 사모하옵니다. 삼공(森公)의 소서(小序)와 시편과 송공(松公)의 고풍(古風) 1편과 근체(近體) 3장(章)은 모두 바다 표면에서 세찬 기세로 일어나는 큰 바람입니다. 중당(中堂)에다 걸어두고, 기거하면서 반드시 외워보면 맑은 바람이 이빨 사이에서 일어나고, 혼(魂)이 표표(飄飄)히 좌우로 날립니다. 그 어느 때나 다시 고아한 자태를 모시고서 마음속의 자세한 실마리를 다 펴고, 가르침을 받을 수 있겠습니까? 저는 이공(李公)과 여러분들의 여러 편(篇)을 받들어서 이미 기조(記曹)[172]에게 전달했는데, 곧 전해 옴을 받아서 화답을 얻었습니다. 간

---

169 갱장(鏗鏘) : 금속이나 옥 소리와 같은 맑은 소리.

170 균천광악(鈞天廣樂) : 천상의 음악.

171 운전(雲牋) : 구름과 꽃문양이 있는 종이. 편지를 말함.

172 기조(記曹) : 표장문(表章文)이나 격서(檄書)를 담당하는 관청이나 관원.

절한 심정이 마땅히 두 분 공(公)에 힘입어 이루어졌습니다. 기쁨이
고무됨이 무궁하게도 귀중한 응낙을 깊이 이끌었습니다. 옛 말에 이
르기를 "경개(傾蓋 : 상봉)함이 옛 친구와 같고, 백발 머리도 새 친구와
같다"고 했습니다. 처음 이 말을 들었을 때는 속으로 스스로 믿을
수가 없었습니다. 이는 특히 교제의 소홀함에 대한 근심을 형용한
것이고, 이치가 반드시 이와 같지 않다고 여겼습니다. 두 분 공을
모시게 되자, 비로소 그 말이 나를 속이지 않았음을 깨닫게 되었습니
다. 저는 어려서부터 집에서 수업했는데, 장주(長周) 사이를 왕래하
면서 본 바가 이미 많았습니다. 나중에 동도(東都)에 가서, 교유가
더욱 더 많았습니다. 그 10년 간 마음으로 서로 함께 할 사람은 겨우
삼사 명일뿐입니다. 이것이 어찌 오랜 세월에서 유익함이 있었다고
하겠습니까? 백발에 이르더라도 또한 다시 이와 같을 뿐일 것입니
다. 제가 어찌 자신을 기준으로 선택해서 그러하겠습니까? 대개 여
러 사람을 얻지 못했을 뿐입니다. 두 분 공은 재능과 기량이 빼어나
고, 학식이 크고 풍부합니다. 그 문장은 장차 이 세상을 바꾸려고
합니다. 어찌하여 저에게 정답고 정성스럽게 대하시어, 한 번 뵙는
사이에 의리가 10년의 친구보다도 더 낫습니까? 옛날에 조석부(越石
父)[173]가 지기(知己)의 어려움 때문에 감옥 속으로 되돌아가려고 했습
니다. 대개 사대부는 의로운 죽음을 피하지 못함이 있습니다. 저는
그 무엇을 닮아서 두 분 공의 덕에 보답해야 합니까? 군자의 큰 복을
돌아보면, 만년 멀리 누리실 것입니다. 늙은 나이의 저도 또한 수십

173 조석부(越石父) : 춘추시대 제(齊)나라 현인.

년의 세월을 빌려서 장자를 대하고자 합니다.(차공(次公)은 동리(東里)[174]의 재능이라 할 만한데, 옛 말과 뜻의 사령(辭令)이 묘품(妙品)이다.) 비록 땅은 아득히 떨어져 있지만, 궤철(軌轍)이 여전히 방역(方域 : 국내) 안에 있습니다. 혹은 멀기도 하고 혹은 가깝기도 하지만, 사문(斯文)[175]에 기대어 하풍(下風)[176]을 오래 의탁하고 싶습니다. 천한 작품 4편은 운(韻)으로써 화답을 받들었는데, 잠시 바라는 뜻을 붙였습니다. 이공(李公)과 여러분들이 별고 없으신지, 편지를 받들어 묻고자 했으나 번얼(藩臬)[177]이 엄중하여 여의치 못했습니다. 두 분 공께서 다행히 안부를 물어주셨습니다. 붓으로는 말을 다 할 수 없어서, 편지에 임하여 슬픕니다. 배가 돌아오는 것은 언제인지요? 목을 늘이고서 여기서 기다리고 있습니다.

○방주 사백께 받들어 올리다
奉呈芳洲詞伯 2수

주남(周南)

금리 문단의 기세가 무지개 같은데　　　　　　錦里文壇氣似虹
서로 바라보는 제자들은 모두 영웅들이네　　　相望諸子悉英雄

---

174 동리(東里) : 춘추시대 정(鄭)나라 대부(大夫) 자산(子産)의 고향. 지금의 하남성(河南省) 신정시(新鄭市). 자산은 재능이 출중하여 공자(孔子)에게 칭송을 받았음.

175 사문(斯文) : 행동거지가 문아(文雅)한 사람.

176 하풍(下風) : 자신에 대한 겸칭.

177 번얼(藩臬) : 법으로 제한함.

지금 융성한 운의 빛이 멀리 비추니   卽今隆運光華遠

동방의 대아의 풍을 떨쳐 일으키네   振起東方大雅風

(목하순암(木下順菴)[178]이 일찍이 금리선생(錦里先生)이라 칭했다. 우삼(雨森)은 문인
(門人)이다.)

○ 제2수(其二)

풍성의 검기[179]가 긴 무지개를 움직이니   豊城劍氣動長虹

보물이 사해의 으뜸이 될 만하네   寶物堪稱四海雄

스스로 인간세상에서 바라보기가 어렵지 않으니   自是人間不難望

한 가을 하늘가에 서풍을 일으키네   秋高天際起西風

(지극히 묘하다. 우군(雨君)이 보고서 불손하다고 여길지 모르겠다.)

○하소 사백께 받들어 올리다
奉呈霞沼詞伯 2수

문채 나는 한묵이 영웅호걸들에게 의지하고   翩翩翰墨倚英豪

창해의 구름 여는 오색의 붓이네   滄海雲開五色毫

---

178 목하순암(木下順菴) : 경도(京都) 사람. 이름은 정간(貞幹), 자는 직부(直夫), 호는
　 순암(順菴)・금리(錦里). 막부유관(幕府儒官)을 지냈다. 학문은 정주(程朱)를 종으로 삼
　 았는데, 많은 제자를 배출했음.

179 풍성(豊城)의 검기 : 중국 강서성 예장군(豫章郡) 풍성현(豊城縣)의 땅에 매장되었던
　 용천검(龍泉劍)과 태아검(太阿劍)이 하늘에 빛을 쏘아 자기(紫氣)가 서렸다고 함. 『晉
　 書・張華傳』에 보임.

언제 노래하고 화답할지 모르지만   不知何時歌且和

술잔 앞의 풍월에 함께 취하네   樽前風月共酕醄

(제1수는 적간(赤間)의 자리 위에서 적은 것인데, 지금 깨끗이 베껴서 받들어 올린다.)

9월 15일, 한사(韓使)가 섭진(攝津)에 도착했는데, 약수(若水) 강겸통(江兼通)이 동곽(東郭) 등 4인과 창화(唱和)하고서, 기록하여 사중(社中)으로 보내왔다. 내옹(徠翁 : 荻生徂徠)께서 답서가 있었다. 시와 그 운을 붙여서 실어놓는다.

○조래 적 선생[180]께 받들어 올리는 편지
奉呈徂徠荻先生書

강겸통(江兼通)

(살펴 얻은 것이 화인(華人)이다.)

여름 오월 중완(中浣)[181]에 제전(鵜殿)의 노관(蘆管 : 갈대줄기)[182]을

---

180 조래(徂徠) 적(荻) 선생 : 적생조래(荻生徂徠 : 오규우소라이, 1666~1728). 강호(江戶) 사람. 이름은 쌍송(雙松 : 나베마츠), 자는 무경(茂卿), 통칭은 총우위문(總右衛門). 호는 조래(徂徠)・훤원(蘐園)・적성옹(赤城翁). 별칭은 물조래(物徂徠). 임봉강(林鳳岡)에게 배웠다. 관직은 군산유택후유(郡山柳澤侯儒)를 지냈다. 처음에는 주자(朱子)를 신봉했으나 나중에 자신의 견해를 세워서, 선유(先儒)의 설을 모두 배격하였다. 명나라 이반룡(李攀龍)을 본받아 고문사(古文辭)을 배웠다. 향보(享保) 13년 63세로 죽었다. 수많은 저서가 전한다.

181 중완(中浣) : 관리의 중순(中旬)의 휴목일(休沐日).

182 제전(鵜殿)의 노관(蘆管) : 섭진(攝津)의 제전에서 생산되는 갈대줄기. 필률(篳篥 :

얻어서 받들어 올렸는데, 삼추(三秋) 동안 답음(答音)을 받지 못했습니다. 존후(尊候)가 어떠하신지 모르겠습니다. 아뢰고자 하는 것은 이 달 15일에 조선 신사(信史)가 낭화강(浪華江)에 정박했는데, 이튿날 성서(城西)의 정사(精舍)에 투숙했습니다. 정사(正使)는 조태억(趙泰億)이고, 부사(副使)는 임수간(任守幹)이고, 종사(從事)는 이언방(李彦邦)인데, 그들 관작(官爵)이 무슨 직함인지는 상세하게 알지 못합니다. 제술관(製述官) 이현(李礥)은 호가 동곽(東郭)인데, 이른 연세에 등제(登第)하고, 다시 장원(壯元)에 발탁되었습니다. 나중에 안릉태수(安陵太守)에 임명되었는데, 자못 사부(詞賦)를 잘하여서 잠시 사신을 수행했습니다. 또 홍경호(洪鏡湖)·엄용호(嚴龍湖)·남범수(南泛垂) 세 사람이 있습니다. 홍과 엄은 대개 과거에 오른 선비들로서 모두 장서기(掌書記)입니다. 일찍이 그 시단에 대해 들었는데, 증수(贈酬)함에 칠보(七步)[183]와 팔차(八叉)[184]로써 이룬 것이 많다고 합니다. 불녕(不佞 : 불초)은 절실히 한 번 보고자 했지만, 그 어찌 관부의 관대함이 예전 해와 너무 달라졌습니까? 문지기가 엄히 꾸짖으며 사객(詞客)의 통자(通刺)[185]를 허락하지 않았습니다. 글을 품고 객관(客館)만 바라보다가 날이 하루가 지나버렸습니다. 나중에 우삼(雨森) 서기(書記)에게 부탁하여 겨우 수화(酬和) 몇 수를 얻고, 아울러 도중에 조선사인

갈대피리)를 만드는데 적합하여 지역 산물로 유명했음.

183 칠보(七步) : 위(魏)나라 조식(曹植)이 7걸음 걷는 동안 〈칠보시〉를 완성했음.

184 팔차(八叉) : 당나라 온정균(溫庭均)은 재사(才思)가 민첩하여 8번 팔짱을 끼는 동안 8운시를 완성했음.

185 통자(通刺) : 알현하고자 명함을 전하는 것.

의 행렬을 보고 1편을 기록하여 주었더니, 재빨리 열람했습니다. 우삼은 평소 화음(華音 : 중국어)을 잘 했는데, 곧 기강강생(崎江岡生)의 문문사(問門士)입니다. 불녕은 그로 인하여 대화하는 사이에 선생의 일을 언급했습니다. 우삼이 말하기를, "사신의 배가 장문(長門)을 지나가던 날에 어떤 한 영재(英才)가 있었는데, 성은 현(縣)이고, 호는 주남(周南)이란 자가 와서 알현했습니다. 실로 해서(海西)에서 짝이 없는 선비였습니다. 생각건대 적공(荻公) 문하의 선비입니까"라고 했습니다. 불녕이 말하기를, "시를 동곽(東郭)께 부쳐주십시오"라고 했습니다. 처음에 '적간(赤間)' 글자를 사용했는데, 그것이 고아하지 못하다고 자못 꺼렸습니다. 그로 인하여 적공(荻公)이 현수재(縣秀才)에게 준 "적마관(赤馬關)은 높이 수부(水府)에 통하고, 청정주(靑蜓州)는 모두 화천(華天)에 접했네"라는 구를 기억하고, 마침내 고추(敲推 : 추고)를 했습니다. 남은 기름의 남은 향기가 적혀옴이 있어서, 서로 함께 박수치고 이별했습니다. 기이한 만남이라고 하겠습니다. 한빈(韓賓)은 지금 낙하(洛下 : 京都)의 본국사(本國寺)[186]에 머물고 있습니다. 생각건대 초겨울 하완(下浣 : 하순)에 반드시 귀하의 땅에 이를 것입니다. 선생께서는 소내한(蘇內翰)[187]의 재능을 몹시 지녔으니, 한 번 〈백

---

186 분국사(相國寺, 쇼코쿠지) : 교토시(京都市)에 있는 임제종(臨濟宗) 쇼코쿠지파(相國寺派) 대본산(大本山)의 사원. 산호(山號)를 만년산(萬年山)으로 칭했음. 본존(本尊)은 석가여래(釋迦如來), 개조(開基)는 아시카가 요시미쓰(足利義滿), 개산(開山)은 무소 소세키(夢窓疎石). 아시카가(足利) 쇼군(將軍) 집안, 후시미노미야(伏見宮) 집안, 가쓰라노미야(桂宮) 집안과 인연이 깊은 선사(禪寺). 오산문학(五山文學)의 중심지이며, 화승(畵僧) 주문(周文)과 셋슈(雪舟)의 출신지임. 긴카쿠지(金閣寺, 鹿苑寺), 긴카쿠지(銀閣寺, 慈照寺)는 쇼코쿠지의 경외탑두(境外塔頭)임.

설가(白雪歌)〉를 부르면, 삼한(三韓)의 여러 사람들이 몹시 금사(金使)
의 수치를 받들 것이 분명합니다. 천리 밖에서 머리 들고 바라봅니
다, 우사(郵舍)의 사졸이 출발하려고 하니, 편지 앞에서 슬퍼하며 다
마치지 못할 듯합니다. 신묘년 늦가을 28일, 강겸통이 아홉 번 절하
옵니다.

○도중에 조선사인의 행렬을 보고
途中觀朝鮮使人行

약수(若水)

정덕의 용이 나는 신묘년	正德龍飛辛卯年
신령한 뗏목으로 사신이 조선에서 왔네	靈槎奉使自朝鮮
큰 바다 사이에 구모[188]가 많아서	洋海之間多颶母
동으로 표류하다 서쪽에 머문 길이 삼천리이네	東漂西泊路三千
구월 십육일에 하구로 들어오니	九月既望入河口
교외에서 맞아 접대의 예가 더욱 경건하네	郊迎接待禮尤虔
푸른 발 하얀 배가 앞 항구로 거슬러오니	青簾白舫溯前港
어기어차 화답의 노래 비단 닻줄을 이끄네	欸乃和歌錦纜牽
낭화교[189] 가에 목란 상앗대 멈추니	浪華橋畔停蘭槳
한 별 같은 포화가 중천에서 울리네	一星砲火響中天

187 소내한(蘇內翰) : 송나라 소식(蘇軾). 내한은 한림(翰林)을 지칭하는 말.
188 구모(颶母) : 폭풍이 일어나려는 징조의 무지개 같은 구름 무리.
189 낭화교(浪華橋) : 낭화(浪華, 나니와)는 일본 오사카(大阪) 지방의 옛 명칭.

청도기¹⁹⁰ 펄럭이며 용절¹⁹¹을 들고	清道旗飄擎龍節
종소리 경쇠소리에 북소리 고요하네	金聲玉振鼓関関
사신 수레가 국서 가마를 호송하며	使軺護送國書轎
문무의 재관들이 차례로 이어지네	文武材官次第連
관복과 수레는 한나라 제도에서 왔는데	冠蓋由來漢制度
푸른 옷깃 붉은 수레 끈 꽃문양 안장깔개이네	青衿朱紼跨花韉
강남은 본래 아름답다고 말하는데	江南本是稱佳麗
물 수려하고 산 밝고 만정¹⁹²에 연기나네	水秀山明萬井煙
구시¹⁹³가 개장하여 온 물화가 통하고	九市開場通百貨
아름다운 골목과 거리엔 관현소리 비등하네	繡巷錦街沸管絃
이금의 병장¹⁹⁴과 능라비단의 장막과	泥金屏障綾羅幕
붉게 물들인 양탄자와 대모장식의 자리이네	染雜血氈玳瑁筵
성남 성북의 사람들이 개미떼같이	城南城北人如蟻
아이 끌고 노인을 부축하여 각자 앞 다투네	携童扶老各爭先
모두가 한림 이동곽을 말하니	悉道翰林李東郭
관포어대¹⁹⁵를 누가 어깨를 나란히 하랴?	官袍魚帶孰齊肩
강희¹⁹⁶ 연간의 장원 객인데	康熙年裏壯元客

190 청도기(清道旗) : 관원들의 외출 때 의장대가 소지한 깃발.
191 용절(龍節) : 용 모양의 부절(符節). 사신이 소지하는 부절을 말함.
192 만정(萬井) : 천가만호(千家萬戶).
193 구시(九市) : 한나라 때 장안(長安)에 있었던 9군데 시장.
194 이금(泥金)의 병장(屏障) : 금가루를 이겨서 그린 병풍.
195 관포어대(官袍魚帶) : 관복의 띠에 어대(魚袋)를 수식한 것. 어대(魚袋)는 금은으로 만든 물고기 모양의 장식으로서 관복의 허리띠에 매어 뒤로 늘이는데, 귀천을 표시함.
196 강희(康熙) : 청나라 2대 황제 성조(聖祖)의 연호(1611~1722).

나가서 안릉을 진무하니 가장 어질다 했네	出鎭安陵最稱賢
뱃속의 도서는 이유[197]를 경시하네	腹中圖書輕二酉
고아한 풍류는 적선이라 불리는데	高雅風流呼謫仙
어찌 하늘 밖으로 큰 깃발을 수행할 줄 알았으랴?	何料天外隨大纛
많고 많은 선비들 기뻐서 미치려 하니	濟濟多士喜欲顚
하루의 창수하는 시가 만 수이네	一日唱酬詩萬首
단장의 백전[198]에서 붓이 서까래 같은데	檀場白戰筆如椽
천재일 뿐 아니라 두루 민첩하네	非啻天才偏敏捷
음조 높은 영객의 양춘편[199]이니	調高郢客陽春篇
이로부터 종이 값이 갑자기 등귀하네	從斯紙價驟騰貴
오기에서 다투어 베끼며 오를 연으로 잘못 적네	五畿爭寫誤烏鳶
우리 무리는 이 성대한 일을 멀리서 듣고	吾儕遙聞此盛事
대지팡이 짚신 차림으로 부전을 출발했네	竹杖芒鞋發富田
강호의 낙백한 한 한사는	江湖落魄一寒士
머리는 대머리고 이는 빠지고 주머니엔 돈도 없는데	
	頭童齒豁囊無錢
학사관 앞에서 명함을 소매에 넣고	學士館前袖名紙
이른 아침부터 문을 쓸다 날 저물어 돌아왔네	早曉掃門日暮旋

---

197 이유(二酉) : 대유산(大酉山)과 소유산(小酉山). 지금의 중국 호남성 완릉현(浣陵縣)
   서북. 전해오는 말에 소유산 골짜기에 천 권의 서적이 있는데, 일찍이 진인(秦人)이 은거
   하여 공부하던 곳이라고 함. 이유는 많은 장서(藏書)를 말함.
198 단장(檀場)의 백전(白戰) : 시 짓는 자리에서 시인들이 서로 겨루는 것.
199 영객(郢客)의 양춘편(陽春篇) : 춘추전국시대 초나라 도성 영(郢)의 노래에 〈양춘가
   (陽春歌)〉와 〈백설가(白雪歌)〉가 있었는데 노래가 고여 화답하는 자가 드물었다고 함.

근체시 일 장을 소리에게 맡겼는데	近體一章托小吏
오일이 지나도록 답서의 전함이 없네	半旬已無答書傳
가난한 사람이라 조선 사신을 뵙기 어려운데	貧生難見韓知客
남에게는 다만 인연이 없다고 말하네	向人只說因緣沒
인연이 없으니 이날 어디서 찾을 것인가?	沒緣是日何處覓
곧장 한을 품고 황천에 도달하리라	直當抱恨到黃泉

(부섬(富贍)하고 명백(明白)하다. 눈앞의 사정을 잘 서술하여 장경(長慶 : 白居易)의
풍미를 크게 얻었다. 낙기(洛畿 : 경사) 지역에서 누가 이를 넘을 수가 있겠는가?)

○동곽 이선생께 받들어 올리다
奉寄呈東郭李先生

약수(若水)

언제 부산을 출발했는지 모르지만	不識何時發釜山
성사[200]가 구월에 인간세상에 도착했네	星槎九月到人間
몇 날이나 청람도에 폭우가 내렸던가?	幾朝阻雨靑藍嶋
연일 적마관에서 바람을 점쳤네	連日占風赤馬關

---

200 성사(星槎) : 전설 속의 은하수에 왕래한다는 뗏목. 양(梁)나라 종름(宗懍)의《형초세
시기(荊楚歲時記)》에 "무제(武帝)가 장건(張騫)을 대하(大夏)에 사신을 보냈는데, 황하
의 근원을 찾아서 몇 달을 가서 한 곳에 이르렀다. 주부(州府)와 같은 성곽을 보았는데
실내에 한 여자가 베를 짜고 있고, 또 한 장부가 소를 끌고 강물을 먹이고 있는 것을
보았다. 장건이 '이 곳이 어디입니까?'라고 물으니, 답하기를 '엄군평(嚴君平)에게 물을
수 있소'라고 했다. 이에 한 지기석(支機石)을 주어서 돌아왔다. 촉(蜀)에 가서 엄군평에
게 물으니, 군평이 '모 연월(年月)에 객성(客星)이 우녀(牛女)를 범했다'고 했다. 지기석
은 동방삭(東方朔)에게 감식되었다"고 했다. 이후 성사는 사신의 배를 말하게 되었다.

어채시장이 열려 가는 곳마다 정박하고	魚菜市開行處泊
농어와 순채의 고향[201]이 멀어 꿈속에서 돌아가네	鱸蓴鄉遠夢中還
시골 사람이 등룡로[202]를 얻기 어려운데	野生難得登龍路
또한 거친 글을 올려 웃는 얼굴을 기대하네	且獻蕪詞要笑顏

○약수 사백께 받들어 사례하다. 경운을 사용하여 다시 부치다
奉謝若水詞伯, 用瓊韻却寄

동곽(東郭)

행인이 전날 내산을 출발하여	行人前日發萊山
구월에 돌아가는 배가 남두성 사이에 있네	九月歸舟南斗間
땅에 가득한 마을길은 대부를 지나가고	撲地村閭經大府
구름에 접한 누선의 노는 중관을 지나가네	接雲樓櫓歷重關
차 끓이는 옛 절에서 아침 내내 취했다가	烹茶古寺終朝醉

(취다(醉茶)는 참으로 내력이 있는데, 다만 이는 없었던 일을 사용하여 기록했다.)

연파 속에 노를 저어 밤에 돌아오네	理楫煙波入夜還
지척이 신선 거처인데 뵐 수 없으니	咫尺仙居違勝覿

(속독(俗牘)을 읽는 듯하다.)

---

201 농어와 순채의 고향 : 진(晉)나라 장한(張翰)이 천하가 어지러움을 보고, 항상 벼슬을
　　버리고 고향으로 돌아갈 생각을 지녔는데, 가을바람이 일어나자 곧 고향 오중(吳中)의
　　고채(菰菜)와 순갱(蓴羹)과 농어(鱸魚)를 생각하고 벼슬을 버리고 떠나갔다고 함.
202 등룡로(登龍路) : 등용문(登龍門)의 고사를 말함. 한(漢)나라 이응(李膺)은 고상한
　　인사였는데, 사람들이 그의 접대를 받으면, 등용문이라고 했다고 함.

| 언제나 걸상 마주하고 한차례 반겨볼 건가? | 何時對榻一開顔 |

○다시 전운을 사용하여 동곽선생께 받들어 수창하다
再用前韻, 奉酬東郭先生

약수(若水)

선비의 명망이 당당하여 북두성 태산과 같고	士望堂堂比斗山
유자의 호협함이 예림을 독점했네	儒豪獨占藝林間
닭 우는 창가에서 고금의 역사를 두루 읽고	鷄牕遍讀古今史
오금[203]에서 일찍 명리의 빗장을 뽑았네	鰲禁早抽名利關
계단 아래 꽃문양 벽돌에 해가 높으면 들어갔다가	階下花磚日高入
궁중의 연꽃 촛대에 밤이 깊으면 돌아오네	宮中蓮燭夜深還
객정에서 나에게 부친 새 시가 좋은데	客亭寄我新詩好
수창을 이으려니 다만 얼굴에 땀이 나네	試欲賡酬只汗顔

○금사연[204]을 동곽선생께 기증하다
以金絲煙寄贈東郭先生

약수(若水)

| 누런 담뱃잎을 채취하여 이미 잎맥을 제거하고 | 採得頭黃已去筋 |
| 썰어서 금실을 만드니 어찌 그리 향기로운가? | 割成金縷一何芬 |

---

203 오금(鰲禁) : 한림원(翰林院)의 별칭.
204 금사연(金絲煙) : 담배의 일종.

면전에서 곧 분분한 안개를 일으키고	面前乍趁紛紛霧
혀 사이에서 천천히 뭉게뭉게 구름이 피네	舌罅徐生曳曳雲
술이 아니지만 시객의 한을 풀어주고	非酒能消詩客恨
차를 대신하여 졸음을 훌륭히 물리치네	代茶好敗睡魔軍
다정하다고 누가 상사초라고 불렀는가?	多情誰喚相思艸
나그네에게 부쳐서 향기를 관리하게 하네	寄與征人把管薰

○부전께서 남초를 보내주심을 차운하여 사례하다
次謝富田惠南艸

동곽(東郭)

다만 흐르는 진액을 취하고 잎맥이 함께 함을 꺼리는데

	只取流津忌迸筋
썰어온 가벼운 실이 도리어 향기나네	剉來輕縷却生芬
태울 땐 뭉게뭉게 안개를 사랑스럽게 토하고	燃時愛吐霏霏霧
빨 때는 하늘하늘 구름을 삼키는 듯하네	吸處如吞裊裊雲
두루 이향의 꿈 없는 객에게 적합하고	偏合異鄉無夢客
추운 밤 임무를 교대하는 군졸에게 가장 좋네	最宜寒夜踐更軍
은근한 성대한 하사를 무엇으로 보답하겠는가?	慇懃盛貺將何報

(어찌 초(艸)자로 압운하지 않았는가?)

난실 교정의 끼쳐오는 향기에 감개하네	蘭室交情感襲薰

(다만 보내온 시의 한두 글자를 환각(換却 : 각운을 바꿈)했는데, 이것을 수화(酬和)를 얻었다고 여길 수 있겠는가?)

○홍경호 선생께 받들어 올리다

奉寄呈洪鏡湖先生

약수(若水)

아득한 안개 물결에 고향 산이 막히고	微茫煙浪隔家山
바다 건너며 출렁이는 대양에서 수개월이었네	過海飄洋數月間
찬찬한 문성이 먼 땅에 비추고	燦燦文星輝絶域
형형한 자기가 험중한 관문에 넘치네	熒熒紫氣溢重關
장한 마음으로 수를 버리고 떠남을 어찌 막으며?	壯心其碍棄繻去
웅변으로 벽옥을 온전하게 돌려옴[205]이 어찌 어려우랴?	
	雄辯何難完璧還
가구가 사람을 놀라게 하니 지금의 사걸이니	佳句驚人今四傑
왕양노락[206]을 무안하게 하네	王楊盧駱欲無顏

○약수의 사안에 화답하여 올리다

和奉若水詞案

경호(鏡湖)

형승의 명도가 바다 산을 베개로 베고	形勝名都枕海山
만 가옥의 안개 나무가 물과 구름 사이에 있네	萬家煙樹水雲間

---

205 벽옥을 온전하게 돌려옴 : 완벽귀조(完璧歸趙)를 말함. 조나라 인상여(藺相如)가 진(秦)나라의 조나라 벽옥과 여러 성과 바꾸자는 강요를 외교적 웅변으로 진나라를 설득시키고 벽옥을 다시 조나라로 완전하게 가져왔음.

206 왕양노락(王楊盧駱) : 초당사걸(初唐四傑). 왕발(王勃)·양형(楊炯)·낙빈왕(駱賓王)·노조린(盧照隣).

아득한 고국은 하늘에 이어져 먼데	蒼茫鄉國連天遠
쓸쓸한 선방의 문이 종일 열려 있네	寥落禪扉盡日開
다행히 좋은 벗들이 있어 가는 곳마다 모이니	賴有良朋隨處會
나그네가 언제 돌아갈지 모르겠네	不知游子幾時還
어찌 보내온 시구마다 새 음향이 많은가?	何來詩句多新響
손 씻고 큰 소리로 읊으며 나그네 얼굴을 씻네	盥手高吟洗旅顏

○엄용호 선생께 받들어 올리다
奉寄呈嚴龍湖先生

약수(若水)

고국 아득하고 산 위의 산들인데	故國迢迢山上山
사성이 먼저 부상 사이로 들어가네	使星先入扶桑間
바다 서쪽으로 노질이 삼천리인데	海西擊楫三千里
강좌에서 수레를 타니 백 둘의 관문이네	江左乘輅百二關
가을 후 사신 깃발이 지나감을 만났는데	秋後方逢文旆過
섣달 전 금의환향을 보고자 하네	臘前要看錦衣還
내일 강가의 이별에서	不知明日河邊別
누가 이별가를 불러 나그네 얼굴을 펴줄지 모르겠네	

誰唱驪歌解旅顏

○부전께서 부쳐 보여준 운에 화답하다
和富田寄示韻

용호(龍湖)

푸른 언덕이 만 리로 고향 산이 막혔는데	靑丘萬里隔鄕山
시야 끝 구름 파도가 넓은 물 사이에 있네	極目雲濤浩淼間
이미 외로운 배 파견하여 해안에 닿았는데	已遣孤舟□海岸
다시 사신 깃발을 따라 강관을 향하네	却隨征斾向江關
외국의 절서가 맑은 가을이 다했는데	殊方節序淸秋盡
먼 길 나그네의 행장은 언제 돌아갈 것인가?	遠客行裝幾日還
다행히 그대의 시가 나를 일으켜주니	賴爲君詩能起我
낭랑히 읊으니 마주한 듯 객의 얼굴을 펴주네	朗吟如對好客顔

(비리함이 심하다.)

○남범수 선생께 받들어 올리다
奉寄呈南泛叟先生

약수(若水)

두 나라의 친목이 산처럼 무거운데	兩邦親睦重如山
멀리 출항할 누선이 한수 사이에 있네	遠艤樓舟漢水間
칠팔월 중에 바다 섬을 표류하다가	七八月中漂海島
오천 리 밖 경관으로 향하네	五千里外向京關
관정에서 옷깃 이끄는 이별이 어려운데	官亭難得牽衣別
역로에서 부절이 돌아옴을 기대하네	驛路且期持節還
해낭 속의 구슬 한 개[207]를 아끼지 마오	莫吝奚囊珠一顆

훗날 객의 얼굴을 즐겁게 하리라　　　　　　他時更好作客顏

○약수 사백의 주신 경운을 받들어 차운하다
奉次若水詞伯投惠瓊韻

범수(泛叟)

나그네 길이 바다 산에 체류함이 많은데　　客行多滯海中山
현포와 창주[208]가 지척 사이이네　　　　玄圃滄洲咫尺間
밤비 처량한데 북소리 뿔피리소리 들리고　夜雨凄凄聞鼓角
구름 하늘은 아득한데 향관이 막혀있네　　雲天杳杳隔鄉關
별은 북극에 멀리 있어 수심스레 바라보고　星遙北極愁瞻望
길은 동성에 아득하여 왕복의 거리를 계산하네　路闊東城計往還
누가 경거[209]를 나그네 배에 던졌는가?　誰把瓊琚投旅檝
읊어보니 황홀하여 반기는 눈을 대하는 듯하네　吟來恍若對青眼

(이 사람이 다른 사람들보다 탁월하다.)

---

207 해낭(奚囊) 속의 구술 한 개 : 시낭 속의 한 편의 시를 말함. 당나라 이하(李賀)는
　　항상 출타할 때 어린 해노(奚奴 : 奴僕)에게 낡고 해진 비단 낭(囊)을 들고 따르게 했는
　　데, 우연히 글을 지으면 그 속에 넣었다고 함.
208 현포(玄圃)와 창주(滄洲) : 전설 속의 신선이 거주한다는 곳.
209 경거(瓊琚) : 좋은 옥으로서 남의 시문을 일컫는 미칭.

○하동역에서 조선 네 분 선생께 이별을 부치다, 전운을 겸용했다
河東驛寄別朝鮮四先生赴東都, 兼用前韻

약수(若水)

강 건너 안개 숲이 내 고향 산인데	隔江煙樹是吾山
나그네 깃발을 멀리 보며 역로 사이에 있네	遠望征旗驛路間
몇 연을 베껴서 전수에 띄웠는데	爲寫數聯浮奠水
삼첩 〈양관곡〉[210]을 노래할 길이 없네	無由三疊唱陽關
고향은 꿈속에 있는데 누구 집에서 묵을 것인가?	故鄕夢寐誰家宿
타향의 풍상 속에 언제나 돌아가나?	異土風霜幾日還
길이 동도에 이르면 기억날 것이니	行到東都能見憶
부디 눈 쌓인 부사산의 옥빛 잔안을 보시구려	請看嶽雪玉屛顏

(전수(奠水)는 정하(淀河)이다. 대개 화가(畫舸 : 사신의 배를 칭한 것)가 지나갈 곳이다.)
(중당(中唐)의 가경(佳境)이 마땅히 그대에게 속한다.)

○내옹이 강생에게 답한 편지를 붙여둔다
附徕翁答江生書

　본월 10일에 밤에 돌아와서 촛불 아래서 족하의 편지를 얻었습니다. 급히 개봉을 뜯어서 펼쳐 보니, 족하께서 한사(韓使)와 서로 수화(酬和)한 것과 관청의 막음이 엄하여 들어갈 수 없었다는 정황이 완

210　삼첩(三疊) 〈양관곡(陽關曲)〉 : 이별곡으로 유명한 당나라 왕유(王維)의 〈송원이사안서(送元二使安西)〉를 말함. 마지막 구절 "서쪽으로 양관을 나서면 벗도 없으리라(西出陽關無故人)"을 3번 부르기 때문에 삼첩이라고 함.

연히 눈앞에 있었습니다. 족하가 그 때 어떤 태도를 지었을지 상상하다가 마침내 실소(失笑)했습니다. 호사(好事)의 벽(癖)이 어찌 여기에까지 이르렀습니까?. 천하는 어지럽게 이익만을 위해 왕래합니다. 아! 지금 세상에 족하와 같은 사람이 없을 수 없습니다. 삼한(三韓)은 수사(隋史)에서 광한(獷猂 : 흉포하고 용맹함)하다고 칭송을 받았지만, 우리 원면왕(猿面王)²¹¹과 승부를 다툴 수 없었습니다. 후래에 곧 문(文)으로써 승리하고자 했습니다. 이에 팔도에서 선발한 무리가 빙사(聘使)를 따라서 동쪽으로 왔는데, 오히려 또한 족하를 이겨서 위로 오를 수 없습니다. 옛날에는 오직 신라여왕(新羅女王)의 1편²¹²이 『당시품휘(唐詩品彙)』²¹³ 중에 수록되었습니다. 지금은 그 성이 남(南 : 南聖重)씨인 자가 약간 이루었는데, 저가 이보다 더 나을 뿐입니다. 지난해에 왔을 때 온 나라 사람들이 미친 듯했는데, 나는 그것이 무엇 때문에 그런 것이지 알지 못하겠습니다. 조경(晁卿)의 뛰어남은 적선(謫仙 : 李白)과 마힐(摩詰 : 王維)과 서로 대적했는데, 거리가 천 년이 못 되어서 곧 이들 무리를 꺼리게 되었습니다. 어찌 그렇게 쇠약해져서 사람을 탄식하며 눈물을 흘리게 합니까? 다만 마도(馬島)의 우

---

211 원면왕(猿面王) : 풍신수길(豊信秀吉).
212 신라여왕(新羅女王)의 1편 : 진덕여왕의 〈대당태평송(大唐太平頌)〉을 말함.《신당서(唐書)》,〈동이전〉에 "신라의 왕 진덕(眞德)이 영휘(永徽) 원년(650, 진덕여왕4)에 백제를 대파하고서 법민(法敏)을 파견하여 이를 아뢰었으며, 이어 비단에다가 오언(五言)으로 〈태평송〉을 수놓아 바쳤다."고 하였다.
213 당시품휘(唐詩品彙) : 중국 명나라의 고병(高棅)이 편찬한 당시(唐詩) 선집. 오언고시부터 칠언율시에 이르는 시를 시체(詩體)에 따라 나누었다. 620명의 작품 5,769수를 실었고, 습유(拾遺)에는 61명의 시 954수를 실었다. 90권. 습유 10권.

생(雨生)이 괴이하니, 오히려 우리 현생(縣生)을 알아볼 수 있었습니다. 저 또한 그가 어디서 이런 눈동자를 얻었는지 알지 못합니다. 족하께서 기이한 일이라고 여긴 것은 마땅하지 않겠습니까? 나는 지금 우문(牛門) 서쪽에다 3경(頃) 쯤의 땅을 사서 객성(客星)²¹⁴의 잠시 지나가는 곳으로 삼고서, 그 안에서 편히 지내며 아침과 저녁을 보냅니다. 족하께서 내년의 동쪽 유람을 기다려서, 서로 대하고 토란껍질을 벗기고 파를 삶고, 솔바람 속에 함께 잠을 자고 싶다는 소식을 들었습니다. 감히 청하건대 말로써 그 배를 채우지 말기 바랍니다. 초여름에 제전(鸏殿)의 갈대 수십 줄기를 보내주심을 받았습니다. 위에 시가 있었는데, 시가 몹시 아름다웠습니다. 다만 그것을 필률(觱栗)을 잘하는 사람에게 부친다고 하였는데, 저는 잘하지 못하기 때문에 감히 화답하지 않았습니다. 그 갈대로 악기를 만들어서 잘하는 자에게 불게 한다면, 그 소리가 곧 시처럼 아름다울 것입니다. 그때 편지를 받았을 때 모진 더위 때문에 회답하지 못했습니다. 족하께서는 오히려 화내지 않으셔서, 마침내 저에게 이 답서를 있지 않을 수 없게 했습니다. 아! 호사의 벽(癖)이 어찌 여기에 이르렀습니까?! 이 답서는 10월 11일의 것인데, "꾀꼬리가 술을 권한다(黃鳥侑酒)"는 무슨 책에서 나왔는지 물으셨습니다. "관관저구(關關雎鳩)"가 과연 어찌 본받을 바가 끝이 없겠습니까? 이창명(李滄溟 : 李攀龍)²¹⁵의 시에 "꾀꼬리 한 소리에 술이 한 잔이네(黃鳥一聲酒一盃)"²¹⁶라고 했는데,

---

214 객성(客星) : 하늘에 잠시 나타나는 별. 정처 없는 나그네의 신세를 비유한 것임.
215 이창명(李滄溟) : 명나라 이반룡(李攀龍). 창명은 그의 호.

이것이 나의 뜻을 먼저 얻은 것입니다. 연보(煙譜)는 내년에 면전에
서 교정해 주시어 좌옥(左玉)해 주십시오.

(이는 약수(若水)가 별도로 국자(國字) 편지로 질문한 것으로 인하여 답한 것이다.)

부록

강약수가 한사에게 보여준 창화시에 바삐 차운하여 우체통
에 부치다
江若水寄示韓使唱和詩, 走次附郵筒

선도[217]가 나루를 물으며 도산을 도는데　　　　　仙棹問津遶道山

어찌하여 어선이 낭화 사이에 있는가?　　　　　何來漁舸浪華間

시를 날리니 문득 자웅의 검으로 합쳐지니　　　　飛詩忽合雌雄劍

품은 명함이 어찌 호표관[218]에 방해되랴?　　　　懷刺寧妨虎豹關

쌍 벽옥이 비추니 달빛 어두운 듯한데　　　　雙璧暎殘疑月暗

오현금 연주를 멈추고 홍곡이 돌아옴을 바라보네　五絃揮罷望鴻還

강남에 설령 매화가 피었더라도　　　　　　江南縱有梅花發

그대처럼 북쪽 사신의 얼굴을 기쁘게 하겠는가?　能若君開北使顏

216　이반룡의 〈早夏示殿卿〉시의 구절.

217　선도(仙棹): 선인(仙人)의 배. 사신의 배를 말함.

218　호표관(虎豹關): 호표구관(虎豹九關). 궁중문의 출임의 금함이 삼엄한 것. 여기서는
　　관청의 임금을 말함.

問槎二種 畸賞 卷上

問槎畸賞叙

獨耿耿弗寐, 誦『南華』而勸焉. 攄捂瞑目, 忽聞戶外履聲太厲, 則有友人携『問槎畸賞』而上者. 開卷, 指摘方物取譬. 其意, 要汚韓人之心, 而欲抉以去者也. 予則指架上, 乃言曰："請舉『南華』喻之, 夫東壁之文, 汪汪洋洋, 殆無涯涘, 而不有河伯, 何見東海若乎? 次公之詩, 毛嬌·麗嬉掩映 千秋, 而不增妍里婦之捧心乎, 秋生·江生炎炎詹詹. 其遞相爲君臣乎? 而藤侯之製心. 猶如姑射神人綽約於物表也. 使物不疪癘, 而年穀熟, 此其職也. 乃其塵垢秕糠, 將猶陶鑄三唐, 何況韓人乎? 雖然, 是皆猶有所彷乎風, 而其蓬蓬然者, 重不起乎? 吾徂徠先生橐籥之中者矣. 要之激謞叱吸叫譹宎咬于喁, 何適非天籟之吹萬, 而支離疏之頤隱於齊, 會撮指天, 哀殆它之以惡駭天下, 豈不皆問槎之畸賞乎? 亦何汚之有? 若予者, 首躍冶之中, 今遊樊之中, 遁天之刑, 擁腫不材, 可謂吾黨之樗櫟也. 是則, 何好壽斯篇? 因使友人跋卷末, 而予僭題篇端, 友人者南郭服元喬也. 正德言默執徐之歲, 窒玄之日, 上弦之抱雪, 華道人田中省省吾書.

須溪 秋以正子帥甫 輯

孤山 吉有鄰臣哉甫 校

　正德辛壬之交, 高句麗修騁東都. 其使人趙泰億·任守幹, 從事李邦彥, 而製述官李礥·掌書記洪舜衍·巖漢重·南聖重. 從焉, 皆彼中詞華選也. 此方藻舭士, 海西達東關, 蟻慕蠭聚所在, 雲鶩染翰相詫, 蓋習俗所使, 要亦昇平一觀也. 吾黨好事, 迺稍稍有起而試之者, 事罷後, 皆寓稿吾社中以相視也. 後先陸絲委積, 巾箱底頃, 因吉生·秋生來爲整理, 頗成卷帙, 暇便展翫, 則予鄕所謂芙蓉白雪之色, 自堪遠人起敬已. 每值絶倒, 輒呼毛穎片語以賞, 賞已, 因奉白浮. 叚使謫仙來此, 將謂晁卿尙在, 而猶且勉强作菅裴, 以後人奉勸病懶老子, 又從旁爲之點籌唱采, 豈不愈益增吾黨技癢之誚耶. 中秋翌日, 徂徠子題,

　辛卯秋八月二十九日, 使槎泊長門州赤間關下州侯實館焉. 其夜, 周南縣孝孺偕州文學佐眞雅佐縮往草居敬等見之. 四更往, 五更散. 縣生筆語六條詩併, 日後投贈舟中者, 凡三十四首·書二首

　韓客及對州書記雨芳洲松霞沼詩合十首, 以其歲十一月致之社中.

　○筆語　　　　　　　　　　　　　　　　　　　　　　周南
　時屬烈秋, 風波易駭, 第天眷之在二國也. 檣帆亡恙, 儼然臨此, 抑亦使華之盛節, 敢賀.

　從聞大斾之東矣, 日切瞻注汎愛之餘, 忽蒙容接, 披雲之願, 茲遂焉. 感戴何罄? 諸君案下.

　(先聲自別, 果是周大師行軍時噶矢)

○ 奉呈龍湖嚴公案下　　　　　　　　　　　　　　周南

赤目關西玉樹秋, 長風吹送木蘭舟. 誰知海上蓬壺月? 總入詩人脾
裏流.

(早知龍湖敵不過)

○ 奉和周南示韻　　　　　　　　　　　　　　　　龍湖

橘樹楓林海上秋, 滄洲斜日住歸舟. 仙區到處窮探勝, 歷盡驚濤似
穩流.

○ 奉贈周南詞伯　　　　　　　　　　　　　　　　東郭

太史文章富(這麗愛做人別號), 奇才二典參(說爲甚). 知君深景仰,
所以號周南.

○ 次韻奉謝東郭李公贈韻　　　　　　　　　　　　周南

辱賜高唱, 不堪當矣. 所謂〈陽春〉·〈白雪〉未可容易和答也. 聊申
鄙衷奉謝耳.

詩味如禪乘, 庸才終未參. 文星(誰的)光似斗, 一夜照天南.

○ 偶占一絶, 奉錄席上, 諸君子要和　　　　　　　鏡湖

男兒天地貴知音, 楚越雖殊可斷金. 滄海異邦傾郊蓋, 一燈夜深細
論心.

○ 奉和鏡湖洪公示韻　　　　　　　　　　　　　　周南

箕域有存大雅音, 諸君絶調響寒金(不可道沒來歷). 相逢何怨淸談
背? 揮筆點來一片心.

○ 筆語　　　　　　　　　　　　　　　　　　周南

詩以言志, 文以載道, 誠士之所急也.(落筆便粲然見得, 文不在思惟上) 所謂經國大業・不朽盛事. 然世有盛衰; 人有巧拙. 若不精論詳辨, 吾其何則? 是故, 六經古文而降, 歷代之文, 先儒具有評論(吾誰適從). 唐宋之間, 文學益盛, 良工巨匠, 比跡輩出. 其中, 詩有李・杜・蘇・黃; 文有八代家. 學者, 資成方圓(眼看東南, 心在西北), 猶日月之於衆星, 皆承餘光. 迨至明時, 有四傑者出焉. 專以古文(照應)爲號四傑. 王・李爲盛風格體裁, 非復四子・八家舊(不得不爾), 而英發超邁, 巍然卓出. 又有袁中郎・鍾伯敬之徒(彼我), 自撰規矩, 別建一家, 以不踐前古之跡爲美(只是善人, 何用文章爲). 爾後, 文章家有二三派, 貴國文敎之融, 中葉以來, 與中國之伯仲, 盛朝龍興, 治化益明, 人材蔚起, 靑丘表數千里之英靈藻觚者, 何限? 其所崇尙, 未必同一. 然一代有一代之風, 一鄉有一鄉之俗, 雖俊傑者, 不能免焉. 不知今之盛者(打個大頓頭收), 在唐宋耶; 在明諸子.

東郭李公案 下

李老矣, 不能讀細字, 照燈一過, 辭曰 : "姑竢明日." 僕所欲問者數條, 此後, 不能復發, 明日卒開帆.(若吾代東郭, 只吁露一聲, 目擊道存, 何更須問次公, 於是乎差矣.)

○ 筆語　　　　　　　　　　　　　　　　　　周南

昔者, 我人有山田照者, 少年(斟酌)穎敏, 頗利翰墨, 從前朝奉使成・李諸子, 而遊矣. 不幸(斟酌)蚤賽不成, 此間(對酌)比之王勃・李賀, 不識貴方諸子, 今也若何? 顧年彌高, 德彌邵益致顯達(原欽, 舊家君塾生, 因及此焉)

龍湖嚴公案 下

○ 答 龍湖

示意謹悉山田子之華而不實, 誠可惜也(可惜不在此處). 胡天之生才, 而反使早夭耶? 理實難諶. 成・李兩人, 位未躋顯秩, 皆已故矣. 悼輓何言?

○ 周南

英材屈於下寮, 使人慨然有遺恨矣.(慨然慨然雖然, 吾不知其誰之謂也)

○ 奉呈周南詞伯 芳洲

余與山原欽有總角之好(援筆布藻, 時輩罕見), 嘗觀其英材逸發擅一時之譽, 以爲斯後不復有若而人矣. 何料舟行蒼黃之中, 獲接芝眉於賓館樽俎之間. 竊窺其揮筆如飛(如見), 詩思泉湧, 眞與原欽相伯仲, 而學問淵源, 文采精敏(自具隻眼), 動有行雲流水之態, 實爲過乏, 可見夫天地淸淑之氣, 獨擅於貴邦, 而人材之蔚興, 蓋無窮極矣. 豈非可敬之至耶?

揮筆看君吐彩虹, 妙年氣槪占豪雄. 幾時重結騷壇會(眞情發出, 似奪非奪), 連榻細論大雅風?(序於席上題出, 詩從鹿室贈來和見後)

○ 席上奉錄諸詞伯要和 泛叟

天地玄形鳥卵同, 天包海外地居中. 我行窮地仍浮海, 海盡何難上碧穹.(西來唯斯人, 亦唯斯詩. 雖然, 風氣所圍, 可惜哉!)

○ 奉和泛叟詩伯 周南

何思音吐不相同, 意氣交投翰墨中. 忽見鏗鏘金玉散, 風聲激烈滿
蒼穹.(贊嘆不容口, 與予所見正同. 才氣相敵, 風調自別)

○ 奉呈東郭李公案下 周南

關門紫氣接銀河, 帆影如雲使者過. 誰奏陽春充海國? 秋風散入棹
郎歌.(眞是陽春下寄洪七絶也. 不及此遒上, 可見詩是神物, 不可褒取)

○ 奉次周南詞伯韻 東郭

東溟一派接天河, 不道仙區此日過. 孤館青燈談笑地, 竹林涼籟雜
漁歌.(東郭詩是爲第一, 只是村氣滿目)

○ 漫艸奉滿坐諸詩豪一粲 霞沼

諸君滿座總詞豪, 倚馬時堪揮彩毫. 唯我肚中無一字, 醉鄉只解日
酕醄.(有謝万石北征時氣象. 豪爽想見其人)

○ 奉和霞沼詩伯 周南

鄱陽湖水四方豪, 尤好英才濡彩毫. 詩味醇醲終不若, 朗吟一過已
酕醄(宋浦, 播州人)(酕醄是險韻, 輕輕承當, 過才思可見, 然在周南,
這不足論)

○ 次前韻奉謝周南 泛叟

語音雖別襟期同, 不厭團圞此夜中. 咫尺扶桑鷄未唱, 尙看星斗滿
青穹.(再出不衰, 愴然)

○ 重和泛叟次前韻所示　　　　　　　　　　　　　　周南
二域千年臭味同, 從遊最善俊英中. 還思離別在朝暮, 一月空留照
大穹.(曹檜爲伍, 這却可恨. 愈出愈□)

○ 奉席上諸詞伯　　　　　　　　　　　　　　　　　東郭
日東形勝兩雄關, 馬島風煙伯仲間. 竹裏仙家臨碧海, 岸邊漁戶近靑
山. 居民敬客多寬禮, 詩老逢人有好顏(這甚俚語). 最喜五行不落莫,
綺筵橡燭坐淸閑.(關有上下, 故云)(似工却醜, 宛然宋人, 面目可憎)

○ 奉和東郭李公高韻　　　　　　　　　　　　　　　周南
四牡暫留赤目關, 一逢相敵紙毫間. 垂天鵬翼過秋海, 帶雨龍旌出
曙山. 曲裏郢歌飛白雪, 老來仙骨覲朱顏. 二三酬唱情何盡? 不識幾
時更得閑.(此時夜已逼明, 會筵將散, 忽忽揮寫, 殊見醜態.)(大國武
庫, 不無利屯. 雖然地位自別. 具眼者見獻吉明卿喜用此法.)

○ 奉呈席上四公　　　　　　　　　　　　　　　　　周南
鳳凰五彩文, 毛羽一何奇? 粲粲赤珊瑚, 頭上靑瑠璃(選體, 多偏雅
洪. 這乃光彩照人, 神氣翩翩, 如仙人下世, 咳唾成丹). 朝飛丹穴山, 濯
翼弱水湄. 滄海秋風起(忽起忽斷), 浮雲西北馳. 海岸生瓊樹(這是次公
自謂), 結實何離離? 日出東南隅(良工飮玉), 光輝扶桑枝. 紅霞若渥丹,
浩波渺無涯. 璆琳與琅玕, 翹條各參差(錯雜重複處, 極得體妙). 天衢
一顧返(斷而復續), 奮翼忽來儀. 眄睞以適意, 鏘鏘揚采眉(具極態度).
小音飜韶護, 大音飛咸池. 回風(此風又另)拂地來, 雲影且祁祁(用事無
迹). 燕雀鶪鷪鳩(不無這一接), 斂翅以委靡. 百禽喁昕歇, 相率復何爲?
良期不可淹(轉不着力), 飄飄遠將辭. 西翔崑崙圃, 降飮濛汜渚. 窈冥

何可攀?(淵渟可法) 汎濫靡所隨. 聖世亮一見, 阿閣不可思. 誰截嶰谷竹, 與爾奏雄雌?(這一轉巧甚, 絶沒痕迹, 只如此結. 自無剝語)

(右一首前日搆艸, 聊記覩鳳之喜, 他日有間, 幸賜和章.)

○ 筆語　　　　　　　　　　　　　　　　　　　　周南

賓館深嚴, 枉蒙客接, 況一見舊, 唱酬往來, 傾蓋之間, 忽示肺腑, 感謝何言? 唯夜旣向曉, 忽忽告別, 屢屢賡和, 未盡鄙懷. 是爲可惜. 請退就舍, 斂胸中之絲絲, 更作數章, 以呈左右. 他日幸賜答章.

○ 奉呈國信製述官李公案下. 凡十首以下, 九月朔, 稿憑對府書記
　　贈呈舟中　　　　　　　　　　　　　　　　周南

萬里長風破浪來, 儼然高興滿蓬萊. 世間瑚璉原尊器, 天下梗楠自大材. 策對春深威鳳殿(高麗時殿試所)(開闔極妙), 賦成秋冷觀魚臺(高麗李穡作賦). 乘時王者登賢俊, 雲閣丹靑次第開.(典麗宏雅, 冠冕當世, 自是大家)

○ 其二

濯纓滄海扶桑渚, 冠冕近天多瑞暉. 紫氣東南星宿指, 浮雲西北帝鄕歸. 大才司馬堪辭命, 經術寬饒布德威. 遙憶平臺分簡日, 遠遊雄賦和章稀.(大氐, 次公七律, 色澤似仲默; 神理肯于鱗; 而骨格原諸右丞, 所以爲妙.)

○ 其三

彈冠鄰下稱才子, 此日南朝傳大名. 拄笏優遊山水色, 登樓睥睨雨風聲. 朱宮絃管降玄鶴, 碧海旌旗躍赤鯨. 詩學尤堪作辭命, 星槎萬里

瑞光生.(雄麗無比, 元美莫過)

○ 其四
儀文閑雅進賢冠, 人物上流飛鳳鸞. 月淨西園援翰墨, 春深東閣委
紳鼚. 握中玄璧秋霜燿, 匣裏赤刀星宿寒. 安得凌雲鴻鵠翼, 與君交義
結芬蘭.(其次者, 亦木難火齊)

○ 其五
四牡騑騑征路杳(下者自是隱數), 秋天持節洛陽宮. 珣玕價貴東方
美, 絃管治融南國風. 月詠臺中起崔子, 佑神館下見金公. 文章本謂千
年業, 況是它邦名獨雄!

貴國崔文昌·金文烈, 共以文翰之任, 奉使中華爲知名之士. 鄙作竊
以奉比. 月詠臺, 崔致遠遊賞之地; 佑神館·南宋館蕃使所. 金富軾嘗
舍於此.

○ 其六
遙觀海上五雲開, 忽有乘槎使者來.(自四牡騑騑同科) 鼓吹入風天
際滿, 旌旗映日水中回. 明時不論梧宮對, 淸署尤望郟下才. 自是壯遊
堪蓋世, 太陽升處接蓬萊.(優遊中有萬鈞之力, 倂前第一·第二·第三
者, 卽吾所謂芙蓉白雪之高爾)

○ 其七
冠蓋遙臨滄海圻, 箕邦猶自燿周文. 豊京遠弔天皇日, 乾島忽觀仙
侶雲. 氣滿南方珠蘂秀, 秋來北地桂枝芬. 書生欲擬賢臣頌, 請獻仁明

大國君.

本州今府, 卽古豊浦京. 神功皇后都此地. 卽其南郊. 又海中有乾珠・滿珠二島.

○其八
秋風萬里送輶車, 銜命誰知趙相如. 天下共傳和氏璧, 漢廷殊重董生書. 宦情紫闕馳長夢, 鄕思白雲滿太虛. 振古王門才子湊, 若君自可曳長裾.

○其九
明王遙騁嘉隣國, 玉帛辭令屬俊雄. 海表大音賢者識, 周家遺禮舊邦隆. 凌雲高興蓬瀛外, 蓋世奇文日月中.(鋒鍔太露) 西缶東琴今不論, 雙鳴韶護奏秋風.

○其十
釜山鎭古瑞雲蒼, 一夜星軺地渺茫. 日遠扶桑天色嫩, 水來滄海地維長. 雄風南國飛官跡, 落月西方向故鄕. 男子平生懷遠志, 看君文斾曝秋陽.(非謂不佳. 這次公不經思者.)

○奉呈國信書記鏡湖洪公案下八首　　　　　周南
關門忽遇棄繻郞, 意氣相投天色凉. 一見自堪高友義, 蘭風滿袖邃難忘.
(以下七首, 豈謂不佳. 要非次公之至者.)

○ 其二

使信銜命杏相嘉, 大拔英才燿國華. 還爲名聞轟遠近, 枉令謁刺滿征車.

○ 其三

王門軒冕急救賢, 諸子翩翩國子前. 爲許四方堪作命, 知君勳業照凌煙.

○ 其四

登高作賦大夫才, 更覿樓船橫海來. 天下美名誰得兼? 千秋竹帛爲君開.

○ 其五

鴻雁南飛秋色寒, 使臣滄海見波瀾, 朝廷列爵文官貴, 奉命歸來向大韓.

○ 其六

烈士平生意氣高, 方臨危險見英豪. 風濤八月如山嶽, 傳命海東擁節旄.

○ 其七

記室文成照碧空,(佳境) 府公何得病頭風. 升平僚屬選無事, 到處詞章滿海東.

○ 其八

專對四方推俊賢,(大得盛唐妙境) 尤看書記本翩翩. 詞高白雪誰能
和? 水國霜飛九月天.

○ 奉呈國信書記龍湖嚴公案下　　　　　　　　　　　　　　周南

俊才君自在, 書記故翩翩. 珥筆辭王國, 執圭馳日邊, 長裾光紫海,
雄劍倚靑天. 殊使勞征役, 明時爲重賢.(五首皆妙, 可知之子口吻, 自
遶五色煙霞)

○ 其二

飄飄來曷遠, 旅食若爲餐. 鯤水稱佳境, 蜻山復壯觀. 臣工尙賢者,
使命重儒官. 館舍猶應息, 莫爲行路難.

○ 其三

猶言花滿縣, 乃去泛星槎. 百里絃歌絶, 千秋翰墨誇. 海洲望寶氣,
日域噴雲霞. 更向東方往, 京師已不遐.

○ 其四

相逢如舊識, 顧眄辱吾曹, 意氣顔尤著, 賢良助獨褒. 使星堪照夜,
仙鶴且鳴皐. 非欲趙王寶, 連城價自高.

顔助華人不與貴宗. 以其同姓姑及焉.

○ 其五

猶有辨詩相, 鷄林大雅存. 軒軒諸子氣, 濟濟何王門. 芳躅千秋覩,

朱顏九月溫. 安應長歲序, 談笑對靑樽.

鷄林相能辨白居易『白氏長慶集』

○奉呈國信書記泛叟南公案下一首　　　　　　　周南
　羨君壯遊縱天下, 滄海騎鯨觀日本. 蓬萊宮闕瑞雲生, 六鼇翹首吞
混沌. 斗牛之墟何茫茫! 浮槎卽今天一方. 投足下探黿鼉窟, 擧手上欲
捧太陽. 豪氣橫秋凌霄漢, 南溟北溟擊巨翰. 作詩飄逸似謫仙, 驥麒千
里不可絆. 海中珊瑚百千樹, 跋波成雨噴沫霧.(奇怪殆不可測) 驅使鬼
神縛魑魅, 睥睨宇宙雲衢鶩. 豊東郡城梧桐落, (頓挫妙甚) 臨海館前
潮水堊(赤間屬豊東郡, 又古有臨海館). 臨海暫鼓瑟與笙, 顧我靑眼一
歡謔. 握中美珠稱明月, 投我光射白帝闕. 高秋九月天氣淸, (一起一
伏, 波瀾突兀) 西顥沆碭吹毛髮. 揮毫寄意何綢繆? 雖有雜珮不堪酬.
交情新可結芳蘭, 天地風雲感蜉蝣.(入化入玄) 周南鄙人縣氏子(家本
周州南鄙), 立身覆載喩一指.(自負甚, 豪傑不諱貧)爲父牧馬長山阿,
時時夾經謹諾唯. 詩禮續絲趨庭前(家翁長白現爲本藩講官). 辛勤多
少十餘年. 羽翼稍成當翶翔, 忽拗弧矢遊八埏. 東都搢紳荻先生(敝師
荻生茂卿東都人), (可謂不忘本矣) 一揖哼哼期玉成. 芙蓉積雪千秋白
(富士一名芙蓉峯), (逼乃爾色) 自是名山堪托名, 誰持頑璞望夜光, (妙)
獨有素質可成章? 徒是縣家舊豚犬, (無一句緩慢) 歲月荏苒糜大稟.
曷圖托身玉山側, 一朝周旋親懿德? 鄕國善士不可見,(妙揷) 天下善士
更難得. 君自才子三韓英, 結綬彈冠當聖明. 高標軒軒出人間, 翰墨鋒
穎凌東京. 君王叡思切雲臺, 鳳閣將擧絲綸才. 嘉運一時假吾輩, 把臂
相向知幾回? 人情偏當伸知己, 浮雲聚散何甚馳?(曲將終, 節益促迫,
益急切, 而望其神色, 閑暇自若, 不謂之名工可乎) 願與明月乘秋風,

西飛長住漢水湄.(七言歌行之妙, 弇州後, 當屬斯人)

○ 奉朝鮮四君案下書　　　　　　　　　　　　　　周南

孝孺, 無狀獨遭太平之間氣,(神俊無前, 直與歲星長庚爭輝麗, 那得
識, 一氣直貫到末) 鼓鑄七尺骸軀, 塊然植天地之間. 巨焉, 不中棟梁
之繩墨; 小焉, 不稱欒窠之雕鏤. 平生所爲唔咿區區, 吮墨濡翰, 一弧
十矢, 長刀短刀,(實境故精神) 芙蓉之文懸諸一室, 藐乎將以終年也.
所著一二文辭, 乃復西長濱海之農書·漁歌, 鄙俚不可錄矣. 第當其操
觚之時, 栩栩焉自以爲樂. 心謂得君子人而與焉, 足矣耳. 不然, 何以
鼓我鬱悶, 鹵我瑟縮, 以致之遠大域乎? 乃於君子人乎汲汲焉, 若不及
也. 遑遑焉, 若不得也. 僕從諸君而若渴者, 是已. 雖然, 俾吾不幸不生
昭代乎,(一句接住, 勢如截, 奔馬奔後, 轉去自在) 不得觀大邦典章·君
子威儀焉. 俾吾不幸身亡彫蟲小技乎, 不得親侍左右, 奉咳唾之餘焉.
斯二者, 是吾獲諸我天者也.(一顧篇首) 若夫至就之弗說, 效之不沽
者, 皆我所不得爲, 而仰之諸君.(再提) 僕始執謁, 望門若天見之, 若神
知不可得, 而且爲焉. 豈意長者多容, 不遐棄道途之人? 俄借階前之地
如斯矣. 匪直此也. 筆硯相接, 若唱若和, 傾蓋之間, 情義交至, 以僕不
閑於敎訓, 得免于罪戾, 所荷居多, 豈敢謂當之哉? 雖然, 是誠出君子
愛人之至情. 吾所不得爲,(三提) 而得之諸君者也. 當與我天(再顧篇
首), 倂而與七尺俱焉. 唯憾不晨夕, 崑崗桂林之際,(此一節, 左拍于鱗
之肩, 右把元美之袖) 今者折一枝, 今者劚一片, 以結大年, 而使背腹
桂玉爛漫哉. 今將遠別, 未識往來之間, 得更侍也否. 卽人有百年之壽,
斯會唯是一頃刻之遇已.(此一節次公自負亦甚, 獨惜韓人竟無一個承
當得) 輒復天地之始, 天地之終, 千古萬古, 亦唯一頃刻之遇已. 思之
無窮, 戀戀不可言焉. 夜者, 席上所相倡和, 未足罄鄙懷, 退敍俚語, 各

奉別呈, 亡論其中規矩與否, 聊獻鄙衷.(第二段) 夫山陽之海, 千餘里
矣. 雄興壯觀, 皆足開豁詞人之胸臆, 坂城京師之佳麗, 琶湖之汪澕,
亦東方之美者. 行邁駿州富嶽萬丈,(自有此山以來, 未曾有若語不如
此. 山爲誰屛顏一解) 八葉蓮花翻於中天, 白雪英英, 上燿上帝之庭,
下照龍宮, 凡百鬼魅奇怪, 亡所匿其跡. 彼陽靈陰魄, 相辟隱, 爲光明
於朝暮者, 俟大旆之過, 屛顏一解, 以迎嘉賓, 當斯時也. 車上馬上, 詩
思湧流, 錦言繡句, 勃勃突出, 于齒牙之間, 所謂一斗百篇, 可倚馬而
待矣. 爾時回念一次爲僕作和章, 借重大方寶, 美人之贈也.(第三段)
人在在東都, 荻生茂卿者, 吾師也. 安藤東壁者, 小倉貞者, 皆吾友也.
大旆入都, 當來見. 其和章大篇, 托渠轉送, 是繼夫與天倂而俱者也.
(三顧篇首) 萬祈勿它禮,(文至此而止) 當各位別修一書槁上, 第發船
急迫, 不能暇及, 幷載一紙, 非僕本志, 幸勿多罪.

○ 奉呈芳洲雨森兄臺·霞沼松浦兄臺書

(九月十一日, 贈舟路)　　　　　　　　　　　　　　　　　周南

和風護送, 大舟漸當達坂府, 秋水共長天一色. 正是英雄造作之時,
且夫賓主不愧東南之美. 顧塤篪並奏, 琴瑟合鼓, 以答秋風天然之鏗
鏘. 不識過關以往大章幾篇, 赤間一會, 辟諸如夢遊于上帝之宮, 所見
雲霞仙子, 所聞鈞天廣樂, 俄而忽墜人間, 山河弗改, 人畜如故, 而遺
風餘音, 猶髣髴於耳目也. 雲牋至自鹿室, 益切景仰. 森公小序詩篇,
松公古風一篇·近體三章, 皆海表泱泱之大風也. 揭之中堂, 起尼必
誦, 淸風生齒牙之間, 魂飄飄飛于左右. 其以何時更侍雅儀, 悉竭心中
之覼縷, 承喩? 僕奉李公諸子數篇, 旣達記曹, 尋當蒙轉輪, 獲和章, 區
區心情, 應憑二公而遂焉. 欣抃無窮, 深抂金諾. 古云: "傾蓋如舊, 白
首如新." 始聞斯言, 而未能內自信, 以爲是特形容交際之踈戚, 理未必

如此. 及得侍二公乎, 適始知其言之不我欺也. 僕自幼受業於家, 往來長周之間, 所見旣多, 後適東都, 交游愈益衆矣. 釣其十年之中, 推心相與者, 僅僅三四人而已. 是何有益於久, 以至白首, 亦復若斯焉爾. 僕寧有擇於己而然耶? 蓋不能得諸人已. 二公, 材器卓絕, 學識宏贍. 其文, 將易斯世矣. 胡爲於僕繾綣悃愊, 一見之間, 義出於十年故舊耶? 昔者, 越石父以知己之難, 欲還縲絏之中. 蓋士義死有不避. 僕其何修以報二公之德, 顧君子介福, 萬斯年而遠矣.(次公可謂東里之才, 古辭古意, 辭令妙品) 犬馬之齒, 亦將假數十年之春秋對長, 雖壤地邈絕, 軌轍猶在方域之內, 或遠或近, 希憑斯文而長托下風矣. 鄙作四篇, 以韻奉和, 聊寓企望之意. 李公諸子無恙, 欲奉書致問, 而藩臬嚴重, 不得如意, 二公幸善致意. 筆不盡言, 臨書悵然, 回棹幾時, 延頸兹俟.

○ 奉呈芳洲詞伯二首　　　　　　　　　　　　　　　周南

錦里文壇氣似虹, 相望諸子悉英雄. 卽今隆運光華遠, 振起東方大雅風.

(木下順菴嘗稱錦里先生, 雨森卽門人.)

○ 其二

豊城劍氣動長虹, 寶物堪稱四海雄. 自是人間不難望, 秋高天際起西風.(極妙不知兩君見以爲不遜也)

○ 奉呈霞沼詞伯二首

翩翩翰墨倚英豪, 滄海雲開五色毫. 不知何時歌且和, 樽前風月共酕醄.

(其一首卽赤間席上所題, 今淨寫奉呈.)

九月十五日, 韓使達攝津, 若水江兼通得與東郭等四人唱和, 錄來
社中. 徠翁有答書, 及詩和其韻, 附載

○ 奉呈徂徠荻先生書   江兼通

夏五中浣,(算得是華人) 獲鵝殿盧管奉贈, 三秋間未領答音, 不知尊
候如何. 告者, 本月望日, 朝鮮信史, 纜舟浪華江, 翌日入館城西精舍.
正使趙泰億·副使任守幹·從事李彦邦, 未審其官爵何銜. 有製述官
李礥號東郭者, 蚤歲登第, 再擢壯元, 後任安陵太守, 頗工詞賦, 暫隨
槎使. 又有洪鏡湖·嚴龍湖·南泛垂三人者. 洪與嚴, 蓋登科士, 俱掌
書記. 嘗聞其詩壇, 贈酬多以七步·八叉而成. 不佞切要一見, 其奈官
府款待, 太殊舊年, 閽人嚴呵, 不許詞客通刺也. 抱簡望館, 日推一日,
後憑雨森書記, 僅得酬和數首, 倂途中觀朝鮮使人行一篇錄上, 電覽,
雨森素善華音, 乃崎江岡生問門士也. 不佞因話間及先生事. 雨森有
云:"使槎過長門之日, 有一英才, 姓縣號周南者, 來見. 實海西無雙士
也. 意者, 荻公門下之士耶?"不佞則云:"詩寄東郭." 初用赤間字, 頗
嫌其不雅也. 因憶荻公與縣秀才, 有"赤馬關高通水府, 青蜓州盡接華
天"之句, 遂成敲推, 殘膏賸馥, 沾漑有在, 相共拍掌離別, 可謂奇遇
矣. 韓賓今已館洛下本國寺. 想初冬下浣, 必屆貴壤. 先生雅負蘇內翰
之才, 一唱白雪, 則三韓諸子, 重受金使之恥者必矣. 千里之外, 翹首
以望, 郵舍使發, 臨書悵悵, 欲云不旣. 辛卯季秋念八日, 江兼通九拜.

○ 途中觀朝鮮使人行   若水

正德龍飛辛卯年, 靈槎奉使自朝鮮. 洋海之間多颶母, 東漂西泊路
三千. 九月旣望入河口, 郊迎接待禮尤虔. 靑簾白舫泝前港, 欸乃和歌
錦纜牽. 浪華橋畔停蘭槳, 一星砲火響中天. 淸道旗飄擎龍節, 金聲玉

振鼓闃闃. 使鞱護送國書轎, 文武材官次第連. 冠蓋由來漢制度, 靑衿朱紼跨花轝. 江南本是稱佳麗, 水秀山明萬井煙. 九市開場通百貨, 繡巷錦街沸管絃. 泥金屏障綾羅幕, 染血氈毹玳瑁筵. 城南城北人如蟻, 携童扶老各爭先. 悉道翰林李東郭, 官袍魚帶孰齊肩? 康熙年裏壯元客, 出鎭安陵最稱賢. 腹中圖書輕二酉, 高雅風流呼謫仙. 何料天外隨大纛, 濟濟多士喜欲顚. 一日唱酬詩萬首, 檀場白戰筆如椽. 非啻天才偏敏捷, 調高郢客陽春篇. 從斯紙價驟騰貴, 五畿爭寫誤烏鳶. 吾儕遙聞此盛事, 竹杖芒鞋發富田. 江湖落魄一寒士, □童齒豁囊無錢. 學士館前袖名紙, 早曉掃門日暮旋. 近體一章托小吏, 半旬已無答書傳. 貧生難見韓知客, 向人只說因緣沒. 沒緣是日何處覓? 直當抱恨到黃泉. (敷瞻明白, 善敍目前事情, 大得長庚風味. 洛畿間, 誰能過此?)

○ 奉寄呈東郭李先生　　　　　　　　　　　　　　　　　若水

不識何時發釜山, 星槎九月到人間. 幾朝阻雨靑藍嶋, 連日占風赤馬關. 魚菜市開行處泊, 鱸蓴鄕遠夢中還. 野生難得登龍路, 且獻燕詞要笑顔.

○ 奉謝若水詞伯, 用瓊韻却寄　　　　　　　　　　　　　　東郭

行人前日發萊山, 九月歸舟南斗間.(船注) 撲地村闆經大府, 接雲樓櫓歷重關. 烹茶古寺終朝醉,(醉茶誠有來歷, 但這□用□□) 理楫煙波入夜還. 咫尺仙居違勝覿,(如讀俗牘) 何時對榻一開顔?

○ **再用前韻, 奉酬東郭先生**　　　　　　　　　　　　　　若水

士望堂堂比斗山, 儒豪獨占藝林間. 鷄膈遍讀古今史, 鰲禁早抽名利關. 階下花磚日高入, 宮中蓮燭夜深還. 客亭寄我新詩好, 試欲賡酬

只汗顔.

○ 以金絲煙寄贈東郭先生　　　　　　　　　　　　　　若水
採得頭黃已去筋, 割成金縷一何芬? 面前乍趁絲紛霧, 舌罅徐生曳
曳雲, 非酒能消詩客恨, 代茶好敗睡魔軍. 多情誰喚相思艸? 寄與征人
把管薰.

○ 次謝富田惠南艸　　　　　　　　　　　　　　　　　東郭
只取流津忌迸筋,(只還却來詩一二字這也, 算得酬和否) 剉來輕縷
却生芬. 燃時愛吐霏霏霧, 吸處如吞裊裊雲. 偏合異鄕無夢客, 最宜寒
夜踐更軍.(何不將草字押?) 慇懃盛貺將何報? 蘭室交情感襲薰.

○ 奉寄呈洪鏡湖先生　　　　　　　　　　　　　　　若水
微茫煙浪隔家山, 過海飄洋數月間. 燦燦文星輝絶域, 熒熒紫氣溢
重關. 壯心其碍棄繻去, 雄辯何難完璧還? 佳句驚人今四傑. 王楊盧
駱欲無顔.

○ 和奉若水詞案　　　　　　　　　　　　　　　　　鏡湖
形勝名都枕海山, 萬家煙樹水雲間. 蒼茫鄕國連天遠, 寥落禪扉盡
日開. 賴有良朋隨處會, 不知游子幾時還? 何來詩句多新響? 盥手高
吟洗旅顔.

○ 奉寄呈嚴龍湖先生　　　　　　　　　　　　　　　若水
故國迢迢山上山, 使星先入摶桑間. 海西擊楫三千里, 江左乘軺百
二關. 秋後方逢文斾過, 臘前要看錦衣還. 不知明日河邊別, 誰唱驪歌

解旅顔?

　○ 和富田寄示韻　　　　　　　　　　　　　　　　　龍湖
　靑丘萬里隔鄕山, 極目雲濤浩淼間. 已遣孤舟□海岸, 却隨征旆向
江關. 殊方節序淸秋盡, 遠客行裝幾日還. 賴爲君詩能起我, 朗吟如對
好客顔.(俚甚)

　○ 奉寄呈南泛叟先生　　　　　　　　　　　　　　　　若水
　兩邦親睦重如山, 遠艤樓舟漢水間. 七八月中漂海島, 五千里外向
京關. 官亭難得牽衣別, 驛路且期持節還. 莫吝奚囊珠一顆, 他時更好
作客顔.

　○ 奉次若水詞伯投惠瓊韻　　　　　　　　　　　　　　泛叟
　客行多滯海中山, 玄圃滄洲咫尺間. 夜雨淒淒聞鼓角, 雲天杳杳隔
鄕關. 星遙北極愁瞻望, 路闊東城計往還. 誰把瓊琚投旅楫? 吟來恍
若對靑眼.(之子卓越它子)

　○ 河東驛, 寄別朝鮮四先生赴東都, 兼用前韻　　　　　　若水
　隔江煙樹是吾山, 遠望征旗驛路間. 爲寫數聯浮奠水, 無由三疊唱
陽關. 故鄕夢寐誰家宿? 異土風霜幾日還? 行到東都能見憶, 請看嶽
雪玉屏顔.(奠水, 乃淀河. 蓋畵舸所過也.)(中唐佳境, 當屬之子)

　○ 附徠翁答江生書
　本月十日, 夜歸燭下得足下書. 急破緘展視, 則足下與韓使相酬和,
及館禁嚴不得入者狀, 宛乎在目. 想足下其時作何態, 遂至失笑也. 好

事癖一至于此耶. 天下熙熙, 爲利往來. 嗚呼! 當今世不可無足下者
矣. 夫三韓獷�犿見稱于『隋史』, 而不能與君猿面王爭勝也. 後來迺欲
以文勝之. 則輒拔八道之萃, 從聘使東來, 猶且不能勝足下而上之矣.
往昔, 唯新羅女王一篇收諸『品彙』中. 今則其姓南者, 稍爲彼善於此
耳. 去年來一國人如狂, 吾不知其何爲而然也. 晁卿之雄, 與謫仙·摩
詰相頡頏, 距未千歲, 迺至憚此輩, 爲何其衰也, 使人歎息泣下? 獨怪
馬島雨生, 猶能識吾縣生. 吾又不知其從何處得此眸子來也. 足下以
爲奇事, 不亦宜乎? 予今買三頃許地于牛門西, 爲客星橫足處, 偃蹇其
中, 且朝且暮. 聞足下族明歲東游, 則相對剝芋淪蔥, 同眠松風, 敢請
勿以言實其腹. 夏初, 得所惠鵜殿蘆數十莖. 上有詩, 詩佳甚. 祇以其
謂寄善觜栗人, 而予不善. 故不敢和, 其蘆以作器子, 卑善者使吹, 其
聲迺佳似詩. 其時書以苦暑故不報. 足下猶爾不見嗔. 遂使予不得不
有此答. 嗚呼! 好事癖一至于此耶! 此復十月十一日, 黃鳥侑酒承問出
何書, 關關雎鳩, 果何所擬無已乎. 李滄溟詩云: "黃鳥一聲酒一盃",
此先得予意者. 煙譜容明歲面訂, 左玉此若水別, 以國字書問者因答.

○ 附江若水寄示韓使唱和詩, 走次附郵筒.
仙棹問津邈道山, 何來漁舸浪華間. 飛詩忽合雌雄劍, 懷刺寧妨虎
豹關, 雙璧暎殘疑月暗, 五絃揮罷望鴻還. 江南縱有梅花發, 能若君開
北使顔.

問槎畸賞上終.

문사이종 기상 권중

問槎二種 畸賞 卷中

문사이종 기상 권중

수계(須溪) 추이정자수보(秋以正子帥甫) 집(輯)

고산(孤山) 길유린신재보(吉有鄰臣哉甫) 교(校)

10월 19일, 한사(韓使)가 도성에 들어와서 본원사(本願寺)에 머물렀다. 동야등환도(東野藤煥圖)가 객관 안에 기증한 편지와 시, 아울러 한인(韓人)의 화답인데, 시가 모두 7수이고, 편지가 6수이다. 내옹(徠翁 : 荻生徂萊)이 송하소(松霞沼)에게 부친 편지 1수와 현생(縣生)의 편지 2수를 붙여 실었다.

○조선국 이동곽 학사께 올리는 계
呈朝鮮國李東郭學士啓

동야(東野)

천참(天塹)[1]으로 멀리 막혀서 구역이 비록 조선과 일본으로 나뉘어

---

1 천참(天塹) : 천연의 호구(壕溝). 험요하여 교통이 막힘을 말함. 여기서는 동해바다를 말함.

있지만 희어(曦御)[2]가 처음 수레를 매는 곳으로서 나라가 실로 노(魯)
나라와 위(衛)나라[3]의 관계와 같습니다.(뇌락(磊落)한 재능으로써 조직(組
織)의 기예를 배운 것이 마치 천마(天馬)가 재갈의 억압으로 곤란을 당할 때 달아
나려는 것 같다.) 유교와 불교는 앞뒤로 이어진 선박으로 옛날에 신라
(新羅)의 경전으로 전해졌습니다. 예(禮)와 악(樂)은 적약(翟籥)[4]으로
써 지금 고려(高麗)의 곡(曲)을 춤춥니다.(절실(切實)하다.) 저 옥(玉)을
가져오고, 저 비단을 벌려놓은 것은 어찌 풍왕(豊王)[5]에게 그 독(纛)[6]
을 짊어지고, 그 기(旂)[7]를 매도록 한 것이 아닙니까?(한인(韓人)이 한
번 보면 장차 마음이 두려울 것이다.) 상세(上世)에도 드물게 보는 것입니
다. 삼가 생각건대 조선 이학사(李學士) 족하께서는 별 문양을 가슴
에 나열하고, 은하수 무늬를 손으로 도려내고, 옥빛의 찬란함을 늘어
놓고, 봉황의 깃털을 풀어놓고, 호랑이 털에다 두더지와 뱀을 풀어놓
고, 적성(赤城)[8]의 천 척(尺) 놀에서 빌려온 색이 입가에 있고, 백마(白
馬)[9]의 만 층(層)의 물결이 용출하는 기세가 붓 끝에 있습니다. 약관

---

2 희어(曦御) : 태양의 수레를 모는 희화(羲和). 희화는 전설 속의 태양의 수레를 몬다는
  신의 이름.
3 노(魯)나라와 위(衛)나라 : 정황이 서로 비슷한 형제와 같은 나라를 말함. 『논어‧자로
  (子路)』에 "노나라 위나라의 정치는 형제이다"라고 했음.
4 적약(翟籥) : 꿩의 긴 깃털과 대나무로 만든 피리. 악무(樂舞)를 출 때 사용하는 도구들임.
5 풍왕(豊王) : 풍(豊)은 주(周)나라 문왕(文王)의 도읍지.
6 독(纛) : 제왕의 수레에 장식하는 수소의 꼬리와 꿩의 깃으로 만든 깃발.
7 기(旂) : 용을 그린 깃발로 제후가 세우는 것.
8 적성(赤城) : 전설 속의 선경(仙境).
9 백마(白馬) : 백마하(白馬河). 물 이름. 『산해경(山海經)』에 여러 곳의 백마하를 언급
  했음.

(弱冠)에 외과(巍科)[10]에 오르고, 승조장인(承蜩丈人)[11]의 졸렬함을 비웃고, 사십 세에 부절(剖節)[12]이 되었습니다. 어찌 폐리선생(敝履先生)[13]의 가난함으로써 칠촌(七寸)의 붓대를 잡고, 황화(皇華 : 사신)[14]를 모시고서 원언백(袁彦伯)[15]처럼 말에 기댄 채 격서를 쓰게 되었습니까? 다섯 수레의 비단 두루마리를 영부(靈府 : 마음)에 감추고서, 어찌 우세남(虞世南)[16]의 행서주(行書廚)를 생각했겠습니까? 장문(長門)에서의 읊음은 대숲이 울리고 물소리가 둘렀고, 낭화(浪華)에서의 수창은 나무들이 뒤섞이고 구름이 흘렀습니다.(마땅히 저들이 지은 시는 촌기(村氣)가 시야에 가득했다.) 선패(仙旆)가 미처 날리기도 전에 낙양의 종이값이 먼저 뛰어올랐습니다. 불녕은 풀밭 속의 산수화(散水花)[17]처럼 태평시절에 시골에 버려져서, 한가한 틈에 달려갈 인연이 없었습니

---

10 외과(巍科) : 과거시험에 높은 순위로 합격하는 것.

11 승조장인(承蜩丈人) : 장대로 매미를 잡는 사람. 하찮은 일에 정신을 집중함을 말함. 『莊子·達生』에 보임.

12 부절(剖節) : 절부(節符)를 반쪽으로 쪼개어 주는 것. 임명이나 봉작(封爵)할 때 증표로 삼았음. 여기서는 사신에 임명됨을 말함.

13 폐리선생(敝履先生) : 헌 신발을 신은 선생. 『사기(史記)·골계열전(滑稽列傳)』에 동곽선생(東郭先生)이 몹시 가난하여 옷이 해지고, 신발이 해져서 밑창이 없었다고 했음. 여기서는 이현(李礥)의 호가 동곽(東郭)이여서 동곽선생의 고사를 인용한 것임.

14 황화(皇華) : 황제가 파견한 사신을 말함.

15 원언백(袁彦伯) : 진(晉)나라 원호(袁虎). 『세설신어(世說新語)·문학(文學)』에 "환선무(桓宣武)가 북정(北征)할 때 원호(袁虎)가 그때 따라갔는데, 질책을 당하여 면관(免官)되었다. 마침 포문(布文)을 펴야 할 일이 있어서 원호를 불러다가 말 앞에 기댄 채 짓게 하였다. 손이 붓에서 떨어지지 않고 곧 종이 7장를 지어냈는데 빼어나게 볼만 했다"고 했다.

16 우세남(虞世南) : 당나라 시인. 박람강기하여 행비서(行秘書) 혹은 행서주(行書廚)라고 불리었음.

17 산수화(散水花) : 옥예화(玉蕊花)의 별칭.

다. 그래서 홍려(鴻臚)[18]를 두들겨서 그 부탁함이 있었습니다. 오이와 자두를 품고서 바치고자 하여, 마침내 말이나 소가 옷을 걸친 듯한 차림을 망각했습니다. 경구(瓊玖 : 좋은 시편)를 바라기를 실로 허기진 듯했는데, 어찌 여우 갖옷의 사슴가죽의 소매[麑袂]를 꺼리겠습니까? 무구구극(蕪句鉤棘)[19]인데, 누가 자못 그 입에 침을 놓아줄 수 있습니까? 바다 같은 도량으로 크게 용납하여 이 마음을 살펴주시기를 바랄뿐입니다. 삼가 올립니다.

○동곽 이선생께 올립니다
呈東郭李先生

동야(東野)

천관이 객성[20]을 아뢰니	聞說天官奏客星
과연 사신이 바다를 건넜다고 했네	果然旌節絶重溟
진정 삼로[21]가 기성과 진성[22]을 점쳐서	定應三老占箕軫
십주[23]를 물어 제평[24]을 띄우려 했네	欲問十洲泛薺萍

---

18 홍려(鴻臚) : 홍려시(鴻臚寺). 빈객의 일을 맡은 관청.

19 무구구극(蕪句鉤棘) : 문자가 간삽하고 매끄럽지 못한 것.

20 천관(天官)이 객성(客星) : 천관을 천문을 관측하는 관리. 객성은 혜성처럼 잠시 나타나는 별.

21 삼로(三老) : 뱃사공의 별칭.

22 기성(箕星)과 진성(軫星) : 모두 28수 중의 하나. 기성은 풍백(風伯)으로 바람을 주관하고, 진성도 또한 바람을 주관하는 별이다.

23 십주(十洲) : 전설 속의 신인이 산다는 곳.

모자 기울이니 현려[25]가 비단 종이에서 빛나고　側弁懸藜光綵牋

붓을 거두니 계수나무가 소경[26]에서 향기나네　掇翰叢桂馥騷經

분분하게 다시 장평에서 알현을 받으니　紛紛却受長平謁

동곽 선생의 인끈이 일찍이 푸르렀네　東郭先生綬早青

(침침(沈沈)한 색과 깊이 쌓인 기(氣)가 저절로 차공(次公)의 신이한 작품과 함께 했다. 개합배물(開闔排物)을 한 곳은 오히려 엄주(弇州 : 王世貞)를 패배하게 한다. 여기에 풀어놓은 아래 3수를 한 번 보면, 이 1연은 경미(敬美 : 王世懋)[27]와 같다.)

○조선 홍경호 서기께 부치는 편지
寄朝鮮洪鏡湖書記書

동야(東野)

(그 4수(首)가 모두 칠자(七子)[28]의 격(格)으로써 팔가(八家 : 당송팔대가)의 조(調)를 취했는데, 그 영혜(靈慧)한 변화가 어찌 용과 같지 않겠는가?)

---

24 제평(薺萍) : 납가새와 부평초. 작은 배를 비유한 말임.

25 현려(懸藜) : 미옥(美玉)의 하나.

26 소경(騷經) : 굴원(屈原)의 〈이소(離騷)〉.

27 경미(敬美) : 명나라 왕세무(王世懋)의 자. 왕세정(王世貞)의 아우인데 시문으로 형과 함께 명성이 높았다. 벼슬은 태상소경(太常少卿)을 지냈다.

28 칠자(七子) : 명나라 후칠자(後七子)를 말한 것임. 이반룡(李攀龍)·왕세정(王世貞)·사진(謝榛)·종신(宗臣)·양유예(梁有譽)·서중행(徐中行)·오국륜(吳國倫)을 가리킨다. 가정연간(嘉靖年間, 1522~66)의 사람들이기 때문에 '가정7자'라고도 한다. 이몽양(李夢陽)·하경명(何景明) 등의 '전7자'에 대응한다. 우두머리는 이반룡이었는데, 일찍 죽었기 때문에 이후 왕세정이 중심이 되었다. '전7자'의 뒤를 이어 더욱 철저하게 의고주의를 주장했으며, 전한(前漢)의 문장과 성당(盛唐)의 시만을 존중하는 것을 특색으로 삼았으며, 당시의 문단에 압도적인 세력을 가지고 있었다.

불녕(不佞 : 불초)은 젊었을 때 몹시 세속을 벗어나 있었는데, 일찍
이 남아가 지금 세대에 태어나서 정원(定遠)²⁹과 박망(博望)³⁰과 같은
뜻을 이미 사용할 바가 없었고, 자우(子羽)³¹와 연릉(延陵)³²의 일은
또한 이룰 수 없었습니다. 부득이 한 것은 아마 한사(韓使)가 교접(交
接)할 때가 아니겠습니까? 조선은 우리와 비록 동유(東維 : 동방)에 함
께 치우쳐 있지만, 큰 바다가 경계를 지은 물이 드넓습니다. 하물며
그 언어의 습성이 다른데, 갑자기 길에서 상봉한다면, 곧 이중 통역
의 적제(狄鞮)³³가 아니라면 추위와 더위의 안부도 전달할 수 없습니
다. 저쪽과 이쪽은 의관의 제작을 다르게 하고, 신발끈의 모양을 다
르게 했습니다. 입(笠)과 모(帽)는 꿇어앉은 것과 서있는 것과 같습니
다. 비유하자면 좌수괄령(髽首括領)³⁴과 관변찬전(冠笄劗髯)³⁵은 각각
습관이 된 바를 편안히 여긴 것입니다. 그 승강(升絳 : 오르고 내림)·반
선(槃旋 : 왕래함)·구파(拘罷)·거절(拒折)³⁶의 편함과 보불(黼黻)³⁷·서

---

29 정원(定遠) : 정원후(定遠侯). 동한(東漢) 반초(班超)의 봉호(封號). 처음에는 문필업
　에 종사하다가 서역으로 사신을 가서 공을 세워 정원후에 봉해졌음.
30 박망(博望) : 한(漢)나라 장건(張騫)의 봉호. 한무제의 명을 받고 서역으로 사신을 갔음.
31 자우(子羽) : 춘추시대 노(魯)나라 담대멸명(澹臺滅明)의 자.
32 연릉(延陵) : 춘추시대 오(吳)나라 계찰(季札)의 봉호. 연릉계자(延陵季子)라고 함. 사
　방 여러 나라에 사신을 갔음.
33 적제(狄鞮) : 고대 중국의 서방 민족의 언어를 번역하는 사람. 통역사를 말함.
34 좌수괄령(髽首括領) : 상투를 틀어 묶는 것.
35 관변찬전(冠笄劗髯) : 관에 비녀를 꽂고 살쩍을 깎아낸 것.
36 파(拘罷)·거절(拒折) : 원과 네모. 『회남자(淮南子)·제속훈(齊俗訓)』에 "월왕(越王)
　구천(句踐)은 머리를 깎고 문신(文身)을 하고, 피변(皮弁)과 진홀(搢笏)의 복식이 없고,
　구파(拘罷) 거절(拒折)의 용모이다"고 했는데 고유(高誘)의 주(注)에 "구파(拘罷)는 환
　(圜)이고, 거절(拒折)은 방(方)이다"라고 했음.

상(犀象)[38] · 추환(芻豢)[39] · 서량(黍粱)[40] 등은 모두 그 기호를 다르게 하지 않은 것이 없습니다.(고장(古章)·고구(古句)·고자(古字)를 뒤섞어 내어서, 금문(今文) 안에 녹여서 주물하고 융화(融化)했는데 흔적을 볼 수 없다. 재능 있는 자가 아니라면 누가 법으로 삼겠는가?) 그렇다면 상대하여 칠촌(七寸)의 붓대를 들고 일창일수(一唱一酬)로써 저 사목인(四目人)[41]의 교화를 시험해본다면 곧 남아가 처음 태어났을 때 뽕나무 활과 쑥대 화살로 축복받은 것을 조금이나마 보상하는 것에 가깝지 않겠습니까? 봄 사이에 사절(使節)이 동쪽으로 향했다는 소식을 이미 듣고서, 속으로 연작(燕雀)의 축하를 하며, 반드시 천화(天和)[42] 연간의 옛 일과 같이 될 거라고 여겼습니다. 어찌 조정의 중요한 손님을 잠깐 알현함을 허락하지 않을 줄을 생각했겠습니까? 저는 부끄러운 창부(傖父)[43]인데, 겸하여 몹시 세속을 벗어나서 초망(草莽) 속에 잠복했습니다. 그 어찌 선용(先容)[44]을 얻어서 그 뜻을 전달할 수 있었겠습니까? 쥐고 있던 명함의 글자가 지워져도 통할 수가 없었습니다. 아! 불녕은 불우(不遇)하다고 할 만합니다. 곧 진남(津南) 강생(江生)의 편지를 받았는데, 한 번 펼쳐보고 저가 창수(唱酬)가 있었음을 알았습니다. 다시

---

37 보불(黼黻) : 예복(禮服).
38 서상(犀象) : 서각(犀角)과 상아(象牙).
39 추환(芻豢) : 소나 돼지 등의 가축.
40 서량(黍粱) : 기장과 수수.
41 사목인(四目人) : 사방을 두루 살필 수 있는 안목의 사람.
42 천화(天和) : 일본 112대 영원천황(靈元天皇)의 연호(1681~1684).
43 창부(傖父) : 중국 남북조 때 남인이 북인을 비루한 사람이라고 경멸하여 부른 명칭.
44 선용(先容) : 일을 위하여 먼저 남에게 소개받는 것.

펼쳐보고 주남(周南) 현생(縣生)도 제공들에게 받아들여졌음을 알았습니다. 현생은 실로 우리 백유사(白楡社) 안의 사람인데, 현생이 받아들여진 것은 불녕이 얻은 것과 같습니다. 근래 또 기양(崎陽) 강생(岡生)이 알현을 얻었다고 들었습니다. 강생도 또한 제가 친한 사람입니다. 이 때문에 뜻이 비로소 위로가 되었을 뿐입니다. 저에게 많지 않은 글이 있는데, 지금 삼가 베껴서 받들어 올리며, 아울러 그 뜻을 말씀드렸습니다. 족하께서 혹시 내려주심이 있다면, 이른 바 활과 화살에 대한 탄식이 거의 만분의 일은 풀어짐이 있을 것입니다. 근래 몹시 춥습니다. 천만 자중하시기를 바랍니다.

○홍경호께 올리다
呈洪鏡湖

동야(東野)

석목성[45]의 아름다운 하늘에 은하수가 길고   析木麗天天漢長
누가 이곳에 여황[46]이 정박할 줄 알았던가?   知誰此處泊餘皇
국풍[47]을 두루 답습한 오나라 공자[48]이고   國風雜沓吳公子
사절로 종행한 주나라 직방[49]이네   使節縱橫周職方

---

45 석목성(析木星) : 별의 이름. 은하수를 끼고 있는 별자리.
46 여황(餘皇) : 춘추시대 오(吳)나라 배의 이름.
47 국풍(國風) : 『시경』의 편명. 15국의 노래이다.
48 오나라 공자 : 춘추시대 오(吳)나라 계찰(季札). 여러 나라로 사신을 가서 국풍의 노래를 듣고 품평을 남긴 바가 있음.
49 주(周)나라 직방(職方) : 직방은 관직 이름. 천하 구주(九州)의 지도와 사방의 공물(貢

(이 연은 원미(元美 : 王世貞)이다.)

진도⁵⁰의 안개 놀은 날아서 팔을 휘감고　　　　　眞島煙霞飛遠腕

선대의 달빛 이슬은 맺혀서 창자로 들어가네　　　　仙臺月露結歸腸

(도리어 경미(敬美 : 王世懋)와 같다.)

누군가가 지기석⁵¹을 묻는다면　　　　　　　　有人如問支機石

비단 주머니 안은 본래 칠양⁵²이라오　　　　　　文錦囊中自七襄

(비록 동도(東道)가 있지만 뜻은 도리어 지보(地步)를 양보하지 않는다.)

○엄용호 서기께 부치는 편지
寄嚴龍湖書記書

동야(東野)

"돌돌(咄咄)⁵³! 자릉(子陵)⁵⁴이여!"라고 한 것은 유문숙(劉文叔)⁵⁵이
그의 다리를 배로 받든 것⁵⁶인데 재상의 보좌로 다스려주기를 바랬

物)을 관장했음.

50 진도(眞島) : 진인(眞人)이 사는 섬. 진인은 도교에서 신선이 된 사람을 말함. 진도는
　신선의 섬을 말함.

51 지기석(支機石) : 전설 속의 직녀의 베틀을 지탱하는 돌.

52 칠양(七襄) : 직녀성(織女星)의 위치가 하루에 7번 옮겨가는 것. 전하여 직녀성을 가리
　킴. 『시경·小雅·大東』에 "跂彼織女 終日七襄 離則七襄 不成報章"라고 했음.

53 돌돌(咄咄) : 탄식하는 소리.

54 자릉(子陵) : 한(漢)나라 엄광(嚴光)의 자.

55 유문숙(劉文叔) : 한나라 광무제(光武帝) 유수(劉秀). 문숙은 그의 자.

기 때문입니다.(기사(奇思)와 기재(奇才)가 공절(工絶)하고 준절(俊絶)하니,
묘구(妙句)이다.) 아마 지금의 엄공(嚴公)을 말하는 것이 아니겠습니
까?(단락을 바꾸었다.) 불녕(不佞)은 사신의 깃발이 동쪽으로 갔다는 소
식을 들었을 때, 한 번 듣고는 흔흔(欣欣)히 기뻐하였고, 두 번 듣고는
앙앙(怏怏)히 즐겁지 않았고, 세 번 들은 후에야 안정되었습니다.(두
번째 단락을 바꾸었다.) 추맹씨(鄒孟氏 : 孟子)가 말하기를 "천하의 선량
한 인사를 벗으로 삼는다"[57]고 했습니다.(세 번째 단락을 바꾸었다. 이
문장은 발단과 두서(頭緒)를 자연스럽게 차례로 수거했는데, 몹시 힘을 들이지
않았다. 재능 있는 자가 아니면 어씨 판별할 수 있겠는가? 득의(得意)하고 득의
했다.) 저는 태어나서 항강(項强)[58]하여 벼슬에 나가 여러 속인들과
어깨를 떨칠 수 없었던 것이 20년입니다. 또한 장자(長者)들에게 거
절을 당해본 적이 없습니다. 게다가 몸에는 굴레와 재갈이 없어서
형(荊)[59]을 말하면 반드시 찾아갔고, 원(元)[60]을 말하면 반드시 알현
했습니다. 곧 서쪽으로는 장기(長崎)[61]까지 갔고, 동쪽으로는 육오(陸

---

56 광무제 유수가 엄광과 함께 한 침상에서 잠을 잤는데, 엄광이 그의 다리를 유수의 배에
   올려놓았다. 다음날 태사(太史)가 객성(客星)이 어좌(御座)를 범했다고 다급하게 상주했
   다. 이에 유수가 웃으면서 "짐의 벗 엄자릉과 함께 잤을 뿐이다"라고 했다.
57 천하의 …… 벗으로 삼는다 : 『孟子 · 萬章』에 "友天下善士"라고 했다.
58 항강(項强) : 강항(强項). 강직하여 남에게 굴하지 않는 것.
59 형(荊) : 형주장사(荊州長史)를 지낸 한조종(韓朝宗)을 말함. 이백(李白)의 「여한형주
   서(與韓荊州書)」에 "저는 천하의 담사(談士)들이 서로 모여서 '태어나서 만호후(萬戶侯)
   에 봉해짐을 바라지 않고, 다만 한형주(韓荊州)를 한 번 알기를 바란다'고 하는 말을 들었
   습니다. 어찌 사람들의 경모를 여기에 이르도록 했습니까?"라고 했다.
60 원(元) : 후한(後漢) 이응(李膺). 자는 원례(元禮). 당대의 고사로서 사람들이 한 번 만
   나기를 소망했는데, 그를 한 번 접견하는 것을 용문(龍門)에 올랐다고 하여 등용문(登龍
   門)이라고 했다고 함.

崇)까지 갔는데, 만족하게 여긴 적이 없습니다. 지금 문득 해외의 명사를 만나면 그것은 반드시 비상한 볼거리가 있을 것이라고 여겼습니다. 어찌 문지기의 금함이 몹시 엄하여 초망(草莽)[62]의 인사가 그 옆에 가죽 띠[韋帶][63]를 풀어놓는 것을 허락하지 않을 줄을 헤아렸겠습니까? 곧 십음백탁(十飮百啄)[64]의 즐거움을 버리고 번롱(樊籠) 속으로 들어가려고 해도 끝내 그럴 수가 없었습니다. 20년만의 득의의 경계(境界)가 하루아침에 결함이 되고 말았습니다. 흔흔(欣欣)하고 앙앙(怏怏)함이 어찌 그 이유가 아니겠습니까?(네 번째 단락을 바꾸었다.) 맨 나중에 진남(津南) 강생(江生)의 편지와 시를 얻었고, 아울러 주남(周南)의 수창을 얻었습니다. 강생(江生)과 현생(縣生)은 모두 저의 막역지우인데, 현생은 동맹(同盟) 중에 있습니다. 기양(崎陽) 강생(岡生)이 근래 또한 나아가 알현했다고 들었습니다. 각각 취해짐을 받아서 보차상의(輔車相依)[65]한데, 제가 또 무엇을 바라겠습니까?(다섯 번째 단락을 바꾸었다.) 지금 매미소리와 까마귀소리의 말이 있어서, 객사 아

---

61 장기(長崎) : 일본 규슈[九州] 북서부 나가사키 현[長崎縣]의 현청소재지. 나가사키 항으로 흘러 들어가는 우라카미 강[浦上川] 어귀에 자리 잡고 있다. 나가사키 항은 남쪽의 노모[野母] 곶과 북서쪽의 니시소노기[西彼杵] 반도가 만나는 지점에 형성된 좁고 깊게 패인 만으로 이루어져 있다.

62 초망(草莽) : 초야(草野), 민간(民間).

63 가죽 띠(韋帶) : 포의위대(布衣韋帶)를 말함. 가난한 의상을 말함.

64 십음백탁(十飮百啄) : 『莊子·養生主』에 "소택의 꿩은 열 걸음에 한 번 먹이를 쪼고, 백 걸음에 한 번 물을 마시면서, 번롱 속에서 길러지기를 바라지 않는다"고 했다. 자유자재한 생활을 말함.

65 보차상의(輔車相依) : 서로 의존적인 이해관계가 있는 것. 두 나라의 사이가 긴밀함을 말함. 『左傳·僖·五』에 "諺所謂輔車相依, 脣亡齒寒者, 其虞·虢之謂也"라고 했음.

래에 받들어 올립니다. 족하께서 만약 서까래와 같은 붓을 한 번 휘
둘러주신다면, 곧 저는 족하처럼 보면서 제 마음을 풀겠습니다. 바라
건대 족하께서는 조금만 뜻을 더해주셔서 저의 펄렁펄렁 매달린 깃
발을 더욱 안정시켜주시지 않겠습니까?(여섯 번째 단락을 바꾸었다.) 제
가 지금 족하의 수창시를 읽으면서 "돌돌! 자릉이여!"라고 한 것은
실은 족하를 말한 것이라고 할 수 있습니다. 편수(篇首)를 되돌아보
는 묘이다. 전환이 더욱 묘하다. 족하께서 장년에 과거를 마치고, 지
금 또 해외로 사명을 받드니, 이미 재상의 보좌로 다스림을 이루었는
데, 어씨 양구자(羊裘子)⁶⁶가 짝이 되겠습니까? 비록 그렇지만 요동하
는 객성(客星)의 광채가 형형(熒熒)한 것에 있어서는 어찌 다름이 있
겠습니까?(전환할수록 더욱 묘하니 그대의 재능이 많음을 볼 수 있다.) "돌돌!
자릉이여!"라고 한 것은 과연 족하를 말한 것이라고 할 만합니다.(상
산(常山)의 뱀 꼬리가 머리를 구한 곳⁶⁷이 그 형세가 걸연(傑然)하다.)

---

66 양구자(羊裘子) : 엄광(嚴光)을 말함. 엄광이 유수가 즉위한 후 변성명하고 양가죽 옷
   을 입고 택중(澤中)에 은거했음.
67 상산(常山)의 뱀 꼬리가 머리를 구한 곳 : 전설에 상산의 뱀은 머리와 꼬리가 서로 구할
   수 있다고 함. 나중에 수미가 호응하는 진세(陣勢)를 비유하게 되었음. 『손자(孫子)·구
   지(九地)』에 보임.

○엄용호께 올립니다
呈嚴龍湖

동야(東野)

| 교릉에서 지난날 모시지 못함이 진정 애석한데 | 應惜橋陵昔不陪 |
| 지금 익조[68] 그린 배가 봉래를 묻네 | 於今綵鷁問蓬萊 |

(교묘함을 말할 수 없다.)

포차[69]가 장차 이르려고 건곤이 합쳐지고	砲車將到乾坤合
패궐[70]이 비로소 떠오르니 안개 놀이 열리네	貝闕始浮煙靄開
주머니 속엔 산천을 아득히 휴대하고	囊底山川携縹緲
붓 끝은 풍우 속에서 아름다운 구슬을 줍네	豪端風雨拾玫瑰

(이 연은 원미(元美 : 왕세정)의 묘이다.)

| 그대는 대악[71]을 구하러 다시 어디를 가는가? | 君求大樂還何處 |
| 나에게 선인의 푸른 옥잔이 있다네 | 我有仙人碧玉桮 |

(지보(地步)를 크게 차지했다.)

---

68 익조(鷁鳥) : 일종의 물새로서 물에 잘 뜨기 때문에 뱃머리에 그려서 배의 안전을 기원
했음.
69 포차(砲車) : 포차운(砲車雲). 폭풍이 장차 일어남을 예시하는 구름.
70 패궐(貝闕) : 붉은 조개껍질로 장식한 궁궐. 전설 속의 하백(河伯)이 거주하는 용궁수부
(龍宮水府).
71 대악(大樂) : 전아하고 장중한 음악. 고아한 시문을 말함.

○남범수 서기께 부치는 편지
寄南泛叟書記書

동야(東野)

벗한다는 것이 그 얼굴을 벗하는 것입니까? 그렇다면 서쪽 집의 어리석은 사람도 부자(夫子)와 벗을 할 수 있을 것입니다. 사람의 마음은 얼굴처럼 같지 않습니다.(면(面)자는 1편(篇)의 괴로움인데 도리어 심(心)자를 빌려와서 금선탈각(金蟬脫殼 : 매미가 껍질을 벗고 탈바꿈 하는 것)을 했다. 재자(才子)의 영혜(靈慧)에 이와 같음이 있다.) 같지 않은 중에 각자 짝을 이룸이 있습니다.(진환이 몹시 묘하다.) 그래서 원개(元凱)[72]는 사흉(四凶)[73]을 벗하지 않았고, 염래(廉來)[74]는 난신(亂臣)[75] 10인을 접하여 따를 수 없었습니다. 곧 벗하는 것은 마음을 벗하는 것이고, 얼굴을 벗하는 것이 아닙니다. 만약 마음이 다르지 않다면, 어찌 반드시 얼굴의 같고 다름을 묻겠습니까?(다시 인증함이 모두 큰 결단이어서 그 확고함을 뽑을 수가 없다.) 불령(不佞)은 사신의 깃발이 펄렁펄렁 휘날리며 동으로 갔다는 소식을 처음 듣고, 마음 또한 펄렁거렸습니다.(교구(巧句)이다.) 어떻게 한 번 만나서, 천박한 재능을 올릴 수 있습니까?(경구(勁句)이다.) 대방(大方)[76]은 이미 불가하여, 사심(私心)이 몹시

---

72 원개(元凱) : 현인재자(賢人才子)의 무리를 말함. 즉 팔원팔개(八元八凱). 팔개는 고양씨(高陽氏)의 재자인 창서(蒼舒)·퇴애(隤敳)·도인(檮戭)·대림(大臨)·방강(尨降)·정견(庭堅)·중용(仲容)·수달(叔達), 팔원은 고신씨(高辛氏)의 재자 백분(伯奮)·중감((仲堪)·숙헌(叔獻)·계중(季仲)·백호(伯虎)·중웅(仲熊)·숙표(叔豹)·계리(季狸).
73 사흉(四凶) : 순(舜)시대의 4악인(惡人)인 공공(共工)·환두(驩兜)·삼묘(三苗)·곤(鯀).
74 염래(廉來) : 주왕(紂王)에게 흉류(凶類)를 천거했던 인물.
75 난신(亂臣) : 치신(治臣). 『書·泰誓中』에 "予有亂臣十人, 同心同德"이라고 했음.

앙연(怏然)히 즐겁지 않았습니다.(경구(勁句)이다.) 나중에 진남(津南)
강생(江生)의 편지와 장문(長門)의 수창(唱酬)이 연이어 이르렀습니다.
이들은 모두 제가 좋아하는 사람들인데, 현생(縣生)은 곧 동맹(同盟)
중에 있습니다. 그 웃음이 이른 것은 모두 불령이 사적으로 이룬 것
은 아니지만, 불령이 족하의 마음을 헤아려 알았기 때문입니다.(이
1구(句)는 1편(篇)을 점단(占斷)했다.) 족하의 시를 읽어보니, 그 아섬굉부
(雅贍宏富)[77]하고 전절상개(電折霜開)[78]함은 비록 마땅히 미칠 수 없을
듯하지만, 요컨대 또한 제가 좋아하는 것과 같았습니다.(이 또한 심
(心)자의 환두(換頭)이다.) 제가 알현하지 못하여 만족하지 못한 바는
다만 관변진홀(冠弁搢笏)[79]과 규주구환(規周矩還)[80]과 그 머리를 늘어
뜨리고, 그 수염을 길게 한 것뿐입니다.(이 전환은 지극히 묘하다.) 이미
알현을 했더라도, 얼굴을 알았다고 하는 것은 옳지만, 마음을 알았
고 할 수는 없습니다. 대저 저는 사교하는 바를 지침으로 삼을 겨를
이 없어서 마음을 아는 자가 근근(僅僅)히 적지만, 모두 이른 바 무리
중에 뛰어난 자들일 뿐입니다. 족하께서도 또한 마땅히 그러할 것입
니다. 지금 저는 이미 족하가 지은 것을 얻어서 족하의 마음을 알았
는데, 어찌 문지기가 엄하여 알현을 허용하지 않는 데에 구속되어

---

76 대방(大方) : 대방지가(大方之家). 식견이 넓어서 대도(大道)에 밝은 사람.

77 아섬굉부(雅贍宏富) : 문사(文辭)가 전아하고 풍부한 것.

78 전절상개(電折霜開) : 문사가 번개가 굴절되고 서리가 열리 듯 변화가 많은 것.

79 관변진홀(冠弁搢笏) : 예모(禮帽)와 요대(腰帶)에 꽂은 홀.

80 규주구환(規周矩還) : 법도 있는 동작을 말함. 『禮·玉藻』에 "周還中規, 折還中矩"라
  고 했음.

하고자 하는 말을 침묵할 수 있겠습니까? 파리나 개구리소리 같은 글을 봉하여 좌우에 올리니, 만약 그 마음을 취해주셔서 남의 기름의 남은 향기를 아끼지 않는다면 사람을 취하게 할 수 있을 것입니다. 이는 면우(面友)가 아니고 심우(心友)입니다. 짝을 함께 한 것입니다. (이 전환은 지극히 묘하다.) 대저 이백(李白)·두보(杜甫)·한유(韓愈)·유종원(柳宗元)은 누가 알현한 바가 있어서 친한 자들입니까? 우리들은 평소 항상 그들을 벗하였습니다. 저는 바라건대 족하의 심화(心畵)[81]의 빛남을 받들고 싶습니다. 저의 교우의 명단에 그 또한 어찌 만족하지 못하겠습니까?(심우(心友)자가 이와 같이 변화하여 와서 맺으니, 재자(才子)의 영혜(靈慧)에 이와 같음이 있다.) 때가 바람이 차갑습니다. 스스로를 아끼시기를 바랍니다.

○남범수께 올리다
呈南泛叟

동야(東野)

남쪽바다로 가려고 익조의 배를 띄웠다고 모두 말하니

悉道圖南泛鷁舟

구주의 해외에서 문득 서로 구하네   九州海外忽相求
어찌 자우[82]만이 사명[83]에 능하여   寧惟子羽能辭命

---

81 심화(心畵) : 서면문자(書面文字)를 말함. 양웅(揚雄)의 『법언(法言)·문신(問神)』에 "말은 심성(心聲)이고, 글은 심화(心畵)이다"고 했다.

노오⁸⁴가 먼 여행을 말함을 면하게 했던가?　免使盧敖說遠遊

깃발 그림자 무성하게 전로에서 날리고　旆影葳蕤飄甸路

호각소리 소란하게 성루를 진동하네　角聲烏軋震城樓

가져온 것을 구하는 이 없어서 몹시 애석한데　携來偏惜無人乞

적막하게 옥구슬이 가는 배를 따르네　寂寞珠珫隨去輈

○이학사 선생께 올리다
呈李學士先生

수계(須溪)

깃발 든 사신이 동무로 들어오니　旌旗奉使入東武

금마옥당⁸⁵의 제일인이네　金馬玉堂第一人

구만리 구름길에 굳센 날개를 치니　九萬雲程搖勁翮

수많은 강과 바다에서 잠긴 물고기들 도약하네　百千河海躍潛鱗

문득 코를 찌르는 묵화 향기에 놀라고　忽驚撲鼻墨花馥

다시 창자에 스미는 시의 맛이 새로움에 놀라네　還訝沁腸詩味新

부상에 전파한 천 편의 시가　傳播扶桑若千首

맨손으로 기린을 잡는 솜씨임을 알겠네　可知徒手縛麒麟

---

82 자우(子羽) : 춘추시대 노(魯)나라 담대멸명(澹臺滅明)의 자. 공자(孔子)의 제자였음.

83 사명(辭命) : 사령(辭令). 응대(應對)의 언사(言辭).

84 노오(盧敖) : 진(秦)나라 박사(博士). 난리를 피하여 은거했다가 선인이 되어 떠나갔다고 함. 『淮南子·道應訓』에 "노오(盧敖)가 평북해(平北海)를 유람하고, 평태음(平太陰)을 경유하여 평현궐(平玄闕)로 들어갔다"고 했음.

85 금마옥당(金馬玉堂) : 한림원(翰林院)의 별칭.

(재기가 발랄하여 풍조(風調)로써 지었는데, 또한 어찌 주남(周南)보다 못하겠는가?)

○홍경호 서기께 올리다
呈洪鏡湖書記

수계(須溪)

어찌 평소 들던 명성이 다를 것인가?	豈錯聲名有素聞
높게 해외에서 큰 공을 세우네	巍巍海外策奇勳
꽃 피우는 붓 아래 비를 날리려 하고	生花筆下欲飛雨
봉황 토하는 혀끝엔 구름이 솟는 듯하네	吐鳳舌端如湧雲
어리석은 자는 나는 해오라기무리를 못 따르고	傖父未追振鷺隊
어리석은 아이는 들닭의 무리를 짝하네	痴兒與伴野鷄群
생각을 달리는 한묵단의 객이	馳思翰墨壇中客
함께 〈녹명〉[86]을 읊어 사군[87]을 접대하네	共賦鹿鳴燕使君

○엄용호 서기께 올리다
呈嚴龍湖書記

수계(須溪)

| 동방에 함께 있으나 지세가 나뉘었는데 | 混一東維地勢分 |
| 수놓은 돛이 물가에 정박하니 물결이 이네 | 繡帆艤水水成文 |

---

86 녹명(鹿鳴) : 『시경·소아』의 편명. 가빈(嘉賓)을 즐겁게 하는 노래임.
87 사군(使君) : 사신에 대한 존칭.

사성이 바다 비추며 날아서 북두성을 떠나오고	使星照海飛辭斗
용 깃발이 관문을 나서 구름을 끌고 오네	龍旆出關斜曳雲
밝은 달빛 맑은 바람의 글을 도려내는 손이	朗月淸風章抉手
〈양춘〉과 〈백설곡〉을 무리로 뽑아내네	陽春白雪曲抽群
광음이 정돈되지 않음을 거리끼지 않으니	狂吟不憚不齊整
가빈의 교묘한 도끼놀림을 보네	要見嘉賓巧運斤

○남범수 서기께 올리다
呈南泛叟書記

수계(須溪)

사패와 괴두[88]가 상서로운 연기를 옹위하니	使旆魁斗擁祥煙
어찌 강동 길 팔천 리를 거리끼랴?	寧憚江東路八千
구름이 한관을 나와서 옥절을 받들고	雲出韓關擎玉節
물은 은하수로 통해서 누선을 올리네	水通天漢上樓船
휘두르는 붓은 우군[89] 아래가 아니고	揮毫不在右軍下
붓을 대면 반드시 이백보다 앞서네	下筆須爲李白先
진나라 글자와 당시를 사람들이 다투어 선망하니	晉字唐詩人競羨
부상에서 스스로 성명을 전하네	扶桑自是姓名傳

---

88 괴두(魁斗) : 괴성(魁星). 문운(文運)을 주관하는 신.
89 우군(右軍) : 진(晉)나라 왕희지(王羲之).

○동야의 사안에 차운하여 받들다
次奉東野詞案

해객의 선사가 북두성을 범하니	海客仙槎犯斗星
한 돛으로 내 또한 창명을 끊었네	一帆吾又截滄溟
외딴 마을은 땅에 가득하여 우거진 숲 같고	孤村撲岸依依樹
여러 섬들은 허공에 떠서 점점이 부평초들이네	列島浮空點點萍

(촌기(村氣)가 또 이르렀다.)

하늘 밖 행장이 천리에 이르니	天外行裝千里至
꿈속에서 시서가 몇 순이나 지났던가?	夢中時序幾旬經
맹생[90]은 예스러운데 마음도 예스럽고	孟生只古心仍古
오늘 아침 눈동자가 다시 반김을 몹시 기뻐하네	剛喜今朝眼却靑

(이는 꿈속의 마음으로 본 것이다.)

동곽고(東郭稿)

---

90 맹생(孟生) : 동야(東野)를 말함. 당나라 맹교(孟郊)의 호가 동야이므로 이를 차용하여
   맹생이라고 부른 것임.

○삼가 동야 등처사의 편지에 답하다
敬復東野藤處士書

(단지 시문(時文)의 상투어로서 조롱박을 바가지로 그려놓은 듯하다. 그 재능이 민망하다. 비록 그렇지만 안목이 없다고는 할 수 없다.)

심하구나! 사람이 진짜를 좋아하지 않고 가짜를 좋아함이여! 토소(土塑)[91]와 목우(木偶)를 형태의 가짜로써 취하고, 인훤(麟楦)[92]과 후관(猴冠)[93]을 모양의 가짜로써 취합니다. 둔한 말과 천리마를 분별하지 않고, 옥돌과 옥이 서로 뒤섞여 있습니다. 금몽(錦幪)[94]과 주락(珠絡)[95]이 큰 길을 종횡으로 내달리면, 상마자(相馬者)[96]가 비만한 말을 천거하고 수척한 말은 내버립니다. 지함(芝函)과 보자(寶藉)를 청묘(淸廟)[97]에 온장(韞藏)했는데 옥을 감별하는 자가 표면만 취하고 중심은 버립니다. 이런 것은 진정 천하의 고금에서 통한(通患)하였던 것들입니다. 어찌 다만 한 모퉁이의 치우친 나라에서만이 그러겠습니까? 제가 동쪽으로 와서 동야(東野) 등처사(藤處士)께서 보낸 문과 시를 얻어 받들었습니다. 비록 경개(傾蓋)[98]의 기쁨과 합잠(盍簪)[99]의 즐

---

91 토소(土塑) : 토우(土偶).
92 인훤(麟楦) : 기린훤(麒麟楦), 당(唐)나라 연희에서 기린으로 가장한 노새를 부르는 말.
93 후관(猴冠) : 원숭이가 관모를 쓴 것.
94 금몽(錦幪) : 말 등에 덮는 비단 깔개.
95 주락(珠絡) : 주옥을 길게 엮은 말머리 장식. 영락(瓔珞).
96 상마자(相馬者) : 말을 감별하는 사람.
97 청묘(淸廟) : 종묘(宗廟).
98 경개(傾蓋) : 길을 가다 우연히 상봉하여 수레덮개를 기우리고 대화하는 것.

거움은 없었지만, 그 언사를 보니 진정 이른 바 가식하지 않은 진실한 군자였습니다. 식초와 소금은 다른 맛이고, 우(竽)와 슬(瑟)은 다른 좋은 것이지만, 금기력락(嶔崎歷落)[100]한 자취가 동서에 퍼진 것이 지금 31년이라고 했습니다.(마땅히 2글자를 뒤섞었음을 본다.) 만약 지금 사람들이 진짜를 취하고 가짜를 버린다면, 어찌 그 모습을 거짓으로 꾸며서 벼슬길에 오른 자만 못하겠습니까? 저와 동야께서는 각자 바다와 육지로 5천여 리 떨어져 있어서, 풍토가 서로 현격하여 영향이 미치지 못합니다. 그러나 오히려 편지와 짧은 글 속에서 정성스럽게 마음을 다 할 수 이 있었습니다. 말은 마음에서 나왔고, 글은 밖을 꾸미지 않았으나 정의(情誼)가 넘치고, 마음의 위곡함이 끝이 없으니, 앞에서 이른 바 진실한 군자가 아니겠습니까? 왕정(王程)에 기한이 있고, 사신의 일은 이미 마쳤으니, 조만간 돌아갈 예정입니다. 시문을 빌려서 정성을 폈으나, 여전히 진면목을 한 번 뵙지 못하여 종이 앞에서 붓을 멈추고 공허한 슬픔이 끝이 없습니다.(여기까지 읽으니, 엄(嚴)이 옆에서 동벽(東壁)이 남(南)에게 부친 글을 본 것이 아닌가 싶다.) 세상이 진짜를 버리고 가짜를 좋아하여서, 그대가 머리털이 짧아질 때까지 이룸이 없게 한 것을 개탄하며 〈진가설(眞假說)〉로써 드립니다.(둘을 섞어서 셋을 지으니, 끝내 동벽(東壁)을 노련하다고 할만하다.)

---

99 합잠(盍簪) : 사인(士人)들이 모이는 것. 『易・豫』에 "勿疑, 朋盍簪"이라고 했는데, 왕필(王弼)의 주에 "盍, 合也, 簪, 疾也"라고 했다. 벗들이 모이려고 빨리 오는 것을 말함.
100 금기력락(嶔崎歷落) : 품격이 탁월하고 출중한 것.

세사(歲舍)[101] 중광(重光)[102]단알(單閼)[103] 창월(暢月)[104] 기망(旣望) 용호(龍湖) 엄한중(嚴漢重) 재배(再拜).

○ 동야 사백의 혜운을 차운하여 받들다
　次奉東野詞伯惠韻

| 그대 재능은 실로 조정에 보탤 수 있는데 | 君才實合殿䪿陪 |
| 건몰[105]되어 어찌 초야에서 늙어 가는가? | 乾沒如何老草萊 |

(건몰은 오용이다.)

상봉해도 좋은 대화가 없음을 도리어 탄식하는데	傾蓋却嘆良晤阻
부쳐온 편지로 오히려 좋은 회포를 폄을 기뻐하네	遞筒猶喜雅懷開
모과로써 옥돌에 보답함이 어려운데	難將木李酬瓊玫
먼지와 옥돌이 뒤섞임을 몹시 애석해 하네	謾惜塵砂混璧瑰
슬프구나 내일 아침 돌아가는 길에	怊悵明朝歸去路
이방의 누가 이별의 술잔을 권할 것인가?	異邦誰勸祖筵栝

신묘년 남지(南至) 후 2일, 용호고(龍湖稿)

---

101 세사(歲舍) : 세차(歲次).

102 중광(重光) : 태세(太歲) 신(辛)에 있는 것.

103 단알(單閼) : 태세가 묘(卯)의 방향에 있는 년(年).

104 창월(暢月) : 음력 11월의 별칭.

105 건몰(乾沒) : 요행히 이익을 얻는 것. 또 남이 맡긴 물건을 탈취하는 것. 여기서는 매몰의 뜻으로 잘못 사용한 듯함.

○동야 사백이 부쳐 보이신 운을 받들어 차운하다
奉次東野詞伯寄示韻

(말이 다름은 물론이고, 그 구를 지음이 온건(穩健)한데, 다른 3사람이 모두 재능이 없는 것과는 크게 다르다. 그 동쪽으로 온 사람들이 용호(龍湖)라고 칭하는 것이 한스럽다.)

물결을 날려 바다를 배워서 빈 배를 띄우고	揚波學海泛虛舟
처사가 떠들썩한 시장에서 구하는 바가 적네	處士囂囂寡所求
여관에서 시편들을 후하게 받았는데	旅館詩篇蒙厚賜
소단의 술잔으로 함께 노닐 수가 없네	騷壇樽酒阻同遊
차라리 족적이 삼신산 땅을 밟는 것을 논하며	寧論足蹈三山地
몸이 오봉루[106]에 오르는 것만 못하리라	不若身登五鳳樓
훗날의 모임을 어떻게 얻을 것인가?	他日盍簪如可得
그대 위해 오직 가는 수레를 멈추고 싶네	爲君惟欲駐行輈

(이 단락의 말을 읽어보니 또한 호인(好人)이다. 다른 자들이 거짓을 품고 있는 것에 비할 바가 아니다.)

은혜로운 시문을 받으니, 성의(盛意)가 감개할 만한 것일 뿐만 아니라 또한 족하의 마음을 충분히 볼 수 있었습니다. 그러나 맑은 모습을 한 번 접하여 친히 담소를 받들 바가 없어서 단지 스스로 마음이 외로웠습니다. 저는 근래 신우(薪憂 : 병에 걸림)가 있어서 필연(筆硯)을 폐각했는데, 떠남에 임해 촉박하여 빚을 진 것이 산과 같습니

106　오봉루(五鳳樓) : 당나라 낙양(洛陽)에 있었던 누대 이름. 또한 문장의 거장을 오봉루수(五鳳樓手)라고 함.

다. 삼가 경운(瓊韻)에 차운하여서 사례하오니, 족하께서 용서해주시기를 바랍니다.

신묘년 남지(南至) 전에 조선신사기실(朝鮮信使記室) 남중용(南仲容) 범수(泛叟)

○수계의 사안에 차운하여 받들다
次奉須溪詞案

동곽(東郭)

동도엔 예로부터 재자가 많은데	東都自古多才子
한묵 풍류에서 이 사람을 얻었네	翰墨風流復此人
백벽[107]으로써 천리마를 구한다고 문득 들었는데	白璧忽聞求逸足
빠른 천둥이 궁벽한 물고기를 일으킴을 장차 보리라	
	疾雷將見起窮鱗
사단에서 속으로 높은 명성 우러른 지 오래인데	詞壇竊仰高名久
주석에서 기쁘게 만나니 의용의 광채가 새롭네	酒席欣逢儀彩新
부악[108]의 빼어난 장관을 다시 말하지 마오	富嶽奇觀休更說
일동 천지에 상서로운 기린이 있다네	日東天地有祥麟

---

107 백벽(白璧) : 평원형(平圓形)이면서 중간에 구멍이 있는 백옥(白玉). 예로부터 현신(賢臣)을 부를 때 예물로 사용했음.

108 부악(富嶽) : 부사산(富士山)을 말한다.

○다시 용호께 드리는 편지
再寄龍湖書

동야(東野)

(망탕(莽蕩 : 끝없이 넓음)한 천 가지 말인데, 한 구기(口氣)로 말하여 갔다. 한 글자도 완만(緩慢)함이 없고, 한 글자도 얼올(臬兀 : 동요하여 불안함)함이 없다. 지금이 옛것을 벗어나지 않고 다만 아름다움을 손상하지 않았다. 웅재(雄才)가 아니면 능히 할 수 있겠는가?)

바야흐로 독패(纛斾)[109]가 도성에 머물고 있을 때, 불령(不佞)은 시를 지어 네 분의 객관 아래에 올리면서 편지로 경옥(瓊玉)의 회답을 바란다고 아뢰기를 상세히 했습니다. 이후 목을 빼고 소원을 바랐으나, 여러 날이 되어도 하명을 얻지 못했습니다. 두렵고 미혹(迷惑)되어 조처할 바를 몰랐습니다. 사람들 중에 누군가 말하기를 "사절(使節)이 동쪽으로 들어왔을 때 도성사람들은 대개 봉황의 운집을 보려는 소망을 이루고, 짧은 담소나 시문을 얻어서 그 무리를 누르기를 바라는 자들이 넘쳐났습니다. 여러 분들은 헌향(獻享)[110] 중에 있을 때, 사적으로 접빈의례(接賓儀禮)의 한가함을 엿보아서 그 책상을 메워서 넘치는 것을 끌어다가 산처럼 쌓고 골짜기에 가득한 빛을 갚으려고 합니다. 그래서 그 얻은 것은 천백에서 십분의 일도 안 됩니다. 그 끌어내는 것은 손 따라 취하므로, 처음부터 친소(親疏)와 선후(先後)와 공졸(工拙)을 구별하지 않습니다. 더디게 주고 빨리 주는 것은 그 뽑아드는 여부에 달렸으니, 비유하자면 항아리 속에다

---

109 독패(纛斾) : 소꼬리나 꿩의 깃털로 장식한 깃발. 사신의 깃발을 말함.
110 헌향(獻享) : 술과 음식을 올려 노고를 위로하는 것.

넣고 엎어놓은 것을 사격하는 것과 같을 뿐입니다"고 했습니다.(간파
(看破)했다.) 제가 말하기를 "그렇지 않습니다. 여러 분들이 이 나라의
문(文)을 취하지 않는다면 그만이지만, 이미 취했다면 어찌 풀어주는
바가 없겠습니까? 허경종(許敬宗)[111]이 말하기를 '경은 본래 기억하기
가 어렵소'라고 했는데,(전사법(剪辭法)이다.) 대저 여러 분들이 저를
하손(何遜)·유효작(劉孝綽)·심약(沈約)·사조(謝朓)가 아니라고 생각
하는 것이 분명합니다.[112] 비록 그렇지만, 제가 어찌 스스로 그만 둘
수 있겠습니까?"라고 했습니다. 이에 그것들을 치워놓고 다시 의도
하지 않았습니다.(법이 있다.) 11월 19일이 지나서, 사절(使節)이 서쪽
으로 갔는데, 또 하루가 지나서 족하와 여러 분들의 화답이 강생(岡
生)으로부터 보내왔습니다. 봉함을 쪼개고, 향기롭게 손을 씻고, 받
들고 두세 번 읽어보니 황송하게도 여러 분들이 취해줌이 있었습니
다. 족하의 〈진가설(眞假說)〉를 읽기에 이르자, 기쁨을 스스로 참을
수 없었습니다. 불녕의 기쁨이 어찌 그 권면해 줌이 적당함을 기뻐
한 것이겠습니까? 다만 평일의 말을 징험한 것을 기뻐했습니다. 옛
날 월석부(越石父)[113]가 기꺼이 누설(縷紲)[114]에 있으면서 절교를 요구

---

111 허경종(許敬宗) : 당나라 초의 사람. 자는 연족(延族). 수나라 대업(大業) 중에 수재
  (秀才)에 급제하고, 당나라 정관(貞觀) 중에 저작랑(著作郎)이 되었고, 고종(高宗) 때 예
  부상서(禮部尙書)를 지냈다.
112 하손(何遜) … 생각하는 것 : 당나라 유속(劉餗)의 『수당가화(隋唐嘉話)』에 "허경종
  (許敬宗)은 성품이 경박하고 오만하여, 만난 사람을 곧 잊어버렸다. 어떤 사람이 이를
  탓하자, 말하기를 '경은 본래 기억하기가 어렵다. 만약 하손·유호작·심약·사조 등을
  만난다면, 속으로 생각하여 기억할 수 있을 것이다'고 했다"고 했다.
113 월석부(越石父) : 춘추시대 제(齊)나라 현인(賢人). 제나라 상(相) 안영(晏嬰)이 구속
  중에 있던 그를 길에서 만나 자신의 말을 주고 속량시켜 데리고 왔다. 그러나 한 마디도

했을 때, 사례하지 않고 내실로 들어갔다면, 어떻게 약구(籥口)¹¹⁵를
얻었겠습니까?(이는 지위를 차지한 곳이다.) 족하께서는 원구(元龜)¹¹⁶를
살펴 의심하지 않겠습니까? 저는 어린 시절에 선군자(先君子)로부터
『당문수(唐文粹)』¹¹⁷와 『송문감(宋文鑑)』¹¹⁸ 등의 책을 받았는데, 읽어
보고 몹시 기뻐서 마침내 당송사대가(唐宋四大家)를 문장의 명발미려
(溟渤尾閭)¹¹⁹로 삼았습니다. 거의 스스로 문구의 저울대와 문장의 저
울추를 다루기 위하여, 오로지 사가(四家)를 구확(矩矱 : 법)으로 삼아
서 힘을 다하여 추구했으나, 피부를 받아들여 세우는 것도 감당하지
못하고 취약(脆弱)하여 이루지 못했을 뿐입니다.(오식 호설(豪傑)한 인
사만이 스스로 분명히 깨닫는다.) 약관(弱冠)에 이르러 적무경(荻茂卿) 조
래(徂來)란 분을 뵈었습니다. 무경(茂卿)은 한 번 보니 국사(國士)였는
데, 지를 받아들여 주었습니다.(주남(周南)과 힘께 같은 말을 했는데, 비록
그렇더라도 나는 부끄럽다.) 저는 곧 취약의 설로 질문했습니다.(동벽(東
壁)도 또한 우리 도(道)를 서쪽으로 옮기려고 하는가? 용호(龍湖)는 치우(置郵
: 역참)가 되지 못한다. 이 1단락은 동벽의 득의처인데 참으로 묘절

없이 내실로 들어갔는데, 오래 지나도 불러서 보지 않자, 월석부는 수치로 여기고 안영에
게 절교를 요구했다. 안영이 사과하고 상객(上客)으로 맞이했다.
114 누설(縲紲) : 포박(捕縛). 구속을 말함.
115 약구(籥口) : 다문 입. 충신의 입을 말함.
116 원구(元龜) : 귀감으로 삼을 만한 옛날의 일.
117 『당문수(唐文粹)』: 책 이름. 송(宋)나라 요현(姚鉉)이 편찬한 1백 권의 책. 오대(五
代)의 문폐(文弊)를 구제할 목적으로 편찬했음.
118 『송문감(宋文鑑)』: 송나라 여조겸(呂祖謙)이 황제의 칙명을 받고 편찬한 150권의 책.
119 명발미려(溟渤尾閭) : 큰 바다의 물이 새어나오는 곳. 명발(溟渤)은 명해(溟海)와 발
해(渤海). 미려(尾閭)는 전설 속의 바닷물이 새어나오는 곳.

(妙絶)을 지었다. 대답하기를, "그대는 저들이 산을 이룬 까닭을 아는
가? 그 9길[九仞]¹²⁰ 높이를 이루고자 한다면, 반드시 먼저 흙을 뒤엎
어 평지를 배로 북돋은 이후에 그루터기를 베어내고 흙덩이를 제거
하고, 판축(版築)¹²¹을 해야 한다. 산이 이루어진 후에 겨우 9길을 얻
게 된다. 대저 사가(四家)라는 자들은 전고(典誥)¹²²와 그 아래의 순자
(荀子)·맹자(孟子)·가의(賈誼)·사마천(司馬遷)·동중서(董仲舒)·양자
운(揚子雲 : 揚雄)을 모아서 그루터기를 베어내고 흙덩이를 제거하고,
판축을 한 것이다. 지금 곧 사가를 추구하는 것은 남의 분국(畚揭)¹²³
이 버린 흙을 주어다가 널빤지와 기둥 사이에 채우는 것과 같다. 가
령 9길을 쌓는다고 하더라도, 취약하지 않음을 어찌 기대하겠는가?
그대가 사가를 잘 배우려고 한다면, 어찌 그보다 약간 높이지 않는
가? 시(詩)는 수사(脩辭)로써 하고, 서(書)는 달의(達意)로써 한다. 남화
(南華)¹²⁴·충허(沖虛)¹²⁵·노맹(魯盲)¹²⁶·상류(湘纍)¹²⁷로써 소통씨(蕭統
氏)¹²⁸가 편찬한 것에 이르면, 무늬 있고 찬란함을, 내가 저들에게 감

---

120 9길[九仞] : 63척(尺). 지극히 높거나 깊음을 말함.
121 판축(版築) : 양쪽에 널빤지를 세우고 그 안에 진흙을 채우고, 공이로 다져서 흙담을 쌓는 것.
122 전고(典誥) : 『상서(尙書)』의 「요전(堯典)」과 「탕고(湯誥)」.
123 분국(畚揭) : 흙을 나르는 삼태기와 수레.
124 남화(南華) : 『남화경(南華經)』. 『장자(莊子)』의 별칭.
125 충허(沖虛) : 『충허진경(沖虛眞經)』. 『열자(列子)』의 별칭.
126 노맹(魯盲) : 춘추시대 노(魯)나라 태사(太史) 좌구명(左丘明)를 말함. 좌구명은 두 눈을 실명하였음. 여기서는 그의 저서 『좌씨춘추전』을 말함.
127 상류(湘纍) : 상수(湘水)에 투신하여 죽은 굴원(屈原)을 말함.
128 소통씨(蕭統氏) : 소통(蕭統). 남조 양(梁)나라 소명태자(昭明太子). 자는 덕시(德

출 수 없게 된 이후에야 사가라는 자들이 절로 그 중에 있다고 말할 수 있다"고 했습니다.(고색(古色) 깊다.) 불령이 말하기를 "이것은 옳습니다. 생각건대 어찌 옛날에 단지 의(議)와 서(敍) 두 가지만 있었겠습니까? 저 서(序)·기(記)·논(論)·찬(贊)·잠(箴)·명(銘)·뇌(誄)·지(誌) 등을 나누어 변별한 자가 어찌 옛날에 있었습니까?"라고 했습니다.(우리 동방에 있다면 현자(縣子)보다 나을 것이다.) 무경(茂卿)께서 말하시기를 "그대가 반드시 하고자 하는 그 체(體)가 완비된 것은 명(明)나라에 있었는데, 이반룡(李攀龍)과 왕세정(王世貞) 등 칠자(七子)가 옛것에서 먼저 깨친 것이다"고 했습니다. 저는 이에 칠자의 글을 읽고 비로소 하늘과 땅 사이에 이른 바 고문사(古文辭)라는 것이 있음을 알았습니다.(누가 혼돈(混沌)이 죽었다고 하는가?) 곧 그 처음의 원고를 모두 불살라버리고 고학(古學)에 오로지 힘을 썼습니다. 현효유(縣孝孺) 등 여러 사람들과 단(壇)을 쌓고 제사를 올렸는데, 무경(茂卿)에게 우이(牛耳)를 받고, 효유(孝孺)가 재서(載書)[129]를 쓰고, 불령이 쟁반을 받들고, 희생의 피를 마시고 맹세하고, 금업(今業)을 부지런히 했습니다.(말이 그 용맹함과 같다.) 때때로 지은 것이 있어서 남에게 그것을 보이면, 흘겨보지도 않고 내던지면서 반드시 침 뱉으며 욕하면서, "그대는 어디에서 약물을 얻었던가? 이는 우린(于鱗 : 李攀龍)의 독(毒)이다. 또한 그대는 당송(唐宋)이 옛날이 아니라고 싫어하는데, 명(明)나라가 어찌 옛날이란 말인가?"라고 했습니다.(물러나서 자신을 반

施), 양무제(梁武帝) 소연(蕭衍)의 장자. 『문선(文選)』을 편찬했음.
129 재서(載書) : 맹서(盟書).

성하면 또한 묘론(妙論)을 발휘할 것이다.) 제가 말하기를 "그렇지 않습니
다. 사가를 모범으로 삼은 것은 산을 배우는 것에 비유할 수 있고,
칠자를 버리지 않는 것은 바다를 배우는 것에 비유할 수 있습니다.
그래서 사가를 배우는 자는 사가를 귀숙(歸宿)으로 삼고, 칠자를 본
받는 자는 칠자를 여량(輿梁)[130]으로 삼습니다. 어찌 칠자만을 여량으
로 삼을 뿐이겠습니까? 주고(周誥)[131]와 은반(殷盤)[132]도 또한 모두 저
의 여량일 뿐입니다. 저는 스스로 저의 귀숙소로 돌아갈 뿐입니다.
이것은 이른바 조물주의 재엽(梓葉)이고, 송인(宋人)의 탁옥(琢玉)이
아닙니다. 대저 가까이 가는 것은 종소리이고, 더욱 멀리 가는 것은
경(磬)소리입니다. 장물(章物)은 본래 가까이 있으면 먼 것보다 못하
고, 멀리 있으면 가까운 것보다 못합니다. 지금을 당하여 그것을 비
난하는데, 어찌 장래를 알겠습니까? 해내(海內)에서 그것을 욕하는
데, 어찌 강역 밖을 알겠습니까? 지금 대저 계계(契契)[133]하게 발을
깎아내서 신발에 맞추고, 머리를 줄여서 모자에 편리하게 한다는 것
은 저는 들어본 적이 없습니다. 우린(于鱗)의 독이 불후(不朽)한 약석
(藥石)이 될 수 없음을 알 수 있겠습니까?(교묘하게 뼈를 드러냈다.) 이것
은 저의 평일의 말입니다. 잠시 장난삼아서 사가자로써 전자(前者)에
다 비유하여 말한 것입니다. 부지런히 그것을 배울 때 자못 깨달아

130 여량(輿梁) : 교량(橋梁).
131 주고(周誥) : 『서경』의 편명으로 「주서(周書)」 중의 「대고(大誥)」・「강고(康誥)」・「주
고(酒誥)」・「소고(小誥)」・낙고(洛誥).
132 은반(殷盤) : 『서경』의 「반경(盤庚)」.
133 계계(契契) : 근심하고 괴로운 모양.

서 근량(斤兩)을 첨가했습니다. 옛사람은 종남산(終南山)을 벼슬하는
첩경(捷徑)으로 삼았는데[134], 고문(古文)이 아마 사가의 첩경이 아니겠
습니까? 불녕이 스스로 기대하는 것은 이미 징험되었습니다. 그러나
장래는 제가 아는 바가 아닙니다. 해외에서 기대한 것은 곧 족하를
얻었습니다. 족하의 문(文)은 재봉(才峰)이 기발(奇拔)하고, 쟁영외아
(崢嶸巍峨)함은 물론이고, 그 의론(議論)은 적핵(的覈)하고, 대려(對儷)
는 삼엄(森嚴)합니다. 동서경(東西京)[135]으로 소급한다면, 회남(淮南)의
맹견(孟堅)[136]이 실로 그에 비할 것입니다. 생각건대 족하께서도 또한
당송(唐宋)을 살펴서 잘라내는 분이 아니십니까? 그렇지 않다면, 교
묘히 불녕이 좋아하는 바에 맞은 것입니다. 퇴지(退之 : 韓愈)가 번종
사(樊宗師)[137]의 묘지(墓誌)를 짓고는 스스로 번문(樊文)과 같다고 한
것과 같시 않습니까? 저의 문에 대하여 침을 뱉고 욕을 한 적이 없으
니, 앞에서 이른 바 종경(鐘磬)의 설(說)이 문득 족하에게서 징험되었
습니다. 반걸음을 그치지 않으면, 절름발이 거북이도 천리를 간다고
했습니다.(기쁘게도 저의 일을 간섭하지 않고 스스로 지보(地步)를 차지했으
니, 지극한 겸양관 충정을 사랑할 만하다.) 이 때문에 저는 불후지업(不朽之

---

134 옛사람은 …… 삼았는데 : 당(唐)나라 노장용(盧藏用)이 진사(進士)에 응거하고, 종남
산에 은거하며 불러주기를 기다렸는데, 나중에 과연 고사(高士)의 이름으로 불림을 받아
벼슬을 하게 되었다. 당시 사람들이 그를 수가은사(隨駕隱士)라고 불렀음.
135 동서경(東西京) : 한(漢)나라의 동경(東京)과 서경(西京).
136 맹견(孟堅) : 후한 반고(班固)의 자(字).
137 번종사(樊宗師) : 당나라 남양(南陽) 사람. 자는 소술(紹述). 원화(元和) 중에 군모굉
원과(軍謀宏遠科)에 올라서, 간의대부(諫議大夫)까지 지냈다. 그의 문장은 기삽(奇澀)
하여 당시에 삽체(澀體)라고 불렸다.

業)[138]에 대하여 희망을 끊지 않습니다. 불녕의 기쁨이 마땅하지 않습니까? 삼가 졸고(拙稿) 3수를 베끼고, 부람(附覽)한 그 「관중론(管仲論)」은 곧 당송(唐宋)의 고보(故步)이고, 「중천기(中川記)」는 뜻이 한(漢)나라 이후에 있습니다. 「송향주서(送香洲序)」는 뜻이 더욱 먼 것입니다. 족하께서 무엇 때문에 저것이 이것보다 더 좋다고 여기시는지 모르겠습니다.(대략 또 저가 끝내 입을 다물었음을 말한 것이다.) 전일에 경호(鏡湖) 홍공(洪公)께 시를 올렸는데, 회답이 지금까지 적막합니다. 어찌 족하께 징험한 것을 오히려 홍공께 징험하지 않겠습니까? 여황(餘皇)에서의 한 정박(碇泊)은 다시 바랄 바가 없습니다. 불녕의 득롱망촉(得隴望蜀)[139]에 족하께서 약간 뜻을 기울어주시길 바랍니다. 행차가 장차 추운 기운을 타고 바다를 건널 것이니, 삼가 스스로를 보중하시길 바랍니다."

위 글을 용호(龍湖) 엄공(嚴公) 족하께 올립니다. 동야(東野) 등환도(滕渙圖) 동벽(東壁) 재배(再拜), 11월 21일.

부(附) : 내옹이 송하소에게 준 편지
徠翁與松霞沼書

무경(茂卿)이 수년 전 일찍이 듣건대, 서별주(西別州)에 하소선생(霞

---

138 불후지업(不朽之業) : 문장(文章)을 말함. 조비(曹丕)의 『전론(典論)·논문(論文)』에 "대개 문장은 경국(經國)의 대업(大業)이고, 불후(不朽)한 성사(盛事)이다"라고 했음.
139 득롱망촉(得隴望蜀) : 농 지역을 차지하고 또 촉 지역을 탐한다는 것.

沼先生)이란 분이 있는데 그가 지은 시는 풍풍호(渢渢乎)[140]하여 모두
대국(大國)의 음(音)에 맞는다고 하며, 또한 우삼부자(雨森夫子)라는 분
이 있는데 모두 출중한 재능이라고 했습니다. 또한 부중(府中)에 한가
로움이 많아서 시 읊음을 서로 이으며, 함께 이 문필의 일에 지극히
힘을 써서 기쁘게 서로 터득했다고 하니, 그것은 응창(應瑒)과 서간(徐
幹)[141]이 업중(鄴中)[142]에 있을 뿐만이 아닙니다. 저는 마음속으로 우러
른 지가 오래입니다. 그러나 세상 사람들의 말만 듣고 믿는 도도(滔滔)
한 풍조가 여전히 의심스러우니, 그 전하는 칭송을 어찌 다 믿을 수
있겠습니까? 또 두려워하면시 생각하기를, 해시(海西)는 화하(華夏 :
중국)와의 중간이 한 나무다리 정도의 길이니, 북으로는 제노(齊魯)
지역로 달려가고, 남으로는 오(吳) 지역로 달려갈 수 있는데, 천리가
하룻길로 실로 가까운 이웃과 같다고 여겼습니다. 문하이란 본래 천
성(天性)이지만 인문(人文)이란 모여드는 바입니다. 유풍(流風)을 점차
받으니, 어찌 그것을 듣고 깨달은 한두 사람이 없겠습니까? 이 때문에
그 말은 거의 징험될 수 있는데, 어디에서 두 군자의 약간의 시문을
얻어서 그 대아(大雅)의 다다름과 문장의 조예(造詣)가 어떠한지를 조
금이나마 엿볼 수 있겠습니까? 지난 달 갑자기 진남(津南) 사람의 편지
를 받았는데 우군(雨君)을 알게 되었다고 했습니다. 우군이 주남(周南)
현효유(縣孝孺)를 몹시 칭찬하더라고 하며, 해서(海西)에서는 짝이 없
이 없다고 지목했다고 합니다. 어제 강생(岡生)이 찾아왔는데, 대화가

140 풍풍호(渢渢乎) : 음악소리가 완전유양(婉轉悠揚)한 것.
141 응창(應瑒)과 서간(徐幹) : 응창과 서간은 모두 건안칠자(建安七子) 중의 한 사람.
142 업중(鄴中) : 삼국 위(魏)나라 도읍지. 지금의 하북성 임장현(臨漳縣).

한관(韓館)의 일에 이르렀습니다. 곧 말하기를 "족하께서도 또한 칭찬하기를, '이 근래에 유일하게 효유만이 우리 부상(扶桑 : 일본)의 토기(吐氣)[143]가 될 만하다. 객관(客館) 안에서 매번 작품을 품고 알현하러 오는 자를 만나면, 곧 효유는 영재이고 영재라고 말한다'고 했다"라고 했습니다. 그가 제 문생을 벗하고, 또한 불녕(不佞 : 불초)의 얼굴을 한번 알고 싶다고 요청했다는 말을 들었습니다. 곧 취중에 글 수 십백언(言 : 字)을 지어서 강생에게 맡겨서 부치려고 했으나, 마침 너무 취하여 손이 떨려서 필연(筆硯)을 감당할 수 없어서 중도에 멈추고 그만두고 말았습니다. 불녕은 이에 비로소 이전에 전해들은 것이 망령되지 않음을 알았습니다. 또한 족하와 두 사람을 알아보는 자는 실로 같은 취미(臭味 : 志趣)의 우리 무리입니다. 대저 서별주와 동도(東都)와의 거리는 물길과 육지 길로 3천리인데. 도로가 지나는 곳에 웅번(雄藩)과 대부(大府)가 어찌 수십 곳일 뿐이겠습니까? 그 중에 문학사(文學士)가 또한 어찌 수백일 뿐이겠습니까? 그런데 유일하게 효유만이 우리 부상의 토기라고 했습니다. 이야기를 어찌 용이하게 합니까? 가령 두 사람이 남의 훌륭한 점을 선양(善揚)하려 했다면, 어찌 유일하게 효유뿐이겠습니까? 이는 그 마음에 몹시 기뻐한 바가 있어서 이처럼 칭찬을 아끼지 않는 것이 아니겠습니까? 불녕은 본래 비루한데, 젊어서 문장수업을 닦으면서 곧 스스로를 헤아리지 못하고, 망령된 뜻으로 시는 개원(開元)과 천보(天寶) 연간[144]의 아래가 아니고, 문은

---

143 토기(吐氣) : 시문의 기세와 역량을 크게 토해낼 만한 문사를 말함.
144 개언과 천보연간은 성당(盛唐) 시기에 해당함.

서경(西京)[145] 이상이라고 생각하고, 힘써 스스로 저축(杼軸)[146]을 내고, 남의 담 아래를 따라가지 않았습니다. 당나라에서는 오직 한유(韓愈)와 유종원(柳宗元)이고, 명나라에서는 오직 왕세정(王世貞)과 이반룡(李攀龍)이었습니다. 이 이외에는 비록 소식(蘇軾)과 구양수(歐陽修) 등 일지라도 또한 개의치 않는 바인데, 어찌 하물며 최근의 시대이겠습니까? 어찌 하물며 우리 동방(東方)이겠습니까? 동방에는 오직 시에서 한 명의 조형(晁衡)뿐인데, 상하 수천 년 동안 비록 문장이 없었다고 해도 옳을 것입니다. 일찍이 이 설(說)을 지니고 해내에서 찾아보았으나, 끝내 한 사람도 이에 합당한 자을 보지 못했습니다. 창연(愴然)히 스스로 슬퍼했습니다. 슬픔을 그칠 수 없어서, 위로는 옛사람에게서 구하고, 아래로는 장래에 자운(子雲)[147]을 기다리고자 했는데, 옛사람의 뼈는 이미 썩어버렸고, 지금 자운의 뼈도 역시 장래에서 썩어버렸습니다. 이것이 어찌 더욱 더 슬퍼할 만한 것이 아닙니까? 이때를 당하여 간혹 효유와 같은 한두 무리를 얻어서 어린애를 가르칠 수 있다면, 뛸 듯이 미칠 것 같고, 그 기쁨을 이길 수 없고, 사해(四海)가 어깨를 나란히 하니, 이 생애가 외롭지 않음을 깨닫습니다. 그 기쁨이 마땅하지 않겠습니까? 만약 그것이 때맞춰 쉽게 얻는다면, 어찌 기쁨이 이처럼 심하겠습니까? 이로 보건대 세상에 어찌 다만 종자기(鍾子期)[148]만 없을 수 없습니까? 백아(伯牙)[149]가 없을 수 없음을 또한 몹시

---

145 서경(西京) : 한(漢)나라 때의 도성 장안(長安). 서한(西漢)을 말함.
146 저축(杼軸) : 저유(杼柚). 원래 베틀의 부속품인데, 시문의 조직과 구성을 말함.
147 자운(子雲) : 양웅(揚雄)의 자. 서한(西漢) 촉군(蜀郡) 성도(成都) 사람. 당시 저명한 학자이며 문인이었음.

깨닫습니다. 무엇 때문입니까? 종자기의 마음이 즐겁지 않은 것이 아닙니다. 이것은 족하와 두 사람이 효유를 칭찬함을 그치지 않기 때문입니다. 그러나 불녕은 초목(草木)의 취미(臭味)가 참으로 거짓이 아니라고 여길 뿐입니다. 이것이 어찌 반드시 그 약간의 시문을 얻어서 읽어본 후에야 그 도달함과 조예한 바의 오묘함을 알 수 있는 것이겠습니까? 한스러운 바는 한사(韓使)가 급히 서쪽으로 떠나가려 하는데, 오마(五馬)의 행차를 머물러 둘 수 없는 것입니다. 불녕은 병이 들어서 소의 피[牛血]를 받들고 관소(館所)에 가서 단을 쌓고 재서(載書 : 맹약의 글)를 써서 압맹(狎盟 : 맹약)의 일을 강구할 수 없습니다. 이처럼 이미 그러하지만, 사해(四海)가 어깨를 나란히 하니, 신교(神交 : 정신적인 사귐)가 있습니다. 또한 어찌 반드시 한 당(堂) 안에서 머리를 모으고 어깨를 잡은 이후에야 서로 마음을 안다고 말하겠습니까? 강생(岡生)이 갈 때 삼가 편지를 받들어 마음의 간곡함을 펴고, 아울러 우군(雨君)에게 뜻을 전하니, 길이 장문(長門)을 지날 때 다시 효유를 만난다면, 또한 번거롭지만 이로써 알려주시기 바랍니다. 때가 11월의 바람이 찹니다. 만사에 자중하시기 바랍니다. 불비(不備)[150] 합니다. 11월 13일.

---

148 종자기(鍾子期) : 춘추시대 초(楚)나라 사람. 이름은 휘(徽), 자는 자기(子期). 음악을 잘 감상하여 금(琴)의 명인 백아(伯牙)의 곡을 유일하게 이해할 수 있었다고 함. 백아는 종자기가 죽자, 금의 현을 끊어버리고 다시 연주하지 않았다고 함.

149 백아(伯牙) : 춘추시대 금(琴)의 명인이었음. 자신의 음악을 잘 이해해 주었던 종자기(鍾子期)가 죽자, 금의 현을 끊어버리고 다시는 연주하지 않았다고 함. 이를 백아절현(伯牙絶絃)이라고 함.

150 불비(不備) : 편지 끝에 사용하는 겸사. 상세히 갖추지 못했다는 뜻.

부(附) : 내옹이 현생에게 준 편지
徠翁與縣生書

이달 10일, 진남(津南) 강자철(江子徹)의 편지가 왔는데, 마도(馬島)의 우생(雨生)이 족하를 칭찬하며 입으로 감탄을 그치지 않고, 지극히 표창하기를 해서(海西)의 무쌍(無雙)이라고 했습니다. 저는 몹시 기뻤습니다. 대저 우생은 본래 족하의 경중을 따질 수 없습니다. 비록 그렇지만 해서라는 것은 포축(苞筑) 이남(以南)을 말한 것입니다. 무쌍(無雙)이라고 말한 것은 경사(京師)에서는 함께 할 사람이 없다는 것입니다. 성대한 말입니다! 족하가 아니라면 그것을 감당할 수 없을 것입니다. 저는 저가 어디에서 이런 말을 얻은 것인지 모르겠습니다. 저는 비로소 해내에서는 오직 족하만이 동벽(東壁)과 함께 할 수 있다고 여깁니다. 지금 이후로는 또한 해내에서 우생이 우리 무리의 치우(置郵)[151]가 되니, 저의 기쁨이 마땅하지 않겠습니까? 자철(子徹)의 편지에 붙여온 서인(西人)[152]의 시를 취하여 읽어보고, 또한 망연자실했습니다. 그 비미(卑靡)[153]함은 물론이고, 한결같이 송(宋)나라와 원(元)나라의 옛것을 이어받았습니다. 이는 본래 삼한(三韓)의 토속(土俗)이 그렇게 한 것입니다. 그 자철의 시에 화답한 것은 오히려 자철의 뜻을 변화시켜 낼 수 없었고, 군색하게 운(韻)과 대(對) 사이에 이미 병(病)을 받았습니다. 이처럼 자철의 시에도 화답할 수 없었

---

151 치우(置郵) : 문서 따위를 전달하는 역참(驛站).
152 서인(西人) : 조선인을 말함.
153 비미(卑靡) : 시문의 격조(格調)가 낮고 유약함.

는데, 하물며 귀하의 보루에 대해서겠습니까? 그 후 또한 귀번(貴藩)
의 여러 문학(文學)들이 번갈아 서로 창수(唱酬)한 약간의 시편을 창
평(昌平)의 글방 안에서 받았는데, 끝내 족하의 말은 없었습니다. 아
마 또한 천금주(千金珠)로써 그 까치소리의 값을 치어야 함을 스스로
꺼려서가 아니겠습니까? 이런 까닭에 마땅히 전하지 않은 것이니,
더욱 더 족하가 보는 바가 나와 다르지 않음을 알았습니다. 우리 동
도(東都)의 일은 유쾌하지 못합니다. 수레 위의 어떤 군자(君子)가 조
정에서 큰 소리로 말하기를 "사신은 대례(大禮)입니다. 삼한(三韓)은
상국(上國)입니다. 그 사람들은 문장에 익숙하고, 또한 중화(中華)와
땅을 접하고 있습니다. 이 때문에 세상의 쇄쇄(瑣瑣 : 微賤)한 자로서
는 그들을 감당할 수 없습니다."라고 했습니다. 그래서 홍려(鴻臚)의
객관에 배신(陪臣)과 처사(處士)의 자취가 없는 것입니까? 그렇지 않
다면, 저의 번(藩)에서 혹시 열국대부(列國大夫)의 일로써 명(命)한 것
입니까? 불녕은 장차 무슨 말을 해야 할지 고달프지만, 또한 어찌
족하께서 꺼림이 있지 않겠습니까? 어제 저는 길가로 달려 나가서
저 서쪽에서 온 사자(使者)를 구경했습니다. 의관(衣冠)과 의종(儀從)[154]
이 오히려 밝은 전장(典章)에 방불하고, 고취(鼓吹)가 진동하고, 깃발
이 어지러운 모양이었습니다. 공물로 바치는 호마(胡馬)[155]와 해동청
(海東靑)[156] 등 여러 가지 괴위(塊瑋)[157]하고 기휼(奇譎)[158]한 것들이 이

---

154 의종(儀從) : 의위(儀衛)가 뒤따르는 것.
155 호마(胡馬) : 중국산 말.
156 해동청(海東靑) : 매의 별칭. 해동(海東)에서 생산되는 매.
157 괴위(塊瑋) : 품질이 빼어남.

목을 즐겁게 할 만했습니다. 도성의 인사들과 남녀들이 단정한 나들
이웃으로 화려함을 다투고, 늙은이를 부축하고 아이들을 이끌고, 무
리지어 모여서 감탄을 그치지 않은 것은 모두 태평시대의 성대한
일입니다. 돌아가서는 베개를 높이고 쓰려져 누워서 지로(地爐) 안에
발을 쬐며 하루의 노고에 보답합니다. 때때로 옆으로 차가운 시선으
로 여러 사람들을 노려보며, 밤낮으로 그 적에게 맞서고자 하는 바를
계책하는 자가 두통을 앓으며 신음하는 소리가 자못 밖에까지 들립
니다. 아마 더욱 몹시 유쾌하지 않습니까? 족하께서는 여전히 제가
지난해 드린 시에서 "일본 조경(晁卿) 이후의 시편"이라고 한 말을
기억하십니까? 이는 이백(李白)과 왕유(王維)의 무리가 아니면, 어찌
저 부용봉(芙蓉峯 : 富士山)의 백설(白雪)의 높이와 다툴 수 있겠습니
까? 비록 그러하지만, 족하께서 불만스러움에서 벗어나지 못한 것은
스스로 제가 그것을 끌어온 것입니다. 족하의 그 불만은 저에게 대
해서가 아닙니까? 우생(雨生)을 통하여 족하에게 알려지게 된 자이기
때문에 또한 더욱 만족스럽지 못할 뿐입니다. 접때 이른 바 교유가
넓다는 것이 어찌 여기에 있지 않겠습니까? 늦은 봄의 편지가 진가
(秦家)에서 왔는데 잠시 밀쳐둔 것은 제가 열병에 걸렸기 때문이었습
니다. 얼마 안 있어서 곧 우문(牛門) 서쪽에 건축을 계획했기 때문에
필연(筆硯)을 물을 겨를이 없었습니다. 지금은 이미 건축을 마쳤습니
다. 이 때문에 족하께 편지를 쓰게 되었을 뿐입니다. 존공(尊公)께서
보내주신 빗으로 매일 아침햇살 아래 빗질하고 있습니다. 그 내려주

---

158 기휼(奇譎) : 신기하고 괴이함.

심을 크게 받았습니다. 삼가 좋게 살펴주시기를 바랍니다. 불비(不備), 10월 20일.

부(附) : 다시 현생에게 답한 편지
又答縣生書

제가 처음 낭화(浪華)에서의 서신을 받고, 족하께서 적관(赤關)에서 승첩한 것을 알았습니다. 한사(韓使)가 도하(都下)에 머물게 되자, 사람들이 관소(館所)를 다녀왔는데, 점차 객관 중의 말을 전해서 또한 족하의 한 승첩을 알았습니다. 공업이 이미 동쪽 제후(諸侯) 중에서 으뜸입니다. 동벽(東壁)은 마른 양식을 쌀 수 없어서 결국 서쪽으로 가지 못하고, 겨우 한 화살을 서로 가하여 객관 중에 남겨놓았을 뿐입니다. 저는 족하가 있어서, 동벽이 남았다고 여깁니다. 한쪽 군사를 서쪽으로 내어서 큰 바다 위에서 맞이하니, 이미 그 혼백을 빼앗을 수 있었습니다. 추적하여 배 안에서 도전하니, 한 마디의 상수(相酬)[159]도 낼 수 없었으니, 어찌 서로 겨룰 수 있겠습니까? 동쪽으로 2천리를 달려오며, 천식(喘息)을 잇지 못했으니 멀다면 멀다고 하겠습니다. 그 두근거림이 점차 안정되려 할 때 동벽의 금복고(金僕姑)[160]가 바람소리를 내고, 또한 그 장막에 비 오듯 모였습니다. 한인

---

159 상수(相酬) : 창화(唱和).
160 금복고(金僕姑) : 고대 화살의 이름.

(韓人)이 거듭 그 승부를 굴한 것은 물론이고(용호(龍湖)의 편지 중에 재
배(再拜)라는 말이 있었다.), 곧 송(松)과 우(雨) 두 사람도 또한 성의를
다하여 투항하느라 겨를이 없었습니다. 이처럼 족하의 선성(先聲)의
공이 큽니다. 저 사현(謝玄)[161]과 유뢰지(劉牢之)[162]가 힘써 공을 마련
할 수 있었던 것은 어찌 안석(安石)[163]이 농막 안에서 바둑을 두고
있던 날이 아니겠습니까? 비록 그렇지만 승첩소식을 듣고 나막신의
굽이 부러진 것도 깨닫지 못했습니다. 저의 우문(牛門)의 건축이 거
의 완공됨이 바둑 한 판 두는 사이에 있을 뿐입니다. 아! 차공(次公)
족하시여! 제가 어찌 한인(韓人) 때문에 차공을 중시하겠습니까? 차
공의 명적(名籍)이 이처럼 융융(融融 : 熾熱)하게 일어났기 때문입니
다. 제가 또한 어찌 그 명성 때문에만 기쁨을 스스로 이길 수 없겠습
니까? 차공께서 실로 그것을 도와주신 것입니다. 제가 족하께서 부
쳐 보여주신 것을 보니, 문(文)은 스스로 서경(西京 : 西漢)의 전형(典
刑)이 오히려 남아 있고, 선체(選體)[164]는 곽박(郭璞)[165]과 같았습니다.
제가 특별히 사랑한 것은 칠언가행(七言歌行)이었는데, 고적(高適)과

---

161 사현(謝玄) : 동진(東晋)의 명장(名將). 건무장군(建武將軍)으로서 전진(前秦)과의
   전쟁에 많은 공을 쌓았음.
162 유뢰지(劉牢之) : 동진의 명장. 건무장군(建武將軍) 사현의 선봉장으로 전진(前秦)
   과의 전쟁에 많은 공을 쌓았음.
163 안석(安石) : 동진(東晋) 사안(謝安)의 자. 조카 사현이 부견(符堅)을 격파했다는 장
   서가 왔는데, 사안은 조금도 기쁜 빛을 띠지 않고 객과 바둑을 계속 두었다. 나중에 기쁨
   을 이기지 못하고 나막신의 굽이 부러진 것도 몰랐다고 함.
164 선체(選體) : 『문선(文選)』의 작품을 말함.
165 곽박(郭璞) : 동진(東晋)의 저명한 학자 겸 문인. 자는 경순(景純). 특히 유선시(遊仙
   詩)로 뛰어났음.

장삼(岑參)[166]과 안항(雁行 : 동등)하다고 할 만하고, 명(明)나라에 있어
서는 서천목(徐天目 : 徐中行)[167]과 오천루(吳川樓 : 吳國倫)[168]가 곧 겁먹
은 안색이 있을 것입니다. 오율(五律)과 칠절(七絶) 또한 성당(盛唐)
안에 놓아둔다면, 비록 거안(巨眼)이 있더라도 다시 쉽게 변별하여
알지 못할 것입니다. 아름답구나! 차공이여! 위대하구나! 명가(名家)
여! 신분(身分)이 이미 정해졌으니, 충분히 불후할 수 있습니다. 노부
(老夫)의 기쁨이 마땅하지 않겠습니까? 이로부터 힘써 스스로 사랑하
고 아끼며, 더욱 힘써 덕을 밝혀서 하늘의 보살핌에 보답한다면, 시
가 「주남(周南)」[169]에서 시작되듯이, 부상(扶桑)의 시는 거의 족하 이
후부터 암송되지 않겠습니까? 제가 하소(霞沼)의 글과 동벽의 글과
시를 부쳐 보내드렸는데, 동벽은 엄로(弇老)[170]의 우맹(優孟)[171]입니다!
족하의 글과 시는 모두 한인(韓人)이 도성을 떠난 후 3일 만에 왔는
데, 모두 상재(上梓 : 간행)하라고 명했습니다. 불비(不備), 12월 1일.

---

166 고적(高適)과 장삼(岑參) : 고적과 잠삼은 모두 성당(盛唐) 시인들. 변새시파(邊塞詩
派)를 대표하면서, 특히 칠언가행에 뛰어났음.
167 서천목(徐天目) : 서중행(徐中行). 호는 천목산인(天目山人). 후칠자(後七子)의 한
사람.
168 오천루(吳川樓) : 오국륜(吳國倫). 호는 천루자(川樓子). 후칠자의 한 사람.
169 「주남(周南)」 : 『시경』의 편명.
170 엄로(弇老) : 명나라 왕세정(王世貞). 호가 엄주산인(弇州山人)이다.
171 우맹(優孟) : 배우. 개성이 없이 남의 흉내만 내는 것을 말함.

問槎二種 畸賞 卷中

須溪　秋以正子帥甫　輯
孤山　吉有鄰臣哉甫　校

十月十九日, 韓使入都, 館本願寺, 東野藤煥圖贈書及詩館中, 併韓人和答, 詩凡七首, 書六首. 徠翁寄松霞沼書一首, 縣生書二首, 附載.

○呈朝鮮國李東郭學士啓　　　　　　　　　　　　　東野
(以磊落之才, 學組織之技, 猶天焉. 困銜□時之欲逸已)

天塹遙限矣. 域雖隔乎韓和, 曦御始駕焉. 國實猶之魯衛, 若儒若釋, 舳艫, 昔傳新羅之經, 禮云樂云, 翟籥, 今舞高麗之曲,(切實) 齎彼玉, 賑彼帛, 豈勌豊王荷其蠹,(韓人一見, 又將心悸) 儋其旂, 妻見上世. 恭惟朝鮮李學士足下, 星文胸羅, 漢章手抉, 比璀粲, 放鳳羽, 放蚡蜦乎虎毛, 赤城千尺霞, 借色吻側, 白馬萬層浪, 湧勢豪端, 弱冠巍科, 笑承蝸丈人之拙, 強仕剖節. 豈敝履先生之貧,(巧) 七寸斑管陪皇華, 欲如袁彥伯倚馬橄? 五車縹軸藏靈府, 寧惟虞世南行書廚已哉? 長門之吟,(當是爲彼詩村氣滿目) 竹響水匝, 浪華之唱, 樹雜雲流, 仙旆未飄, 雛紙先踊. 如不佞艸莽散水, 昇平棄村, 趨燕暇之無因, 叩鴻臚其有託,

懷瓜李以欲貢, 遂忘馬襟而牛裾, 望瓊玖, 實如饑, 寧憚狐裘之蒙袂?
蕪句鉤棘, 誰頗鍼其口乎? 海量灝函, 冀宜鑒乃心已. 謹啓.

○ 呈東郭李先生　　　　　　　　　　　　　　　　　　　東野

(深沈之色, 淵蓄之氣, 自與次公異撰矣. 開闔排物處, 尙輸弇州一
着, 下三首放此, 此一聯以敬美)

聞說天官奏客星, 果然旌節絶重溟, 定應三老占箕軫, 欲問十洲泛
薺萍, 側弁懸藜光綵牋, 掇翰叢桂馥騷經. 紛紛却受長平謁, 東郭先生
綏早靑.

○ 寄朝鮮洪鏡湖書記書　　　　　　　　　　　　　　　　東野

(四首皆降七子格以就八家調, 共靈慧變化, 共猶韻歟)

不侫少時, 夸邁, 嘗以爲男兒生今之世, 定遠博望之志, 已非所用. 子
羽・延陵之事, 亦不可爲. 不得已, 其韓使交接之際乎? 韓之國, 與我雖
同僻東維, 然大海限之淼淼焉.(古章古句古字錯出, 今文中鎔鑄融化,
不見痕迹, 非才子就紲之) 況其言語異習, 突然相逢道涂, 迺非重象狄
鞮, 不能達寒溫. 彼是而冠衣殊製, 履葛異形, 笠之與帽, 跪之與立. 譬
猶夫髻首括領, 冠笄劗髯, 各安所習也. 其升絳・槃旋・拘罷・拒折之
便, 黼黻・犀象・芻豢・黍粱, 莫非皆異其嗜也. 然則相對, 握七寸之管,
一唱一酬, 試夫四目人之化, 迺不幾乎少償男兒初生桑弧蓬矢祝哉? 春
間, 已聞使節東向, 竊爲燕雀之賀, 以爲必如天和年間故事也. 豈思朝
廷重客不許輒見? 而僕覥然儑父, 兼以夸邁潛伏草莽. 其焉所得先容
而達其意耶? 所執之謁字漫不能以通焉. 嗚呼! 不侫可謂不遇, 頃得津
南江生書, 一展知彼有唱酬, 再展知周南縣生有見取于諸公, 生實吾白
楡社中人, 生而得取, 猶不侫也. 近又聞崎陽岡生得見焉, 生亦僕所善.

是以意始慰帖耳. 僕有不腆之辭, 今謹謄寫奉上, 倂言其志. 足下倘有
賜, 則所謂弧矢之嘆, 庶幾有以洩萬分之一. 近來暴寒, 千萬自重.

○ 呈洪鏡湖　　　　　　　　　　　　　　　　　　　　東野

析木麗天天漢長,(于地步起) 知誰此處泊餘皇. 國風雜沓吳公子,(此
聯元美妙句) 使節縱橫周職方. 眞島煙霞飛遶腕,(却似敬美) 仙臺月露
結歸腸. 有人如問支機石, 文錦囊中自七襄.(雖有東道, 意却不讓地步)

○ 寄嚴龍湖書記書　　　　　　　　　　　　　　　　　東野

咄咄子陵,(奇思奇才, 工絶俊絶) 是劉文叔所以腹承其足,(妙句) 望
相助爲理. 豈可爲今嚴公道哉?(更端) 不佞, 聞使旆之東也, 一聞欣欣,
再聞快快, 三聞而後定矣.(更端) 鄒孟氏有言曰 : “友天下善士.”(三更
端. 此文發端頭緖紛然, 次才收去極不費力, 非才子, 豈能辦此) 僕生
項强不可以仕, 攘臂鷄群者二十年, 而又未嘗見絶乎長者. 且無羈勒在
體(得意), 說荊必往(得意), 說元必見. 卽西及長崎(得意), 東窮陸奧, 而
未以爲足焉. 以爲今忽而見海外名士, 其必有非常之觀也. 豈料閭禁甚
嚴不許草莽之士, 挖韋帶其傍也? 俄而欲舍十飮百啄之樂, 就樊籠, 卒
不可得, 則二十年得意之境, 一旦缺陷矣. 欣欣而快快, 寧非其所乎?
最後得津南江生書及詩,(四更端) 倂與周南唱酬, 江·縣皆僕莫逆, 而
縣乃在同盟中, 聞崎陽岡生近亦得進見, 而各有見取, 則輔車相依, 僕
又何望矣? 今有蟬噪鴉鳴之語(五更端), 以奉餽下足下, 若一揮如椽,
乃僕視猶足下, 吾心則寫也. 願足下少加意, 有愈益定僕搖搖懸旌哉?
僕今讀足下唱酬詩(六更端), 咄咄子陵,(回顧篇首妙) 實可爲足下道
也. 聞足下壯年慢科, 今又奉使海外, 則已相助爲理, 豈羊裘子匹儔也
哉? 雖然,(愈轉愈妙可見之子若才多) 至動搖客星之輝焭焭者, 豈又有

以異焉哉? 咄咄子陵,(常山蛇尾救首處, 其勢傑然) 果可謂足下道也.

○ 呈嚴龍湖　　　　　　　　　　　　　　　　　　東野

應惜橋陵昔不陪,(巧不可言) 於今綵鷁問蓬萊. 砲車將到乾坤合, 貝闕始浮煙靄開. 囊底山川携縹緲,(此聯元美妙句) 豪端風雨拾玫瑰. 君求大樂還何處?(大占地步) 我有仙人碧玉梧.

○ 寄南泛叟書記書　　　　　　　　　　　　　　　東野

友者, 友其面與? 西家愚父, 可以與夫子友也. 人心不同如面,(面字是一篇這腦, 却借心字來金蟬脫殼, 才子之靈慧有若此者)(轉妙甚) 不同中, 各有儔而存, 故元凱, 不友四凶.(再引證皆大) 而廉來, 不得接迹亂臣十人也. 則友, 友心也,(斷得確乎, 不可拔) 非面之友也. 苟心之不異, 其何必問面之同不也? 不佞, 始聞使斾搖搖而東,(巧句) 心亦搖搖, 如何得一識荊奏薄技?(勁句) 大方, 已而不可.(勁句) 私心, 甚快然不娛矣. 嗣後津南江生書及長門唱酬, 陸續而至. 此, 皆僕所驩, 而縣生, 乃在同盟中, 而其見齒及, 皆如不佞之所私非是, 則不佞推知足下之心矣.(這一句占斷一篇) 及讀足下詩, 其雅瞻宏富, 電折霜開, 雖宜若不可企及然, 要亦同我之所喜,(此亦心字還頭) 則僕所慊子不見,(此轉極妙) 特冠弁搢笏規周矩, 還與挓其髮長其鬚而已矣. 卽得見焉. 謂之知面可矣. 不可謂知心矣. 夫僕所交不暇指計, 而知心者之僅僅, 皆所謂儔之異焉者耳. 足下亦宜然.(妙) 今僕已得足下所著,(此轉又妙) 知足下心, 則豈宜局於闍禁不許見, 而默所欲言哉? 蠅蚋之篇, 以封上左右, 若有取其心,(宛轉說□□着, 這處使人不覺) 而不吝殘膏賸馥, 可醉人者. 此, 非面友也, 心友也. 儔之同也.(此轉妙甚) 夫自李·杜·韓·柳, 誰其所見而親者乎? 吾人居恒友之. 僕, 願奉足下心畫炫

爌, 僕交友之籍,(心友字若此變化來結, 才子之靈慧有若此者) 其亦何慊之有? 時騰發, 自嗇.

○ 呈南泛叟　　　　　　　　　　　　　　　　　　　　　　　　東野

悉道圖南泛鷁舟, 九州海外忽相求. 寧惟子羽能辭命? 免使盧敖說遠遊. 旆影葳蕤飄甸路, 角聲烏軋震城樓. 携來偏惜無人乞, 寂寞珠玧隨去輶.

○ 呈李學士先生　　　　　　　　　　　　　　　　　　　　　須溪

旌旗奉使入東武,(才氣勃勃, 加以風調, 亦何減周南) 金馬玉堂第一人. 九萬雲程搖勁翮, 百千河海躍潛鱗. 忽驚撲鼻墨花馥, 還訝沁腸詩味新. 傳播扶桑若千首, 可知徒手縛麒麟.

○ 呈洪鏡湖書記　　　　　　　　　　　　　　　　　　　　　須溪

豈錯聲名有素聞, 巍巍海外策奇勳. 生花筆下欲飛雨, 吐鳳舌端如湧雲. 傖父未追振鷺隊, 痴兒與伴野雞群. 馳思翰墨壇中客, 共賦鹿鳴燕使君.

○ 呈嚴龍湖書記　　　　　　　　　　　　　　　　　　　　　　溪

混一東維地勢分, 繡帆艤水水成文. 使星照海飛辭斗, 龍旆出關斜曳雲. 朗月清風章抉手. 陽春白雪曲抽群, 狂吟不憚不齊整. 要見嘉賓巧運斤.

○ 呈南泛叟書記　　　　　　　　　　　　　　　　　　　　　　溪

使旆魁斗擁祥煙, 寧憚江東路八千? 雲出韓關擎玉節, 水通天漢上

樓船. 揮毫不在右軍下,(予愛泛叟, 字之子亦同好耶)　下筆須爲李白
先. 晉字唐詩人競羨. 扶桑自是姓名傳.

○ 次奉東野詞案

海客仙槎犯斗星, 一帆吾又截滄溟. 孤村撲岸依依樹,(村氣又來)　列
島浮空點點萍. 天外行裝千里至, 夢中時序幾句經? 孟生只古心仍古,
剛喜今朝眼却靑.(是心夢見)

東郭稿

○ 敬復東野藤處士書

(只是時文奪子依樣葫蘆, 其才可憫矣. 雖然, 不可謂無目者也)

甚矣! 人之不好眞而好假也! 土塑·木偶以形假, 而取麟楦·猴冠,
以貌假而取. 至於駑驥不分, 珉玉相混, 錦襐·珠絡, 橫騖大道, 則相
馬者, 擧肥而棄瘦; 芝函寶藉, 韞藏淸廟, 則知玉者, 取表而遺中. 此,
正天下古今之通患也. 豈特一隅偏邦之獨然哉? 余之東來也, 獲奉東
野藤處士之投文若詩, 雖無傾蓋之歡, 盍簪之樂, 見其辭語, 正所謂不
假飾而眞實君子也. 酸鹹異味, 竽瑟殊好, 嶔崎歷落迹遍東西者. 于今
三十稔云矣.(當時看錯二字)　若使時人取眞而棄假, 則何遽不若矯飾,
其貌疏躋榮塗者耶? 余與東野, 各在海陸五千餘里, 風壤相懸, 影響不
及, 而猶能拳拳款款於尺牘短簡之中, 語自中出, 辭不外飾, 情誼藹
然, 衷曲無涯, 向所謂眞實君子者非歟? 王程有限, 使事已竣, 不日將
復路, 而假詩文以攄悃愊, 尙不得一覿眞面目,(讀到此, 却疑敢從旁與
見東壁寄南□也)　臨楮停毫冲悵無已. 且慨世之遺眞而好假.(因錯二
做三逐謂東壁老矣)　使君至髮種種而無成, 以眞假說贈之.

歲舍重光單閼, 暢月旣望, 龍湖嚴漢重, 再拜.

○ 次奉東野詞伯惠韻
君才實合殿氈陪,(只是話) 乾沒(誤用)如何老草萊? 傾蓋却嘆良晤
阻, 遍筒猶喜雅懷開. 難將木李酬瓊玫, 謾惜塵砂混璧瑰. 怊悵明朝歸
去路, 異邦誰勸祖筵梧?

辛卯南至後二日, 龍湖稿.

○ 奉次東野詞伯寄示韻
揚波學海泛虛舟, 處事囂囂寡所求.(亡論調不同, 其鑄句穩健大殊
已. 三子比而猶未才, 及其東來, 人迺稱龍湖, 可恨哉) 旅館詩篇蒙厚
賜, 騷壇樽酒阻同遊. 寧論足蹈三山地? 不若身登五鳳樓, 他日盍簪如
可得? 爲君惟欲駐行輈.

蒙惠詩文, 非但盛意之可感, 亦足以見足下之心也.(讀此段, 亦好人
也. 非它子懷作者比) 而無由一接淸儀, 親承警咳, 只自耿耿于中. 僕近
有薪憂, 廢却筆硯, 臨行卒卒, 逋債如山. 謹次瓊韻以謝, 惟足下恕之.

辛卯南至前, 朝鮮信使記室, 南仲容泛叟

○ 次奉須溪詞案　　　　　　　　　　　　　　　　　　東郭
東都自古多才子, 翰墨風流復此人. 白璧忽聞求逸足, 疾雷將見起
窮鱗. 詞壇竊仰高名久, 酒席欣逢儀彩新. 富嶽奇觀休更說, 日東天地
有祥麟.

○ 再寄龍湖書　　　　　　　　　　　　　　　　　　　東野

(莽蕩千有餘言, 一口氣說去, 無一字緩慢, 無一字枲兀, 而今不離古直, 不傷婉, 非雄才而能乎)

方蠹旆之淹都也, 不佞作詩貢四公館下, 束以言企瞻瓊報者, 狀詳矣. 而後延頸本願, 累日不得, 命戰恐迷惑, 不知所以措焉. 人或云 : "使節之東入也. 都人槪爲鳳雲之望, 庶幾獲片咳隻唾, 鎭其衆者, 蓋滔滔焉. 而諸公乃在獻享, 私覿接賓儀禮之暇, 引其塡案溢, 柴山積谷量之償, 故其獲之不能十一乎千百. 而其引之也, 隨手而取, 初無別親疏·後先·工拙. 遲之與速矣. 則其獲否, 辟猶射盆中之覆而已."(看破了也) 余曰 : "不然, 諸公於此邦之文, 不取則已, 已取矣, 安得無所釋焉? 許敬宗有言曰 : '卿自難記.'(剪辭法) 夫諸公以我爲非何劉沈謝, 必矣. 雖然, 我豈自沮哉? 於是, 置諸, 不復以爲意. 越十一月十九日, (有法) 使節西矣. 又一日, 足下及諸公之和, 致自岡生, 剖封薰盟, 捧誦再三, 辱諸公有取焉. 及讀足下〈眞假說〉, 喜不自持. 不佞之喜, 豈喜其犇假適當哉? 特喜徵平日之言也.(此其占地位處) 昔越石父, 甘在縲絏求絶乎, 不辭入閨, 則安得籲口. 足下, 不稽疑元龜哉? 僕少年時, 從先君子, 授『文粹』·『文鑑』等書, 讀之甚說, 遂以唐宋四大家爲文章之溟渤尾閭, 殆爲自運句衡章權,(唯豪杰之士, 自知明矣) 專矩矱四家, 窮力步驟, 不堪膚受肌立, 脆弱莫成耳. 及弱冠, 見獲茂卿徂來者, 茂卿一見國士, 畜僕, 僕乃以脆弱之說扣諸, 則曰 : "子知彼爲山者乎? 欲其九仞, 必先覆土平地倍之, 而後芟株蘗鋤晶塊, 版焉築焉. 山成後, 僅得九仞, 夫四家也者, 會典誥而還荀·孟·賈·馬·仲舒·子雲, 而芟鋤版築. 今乃步驟四家, 猶之拾人畚揭之遺實諸版幹. 叚使能九仞, 不脆何待?(勁句) 子欲善學四家, 盍少高之, 詩以脩辭, 書以達意, 南華·沖虛·魯盲·湘纍以逮乎蕭統氏所纂, 斑如粲如, 我無隱乎

爾, 而後四家者言自在其中也."(東壁亦欲吾道耶, 龍湖不足置却. 此
一段, 東壁得意處, 正作妙絶) 不佞曰："是則然矣. 唯奈古昔獨有議 ·
敍兩端而已矣? 彼序 · 記 · 論 · 贊 · 箴 · 銘 · 誄 · 誌, 區而別者, 何有於
古哉?" 茂卿曰："子必欲, 其體備者, 在明李王七子先覺於古者也."(在
我東方則勝縣二子) 余於是讀七子書, 始知乾坤之際,(孰謂混泥所) 有
所謂古文辭者, 存矣. 乃盡焚其初藁,(語似其勇) 專力古學, 與縣孝孺
諸子, 築壇□□牛耳茂卿, 孝孺載書, 不佞捧槃歃而盟之, 孜孜今業,
時有所著, 示諸人, 不睨而抛, 必唾而罵, 曰："子何從而得餌? 此, 于
鱗之毒. 且子嫌唐宋不古, 明豈古也耶?" 余曰："不然, 四家爲範,(退
省其私, 亦足以發) 辟如學山, 七子不□, 辟如學海. 故學四家者, 以四
家爲歸宿; 傚七子者, 以七子爲輿梁. 寧翅輿梁七子? 周誥 · 殷盤, 亦
皆吾之輿梁已. 我自歸於我宿. 是, 所謂造物之梓葉, 非宋人之琢玉
也. 夫近之則鐘音, 克遠之則磬音, 章物固有近, 不若遠; 遠, 不若近
者焉. 當今非之, 安知將來? 海內罵之, 安知域之外哉? 今夫契契焉,
削足適履,(妙喩) 殺頭便冠, 我未之聞也. 于鱗之毒, 安知不爲不朽藥
石耶哉?(巧骨露) 是, 僕平日之言也. 頃戲爲四家者言比諸前者. 矻矻
學之時者, 頗覺添斤兩.(謙) 古人, 以終南爲仕宦捷徑.(婉處) 古文, 無
乃四家捷徑乎? 不佞自期者, 已徵矣. 而將來, 非僕之所知焉. 期之海
外, 乃得足下. 足下之文, 無論才峰奇拔,(斟酌) 崢嶸巍峨, 其議論的
礐, 對儷森嚴, 遡之東西京,(斟酌) 淮南孟堅, 實其比也. 念足下亦非
規剗唐宋者哉? 不然, 巧中不佞所好,(婉) 猶退之誌樊宗師, 自似樊文
歟? 而於僕文, 未嘗唾而罵之. 前者所謂鐘磬之說, 忽徵于足下也. 跬
步不已, 跛鼈千里,(喜不干彼, 事自是占地步, 亦極謙冲可愛) 是僕於
不朽之業, 不絶望也. 不佞之喜, 不亦宜乎? 謹謄寫拙稿三首附覽, 其
管仲論, 乃唐宋故步; 中川記志, 在漢以還. 而送香洲序, 則志益遠云.

未知足下以何者爲彼善乎此哉.(大樣又云, 彼竟是如扁担) 又前日貢
詩鏡湖洪公, 回晉, 至今寥寥矣. 豈徵於足下者,(婉) 猶未徵於洪公耶?
餘皇一艤, 無復有所望也. 不佞得隴望蜀, 足下少加意, 行且凌朔, 涉
澣, 伏惟自保.

　右上龍湖嚴公足下, 東野滕渙圖東壁再拜, 十一月念一日.

　附: 徠翁與松霞沼書
　茂卿, 數年前, 嘗已聞西別州有霞沼先生者. 其爲賦詩, 渢渢乎悉中
大國之音. 又有雨森夫子者, 皆超乘才也. 府中多暇, 諷詠相續, 與偕
切劇此事, 驩然相得. 不啻應·徐之在鄴中也. 私心竊自卿注者久之,
而猶疑世人耳食, 滔滔者皆是. 其所傳稱, 豈足盡信乎? 已又慨然以謂
海西之於華復, 中間一木道, 北走齊魯, 南走吳千里旦暮, 寬若比鄰,
一則文學是自天性, 一則人文所藪澤, 流風漸被, 豈無有一二聞而知
之者? 是, 其言庶或可以徵耳, 則何所從得二君子片言隻辭, 以少窺其
大雅之致, 文章所造詣者, 如何哉? 去月, 忽得津南人書, 有云獲識雨
君. 雨君盛稱周南縣孝孺, 至於目之以海西無雙也. 昨日, 岡生來訪,
話及韓館事. 洒謂足下亦稱, 此來唯一孝孺, 足爲吾扶桑吐氣, 館中每
值抱藝來見者, 則輒說孝孺英才英才, 而及聞其反弊門, 則又求一識
不佞之面. 洒至醉中作書數十百言, 擬憑岡生見寄, 會茗芋手顫, 不勝
筆硯, 中廢遂已. 不佞, 於是乎, 始識鄉者所傳聞不妄. 又識足下二君
者, 實同臭味吾黨矣. 夫西別距東都, 水陸三千里. 道涂所經由, 雄藩
大府, 何翅數十? 其中文學士, 又何翅數百? 而唯一孝孺爲吾扶桑吐
氣也. 譚何容易? 叚使二君者善揚人善, 則何唯一孝孺? 此, 非其中有
所深喜焉者, 而能齒頰之不惜若是乎? 不佞固陋, 少小脩文章之業, 輒
不自揣, 妄意以謂, 詩不下開天, 而文則西京以上, 務自出杼軸, 不循

人墙下而走, 唐唯韓柳, 明唯王李, 自此以外, 誰歐蘇諸家, 亦所不屑
□, 何況輓近乎? 何況吾東方乎? 東方唯詩一晁衡, 上下數千年, 雖無
文章可也. 嘗持是說以求諸海內, 卒未見一人之能合焉. 則愴然以自
悲. 悲而不可已, 則上求之古人, 下竢子雲于將來. 古人骨, 已朽; 今
子雲骨, 亦朽于將來. 是, 豈不愈益可悲也乎? 當是時, 間或得孝孺一
二輩, 孺子可教, 則躍然欲狂, 不勝其喜, 四海比肩, 覺此生之不孤矣.
其喜, 不亦宜乎? 儻使其求時而易得, 則何喜若是其甚也? 由是觀之,
世豈唯不可無子期也乎? 其不可無伯牙者, 亦已審矣. 何者? 子期之
心, 非是不樂也. 此, 足下二君所以口孝孺不已者. 而不佞謂之草木臭
味, 良不誣耳. 是, 何必獲其片言隻語以讀之, 而後識其致與所造詣之
奧也乎? 所恨者, 韓使迫欲西, 五馬之行, 不可留也. 不佞, 病矣. 不得
捧盤牛血, 就館所, 築 壇載書, 而講狎盟之事. 是已雖然, 四海比肩,
有神交在. 又何必聚首執臂一堂中, 而後稱相知心也乎? 岡生往, 謹奉
尺素, 以布衷曲, 併致意雨君, 路過長門, 再見孝孺, 亦煩以此見告.
時維一之日觱發, 万惟自重, 不備. 十一月十三日.

　附 : 徠翁與縣生書
　本月十日, 津南江子徹者, 書至, 具言馬島雨生稱嘆足下, 口嘖嘖弗
已. 至標之以海西無雙也. 則予喜甚. 夫雨生者, 故不足以輕重足下
焉. 雖然海西者, 苞筑以南而言之也. 謂之無雙者, 莫與之京也. 盛哉,
言乎! 非足下, 未足以當之矣. 吾未知渠從何處而得此言也. 吾始以爲
海內唯足下與東壁. 而今而後, 又有雨生爲吾黨置郵于海內, 吾之喜
不亦宜乎? 及取子徹書所附西人詩以讀之, 迺又爽然自失焉. 亡論其
卑靡, 一沿襲宋元之舊, 是自三韓土俗使然, 卽其和子徹詩, 猶且不能
變子徹意而發之, 窘窘乎旣受病于韻與對之間. 是, 未可以和子徹之

詩, 而況對足下壘也乎? 其後, 又得貴藩諸文學所更相唱酬者若干篇
於昌平塾中, 則終莫有足下之言, 豈亦自慊於千金珠抵之鵲耶? 是以
不宜□傳, 愈益知足下所見不予殊已. 若夫吾東都之事, 則莫快焉. 有
輩上君子昌言於朝者曰 : "聘大禮也. 三韓上國也. 其人習文, 又接壤
中華, 是不可以世瑣瑣者當之, 以故鴻臚之館, 無陪臣處士之迹, 不
然, 弊藩或命以列國大夫之事, 則不佞雖儸乎將何辭, 亦豈不有足下
者之慊哉? 昨予走馳道上, 縱觀夫西來使者, 衣冠儀從, 尙彷彿乎明典
章, 鼓吹砲震旗旆繽紛者狀, 所貢胡馬海東靑, 凡諸瑰瑋奇譎, 可娛耳
目, 及都人士男女, 觀衒競麗, 扶耄携倪, 群聚呇嗟不已, 皆太平盛事,
歸則高枕偃臥, 烘足地爐中, 以酬一日之勞, 時時從旁冷眼以覘諸人,
日夜謀其所以禦乎敵者, 疾首呻吟聲頗聞外也. 無乃更大快哉? 足下
猶記予昔年所贈詩曰 : 日本晁卿以後篇邪, 是微李白王維輩, 何以能
鬪夫芙蓉白雪之高也. 雖然, 足下之不免於慊. 自吾曳之也. 足下其
慊於我邪, 賴得雨生以識於足下者, 亦不重慊耳. 鄕者所謂游道之廣,
豈不在斯乎? 暮春書, 從秦家姑致之, 屬予之病暑也, 微已, 則輒謀築
于牛門西, 故不暇問筆硯, 今已築矣. 是以爲書於足下者爾. 尊公所惠
梳, 日以梳朝陽千下, 大蒙其陽, 伏乞善致意. 不備, 十月二十日.

附 : 又答縣生書

予始得浪華信, 而識足下有赤關之捷也. 及韓使就館都下, 人人來
還館所者, 稍稍傳館中語, 則又識足下一捷, 業已已冠東諸侯也. 東壁
乏裹餱糧, 不果西, 厘厘一矢相加遺館中而已. 予則謂有足下乃東壁
在焉. 西出偏師, 邀諸大海之上, 旣足以奪其魄矣. 追焉挑戰舟中, 則
不能出一言之相酬, 何足能相抗乎? 東奔二千里, 喘息弗繼, 遠而遠
矣. 其悸漸將定焉. 則東壁金僕姑, 颷乎又雨集其幕也. 亡論韓人再屈

其□(龍湖書中有再拜語), 酒松·雨二子者, 亦投款輸誠之弗暇. 是, 足下先聲之功爲大哉! 方夫謝玄·劉牢之力能辦事, 豈不安石圍棊墅中之日邪? 雖然, 聞捷不覺屐齒折. 吾牛門之築, 殆乎將之一賭耳. 嗚呼! 次公足下, 吾豈爲韓人故而重次公乎? 次公之名籍, 是融融乎起故也. 吾又豈啻爲其名而喜不自勝乎? 次公之實副之也. 吾觀足下所寄示, 文自西京典刑猶在, 選體類郭璞. 予所特愛者, 七言歌行, 可謂高·岑雁行, 在明徐天目·吳川樓, 酒有怯色, 五律七絶, 亦置諸盛唐中, 雖有巨眼, 不復易辨識矣. 美哉次公! 偉然名家! 身分已定, 足以不朽矣. 老夫之喜, 不亦宜乎? 由此以往, 務自愛嗇益懋明德, 以答天眷, 則詩首「周南」, 扶桑詩, 庶或由足下而後可誦哉! 予寄霞沼書及東壁書詩, 附往之. 東壁, 則弇老優孟哉! 足下書詩, 皆以韓人離都後三日至, 悉命上梓. 不備, 十二月一日.

문사이종 기상 권하

問槎二種 畸賞 卷下

문사이종 기상 권하

수계(須溪) 추이정자수보(秋以正子帥甫) 집(輯)
고산(孤山) 길유인신재보(吉有隣臣哉甫) 교(校)

11월, 돌아가는 수레가 동도(東都)를 출발했다. 12월에 다시 낭화(浪華)에 도착하여 머물렀다. 예주목(豫州牧) 기향등후(其香藤侯)가 기증한 것이 있고, 아울러 동곽(東郭)의 화시(和詩) 2수를 익년에 기록하여 사중(社中)에 보였다. 내옹(徠翁)에게 화운(和韻) 5수가 있다.

○ 거친 율시 1장(章)을 조선 동곽 이생(李生)께 부쳐서 보입니다. 저는 마침 은혜를 받들고 나라로 가기 때문에 가서 면대할 수 없습니다. 부족함이 많다고 여깁니다만, 이생께서 만일 목도(木桃)에 대한 보답¹을 아끼지 않으신다면, 어찌 경요(瓊瑤)가 저의(邑)을 비추는데 그치겠습니까? 충분히 하루의 만나 보는 것을 대신할 수 있을 것입니다.

---

1 목도(木桃)에 대한 보답 : 『시경』, 〈위풍(衛風)·모과(木瓜)〉에 "投我以木桃, 報之以瓊瑤"라고 했음.

비단 돛이 만여 리를 멀리 건너오니　　　　　　錦颿遙度萬餘里

해를 가리키며 문득 하늘 한 끝으로 왔네　　　　指日忽來天一涯

(기(起)가 대략을 얻었는데, 스스로 청운(靑雲) 위의 말이어서 위포(韋布 : 평민)가 언
급할 바가 아니다.)

길 험하여 현학의 날개에 의지하기 어려운데　　路阻難憑玄鶴翼

강 차가워 마땅히 자지²의 눈썹이 비추리라　　江寒應映紫芝眉

엄동에 눈을 대하고 처자를 생각하고　　　　　嚴冬對雪思妻子

긴 밤에 시 읊으며 이별을 슬퍼하네　　　　　永夜吟詩悲暌離

(이 전환법은 남들은 사용하지 않음이 많다.)

조만간 봄바람이 봉도에 일어나리니　　　　　早晩東風蓬島起

삼한으로 돌아갈 땐 꽃피는 시절이리라　　　　三韓歸去是花時

(결구의 전환은 조화롭다.)

조산대부등기향(朝散大夫藤其香)

○등후께서 은혜롭게 보이신 운을 받들어 차운하다
奉次藤侯惠示韻

(이런 아름다운 정의 불안함은 보지 못했음을 깨닫는다. 살펴보니 이는 아마도 반드시

---

2 자지(紫芝) : 당나라 원덕수(元德秀)의 자. 인풍이 고결하여, 방관(房琯)이 탄식하며
"자지의 미우(眉宇)를 보면 사람들에게 명리에 대한 욕심을 모두 없게 만든다"고 했음.

서쪽에 있을 때 미리 지은 작품일 것이다. 아래의 약간의 시편과 동쪽으로 와서 사람들을
만나 준 시들은 손 따라 베껴나가서 민첩함만 머금고 있을 뿐이다. 그렇지 않다면 어찌
저러한 호란(胡亂)을 얻었겠는가? 가소롭고 가소롭다.)

슬프게 교정의 아름다운 은혜를 저버리고	怊悵交情負麗澤
한 돛이 아득히 바다하늘 끝에 있네	一帆迢遞海天涯
시단에서 접때 접견을 생각했는데	詩壇向日思攀袂
이별의 한이 오늘아침에 문득 미간으로 오르네	別恨今朝忽上眉
가을 기러기 멀리서 와서 추위에 비로소 떠나고	秋雁遠賓寒始去
밤의 새들은 함께 자고 아침에 다시 이별하네	夜禽同宿曉還離
수심 속에 〈정운곡〉³을 홀로 노래하니	愁來獨唱停雲曲
옛 절의 종소리 달이 지는 때이네	古寺鐘鳴月落時

(신묘년 늦겨울 하완(下浣 : 하순), 삼한(三韓) 동곽고(東郭稿))

○예주 등후께서 한객에게 주신 요운을 받들어 차운한 5수
奉和豫州藤侯贈韓客瑤韻 五首

존찬(尊粲)

태수의 풍류가 한가한 즐거움을 탐하여	太守風流耽暇豫
군중에 좋은 일이 다시 끝이 없네	郡中勝事復無涯
시 지어 은자 부르니 구름이 손바닥이고	賦裁招隱雲爲掌
노래 마치고 사람을 생각하니 달이 눈썹 같네	歌罷懷人月似眉

---

3 정운곡(停雲曲) : 벗을 생각하는 노래. 도잠(陶潛)의 〈정운시(停雲詩)〉에 "靄靄停雲,
濛濛時雨"라고 했는데, 그의 자서에 "정운은 친우를 생각하는 것이다"라고 했음.

천하에서 남두성이 떨어지나 엿보고　　　　南斗天河窺錯落

교야에서 북풍 속에 사냥하며 헤매네　　　　北風交野獵迷離

지기석⁴이 최고의 그대 집안의 보물인데　　支機最是君家物

선사가 돌아오려 할 때 가져가 주려하네　　持贈仙槎欲返時

(천하(天河)와 교야(交野)는 하내(河內)의 명승(名勝)이다.)

제2수(其二)

들자니 갈대에 서리이슬 내린 후인데　　　　聞說蒹葭霜露後

저 사람들 완연히 낭화 물가에 있다네　　　　伊人宛在浪華涯

채색 붓으로 써가니 두루 시선을 이끌고　　綵毫題去偏曼目

무희의 푸른 날개 돌아와서 다만 눈썹 숙이네　青羽回來只俛眉

누가 남방에 아름다움이 없다고 했는가?　　誰謂南方無美麗

곧 서쪽 땅에 주리(侏離)⁵가 있음을 아네　　便知西土有侏離

다만 미소 띠며 매화 꺾어 보답하니　　　　祇當笑折梅花報

어찌 왕인⁶이 독차지 했던 옛날보다 못하랴?　何減王仁擅昔時

(서쪽으로 배가 갈 때 낭화(浪華)에 머물렀다. 겸가(蒹葭)와 매화(梅花)는 국풍(國風)에서 읊은 것이다. 왕인(王仁) 또한 한인(韓人)이다.)

제3수(其三)

재빠른 오마⁷를 어떻게 조직했나?　　　　翩翩五馬何如織

---

4 지기석(支機石) : 전설 속의 직녀의 베틀을 받친 돌.
5 주리(侏離) : 중국 고대 서부의 소수민족의 악부(樂舞)의 총칭.
6 왕인(王仁) : 백제(百濟)의 박사로서 일본에 천자문 등을 전했다고 함.
7 오마(五馬) : 태수(太守)의 수레를 말함. 한(漢)나라 때 태수의 수레는 5필의 말을 맸다.

남북의 안신[8]이 강해 가에 있네	南北雁臣江海涯
현경정이 적막함을 홀로 알고	獨識玄經亭寂寞
문득 적옥을 던져 수염과 눈썹을 비추었네	忽投赤玉燭鬚眉
종래엔 검기가 두성 사이에서 얕았는데	從來劍氣斗間淺
훗날엔 연광이 천상을 떠나리라	異日練光天上離
이로 인해 백량대[9]의 연회를 추억하니	因憶柏梁高賜宴
희미하게 균천광악[10]을 꿈꾸는 듯하네	依俙尙似夢鈞時

(군후(君侯)가 안간(雁間)에 분반(分班)하기 때문에 『북사(北史)』의 안신(雁臣)을 인용했다.)

제4수(其四)

정호의 용이 떠나가니[11] 제향이 멀고	鼎湖龍去帝鄕遠
인간 세상의 생에 끝이 있음을 모두 탄식하네	總嘆人間生有涯
십리 산하는 천리마의 발을 묶고	十里山河縈驥足
삼년 시종한 미인이 눈물짓네	三年侍從泣蛾眉
입조하는 관패[12]엔 별들이 선회하고	入朝冠佩星旋轉

그래서 태수의 대칭으로 쓰인다.

8 안신(雁臣) : 『북사(北史)·곡율금전(斛律金傳)』에서, 곡율금이 가을에 경사로 와서 조근하고, 봄에 부락으로 돌아갔는데, 그 왕래함이 기러기처럼 정해진 시후가 있다고 하여 안신(雁臣)이라고 불렀다고 함.

9 백량대(柏梁臺) : 한무제(漢武帝)가 장안(長安)에 세웠던 대(臺)의 이름. 군신(群臣)들에게 연회를 베풀고, 시를 화답하게 하여 칠언시에 능한 자를 대 위로 올라오게 했음.

10 균천광악(鈞天廣樂) : 전설 속의 천상의 음악. 진목공(秦穆公)이 병에 걸려 꿈속에서 균천으로 가서 광악을 들었다고 함.

11 정호(鼎湖)의 용이 떠나가니 : 전설 속 황제(黃帝)가 정호(鼎湖)에서 용을 타고 승천했다고 함.

출수¹³하는 간모¹⁴엔 구름이 흩어지네 出守干旄雲陸離
도리어 자남으로서 주나라 작위에서 높았으니 還是子男周爵貴
기쁘게 최고로 다스려서 밝은 시절에 보답하리라 好將治最答明時
(자남(子男)은 오명(五命)으로서 오품(五品)에 해당한다.)

제5수(其五)

한 시대의 원훈¹⁵이 풍패¹⁶로 돌아간 후 一代元勳豊沛後
세덕¹⁷을 계책함이 멀리 어찌 끝이 있겠는가? 流猷世德遠何涯
집안에 전하는 시례에 지나는 눈길 분분하고 傳家詩禮紛經目
군을 다스린 공명에 살피는 눈썹이 깊네 治郡功名深察眉
대모 자리¹⁸에 짧은 칼을 연주할 객이 없어 無客玳筵彈短鋏
금의 옥진¹⁹으로 긴 이별가를 일으키네 有琴玉軫起長離
마침 몸소 연릉사²⁰를 받드니 會當躬奉延陵使
열두 국풍을 다 논할 때이네 十二國風論盡時
(군후(君侯)가 송금(頌琴)을 잘하기 때문에 언급했다.)

---

12 관패(冠佩) : 관리의 관(冠)과 패식(佩飾).
13 출수(出守) : 경관(京官)을 떠나서 태수로 나가는 것.
14 간모(干旄) : 깃발의 일종. 모우(旄牛)의 꼬리를 깃대에 장식한 의장(儀仗)의 하나.
15 원훈(元勳) : 대공(大功).
16 풍패(豊沛) : 한고조(漢高祖)가 군사를 일으킨 땅. 제왕의 고향을 말함.
17 세덕(世德) : 여러 세대의 공덕.
18 대모(玳瑁) 자리 : 거북 껍데기로 장식한 화려한 자리.
19 옥진(玉軫) : 금(琴) 위의 옥으로 만든 현(絃)의 기둥.
20 연릉사(延陵使) : 춘추시대 오(吳)나라 공자(公子) 계찰(季札). 여러 나라를 사신으로 돌아다니면서 국풍의 음악을 듣고 품평을 했음.

동도(東都) 물무경(物茂卿) 재배(再拜).

이듬해 정월, 돌아가는 사신의 배가 다시 적관(赤關)에 정박했다.
현차공(縣次公)이 또 왔다. 21일, 23일, 26일, 모두 4차례의 필어(筆語)
와 창수(唱酬) 약간 수(首)를 3월에 기록하여 사중(社中)에 보내왔다.

○제술관 이공 안하에 받들어 올리다
奉呈製述李公案下(정월 21일)

　　　　　　　　　　　　　　　　　　　　　　　　주남(周南)

(차공(次公)이 이 후에 기세를 압도했다.)

호산의 풍설 속 얼마의 시편인가?	湖山風雪幾詩篇
동도의 주인 중 누가 가장 현명한가?	東道主人誰最賢
봉황소리 오래 듣지 못함이 더욱 애석한데	更惜鳳鳴聞不久
날아가서 내일에는 흰 구름 가에 있으리라	翻飛明日白雲邊

전번에 받들었는데, 근래 귀하의 병은 좀 나아지셨는지요? 귀하의
고향이 매일 가까워지는데, 더욱 조섭(調攝)하시어, 힘써 도착하십시
오. 저는 지난번 천직(賤職) 때문에 상관(上關)에 있었는데, 대절(大節)
이 머물지 않아서 다시 배 뒤를 좇아서 이곳에 왔습니다. 마침 평소
의 뜻을 이루었습니다.

○주남 사백께서 주신 이별의 운을 받들어 차운하다
奉次周南詞伯贈別韻

동곽(東郭)

| 소매 속에 가져온 비단 수의 시편 | 袖裏携來錦繡篇 |

사람을 감동시키는 문채에 여러 현인들을 생각하네

動人文彩想諸賢

영가대 아래서 훗날 꿈꿀 때 　　　　　永嘉臺下他時夢

마땅히 봄 기러기를 좇아 해변에 이르리라　應逐春鴻到海邊

○용호 엄공을 받들고 겸하여 여러 분들께 알립니다
奉龍湖嚴公兼告諸君

주남(周南)

(차공(次公)의 시는 한인(韓人)이 도망 간 것을 꾸짖은 것이다. 상황이 완연히 눈앞에 있어서 나도 모르게 배꼽을 잡고 웃었다.)

　상년(上年) 9월 초하루에 삼(森)·송(松) 두 사람을 통하여 여러 분들께 시를 각각 몇 장(章) 받들어 올렸습니다. 하리(下里)의 파가(巴歌)[21]를 어찌 대방(大方)의 문에서 연주할 수 있겠습니까? 다만 욕된 물건을 취했을 뿐입니다. 긴 소매로 쉽게 춤을 추게 하시고, 많은 돈으로 쉽게 물건을 살 수 있도록 황공하게 화장(和章)을 내려주신다면, 몹시 다행일 것입니다. 그렇지 않고 오색의 연하(煙霞)로 곤구(崑

---

21 파가(巴歌) : 파촉(巴蜀) 지방의 노래. 파촉은 지금의 중국 중경(重慶)과 성도(成都) 일대. 시골노래라는 의미로 사용했음.

丘)²²와 현포(玄圃)²³의 언덕을 감춘다면. 인간세상에서 우러를 수 없을 것입니다. 그 어찌 대방(大邦)의 빛을 볼 수 있겠습니까? 여기에서 마도(馬島)에 도달하는 사이는 오히려 수 백리의 바다 산들이니, 고각(高閣)의 연필(椽筆)²⁴을 한가하게 지나가게 할 수 없습니다. 감히 청하건대 수중의 진주를 아끼시지 말기를 바랍니다.

○복(復)   용호(龍湖)

보이신 뜻을 삼가 잘 알았습니다. 강호(江戶)에 있을 때 부쳐주신 시는 접견하지 못했습니다. 혹시 중간에 없어서버려서 그런 것입니까?

○우복(又復)   주남(周南)

별도로 1본(本)을 갖추어 마땅히 좌우에 올리겠으니, 여기에서 마도까지 가는 사이에 부디 고아한 화답을 내려주시기를 바랍니다.

---

22 곤구(崑丘) : 전설 속의 신선이 산다는 곳.
23 현포(玄圃) : 전설 속의 신선이 산다는 곳.
24 연필(椽筆) : 진(晉)나라 왕순(王珣)이 꿈속에서 받았다는 서까래와 같은 큰 붓. 타인의 출중한 문필을 말함.

○복(復) 용호(龍湖)

지금 다시 써서 주신다면, 감히 화답을 받들지 않겠습니까?

○동곽 이공께 아룁니다.
東郭李公
주남(周南)

지난번 받들었던 시가 기조(記曹)에 도달하지 못했습니다. 이는 반드시 여우(旅寓)가 번잡하여 바빠서, 혹시 잃어버리게 되었을 뿐일 것입니다. 마땅히 따로 1본을 베껴서 좌우에 올리겠으니, 여기서 마도까지 가는 사이에 부디 화답시를 내려주시기 바랍니다.

○복(復) 동곽(東郭)

귀하의 시를 처음부터 얻어 보지 못했는데, 반드시 중간에 없어져 버린 것일 것입니다. 10수를 모두 베껴주신다면 삼가 마땅히 하나하나 차운하여 올리겠습니다.

○기실 엄공 안하에 받들어 올립니다
奉呈記室嚴公案下

주남(周南)

황곡이 멀리 만 리를 날아가니	黃鵠長飛萬里翔
흰 구름 어느 곳에서 고향을 찾아가는가?	白雲何處訪歸鄕
높은 소리의 노래 한 곡에 서산이 어두운데	高歌一曲西山暗
〈양관곡〉[25]이 아니지만 애간장을 끊네	不是陽關亦斷腸

○주남 시백이 보여주신 운을 받들어 차운하다
奉次周南詩伯眎韻

용호(龍湖)

돌아갈 마음에 놀란 오리가 날개를 치려하니	歸意驚鳧欲決翔
한 봄을 동반하여 기쁘게 고향으로 돌아가네	一春爲伴好還鄕
빼어난 그대의 붓 아래 문사가 풍부하니	多君筆下文辭富
가구를 지어내니 비단 수의 마음이네	佳句裁成錦繡腸

(운(韻)이 또한 압(狎)을 얻지 못했다.)

---

25 양관곡(陽關曲) : 당나라 왕유(王維)의 〈送元二使安西〉시의 별칭. 이별곡으로 널리 불려졌음.

○이공께 아룁니다
稟李公

주남(周南)

고아한 화답을 절하고 암송하니, 정의(情義)가 간절히 이르렀습니다. 감사함을 어찌 이길 수 있겠습니까? 삼가 마땅히 받들어 가지고 가서 훗날의 용안(容顔)으로 삼겠습니다. 번거롭게 하고자 하는 것은 소인(小人)에게 부친이 계신데, 이름은 장백(長伯)이고, 자는 자성(子成)이고, 호는 송헌(松軒)인데 염락(濂洛)의 학문[26]으로써 우리 부(府)의 강관(講官)으로 있습니다. 금년 60여세입니다. 늙고 병들어서 비록 문패(文斾)가 황공하게도 경내 위에 있지만 스스로 올 수 없었습니다. 그러나 제가 얻은 것을 종자(從者)에게 맡기라고 했습니다. 그 마음은 오히려 스스로 모신 것과 같다고 하겠으며, 환흔(懽欣)히 기뻐함은 또한 소인이 하는 바와 같습니다. 감히 청하오니 여기에서 마도까지 가는 사이에 저를 위하여 송헌시(松軒詩) 1수를 지어주시어, 삼가 대아(大雅)의 운(韻)으로써 내무(萊舞)[27]의 노래로 삼게 해주십시오.

○복(復)

동곽(東郭)

보여주신 가르침을 삼가 다 알았습니다. 존대인(尊大人)을 살펴보

---

26 염락(濂洛)의 학문 : 염(濂)은 염계(濂溪)로 송학(宋學)의 비조(鼻祖)인 주돈이(周敦頤)가 거주하던 곳이며, 낙(洛)은 낙양(洛陽)으로 정호(程顥)·정이(程頤)을 가리킴.

27 내무(萊舞) : 노래자(老萊子)의 춤, 춘추시대 초(楚)나라 노래자(老萊子)가 양친을 기쁘게 하기 위하여 늙어서도 색동옷을 입고 춤을 추었다고 함.

니, 연세가 높고 덕이 밝으신데, 오히려 졸관(拙官)에 묻혀있습니다. 재능이 있는데 운수가 없다는 탄식은 예로부터 그러했습니다. 이 행차가 만약 하루 이틀 엄체(淹滯)한다면 마땅히 시 1수를 받들고 뵙겠습니다. 내일 만약 출발한다면, 마땅히 중도에 시 1수를 부쳐서, 구구(區區)한 경앙(景仰)의 정성을 표할 것입니다. 지체하지 말고 즉시 전해라는 뜻을 힘써 방주(芳洲)와 소하(霞沼) 두 사백(詞伯)께 부탁해 주시면, 깔깔 웃겠습니다.

○복(復)   주남(周南)

거듭 성대한 사랑을 받으니, 감사함을 붓으로는 다할 수 없습니다. 모두 밝게 살펴주기를 바랍니다. 성대한 시편이 완성되면 삼(森)·송(松) 중 한 사람에게 부치십시오. 두 사람은 신의 있는 사람들입니다. 결코 귀하의 뜻을 저버리지 않을 것입니다.

○이공께 아룁니다
稟李公
                                              주남(周南)

제가 일찍이 여사(麗史)를 읽었는데, "동진인(東眞人) 주한(周漢)이 처음으로 소자문서(小字文書)를 전했다. 소자(小字)의 학(學)은 여기에서 시작했다"[28]고 했습니다. 이른 바 소자(小字)라는 것은 무엇입니

까?(용호(龍湖)가 화답을 적는 사이에, 하소(霞沼)와의 대화에서 마침 조선언문(朝鮮諺文)을 언급하여서 이 질문을 하게 되었다.)

○복(復)   동곽(東郭)

고려의 처음은 기성(箕聖)과의 거리가 이미 멀었는데, 문교(文敎)가 중도에 쇠퇴하여 진작되지 못했습니다. 주한(周漢)이 중국해자서적(中國楷字書籍)을 전한 후에 인문(人文)이 크게 드러났습니다. 소자(小字)는 곧 중국해자(中國楷字)입니다.

(조선은 그 삼국(三國) 때부터 한자(漢字)가 있은 지가 오래였다. 한자의 전함을 기다릴 필요가 없었다. 이(李)는 대개 소자(小字)를 알지 못하여, 마침내 이런 말을 지어서 질문을 막은 것이다.)

○복(復)   동곽(東郭)

우리나라는 출입할 때, 관직이 없는 자는 도포(道袍)를 입고, 관직이 있는 자는 홍포(紅袍)를 입습니다. 비록 관직이 있는 자라도 공무 때문이 아니면 직령(直領)을 입는데, 그 지은 모양이 도포와 대동소이합니다. 평소에는 비록 부형(父兄)의 앞에 있더라도, 중적(中赤 : 속음(俗音)은 치(致))막(莫)을 입습니다. 제가 입은 것은 곧 세루비람중

28 동진인(東眞人) …… 시작했다 : 『고려사절요』에 "6월에 동진인(東眞人) 주한(周漢)이 서창진(瑞昌鎭)에 투항했다. 한(漢)은 소자문서(小字文書)를 알았다. 경사로 불러다가 사람들에게 전하여 익히도록 했다. 소자(小字)의 학은 여기에서 시작되었다"고 했다.

적막(細縷飛藍中赤莫)입니다.

(용호(龍湖)가 화답을 쓰는 사이에, 대주(對州)의 역인(譯人)에게 이(李)가 입고 있는 옷을 물어보았는데, 역인이 알지 못하여, 이에게 물어보니, 이가 곧 붓을 잡고 써서 보여주었다.)

○주남 사선과 밤에 이별하고 율시 1수를 남겨서 주었는데, 때가 임진년 새해 23일 밤이었다

夜別周南詞仙, 留贈一律, 時壬辰新元廿三日夕(이하 23일 밤)

동곽(東郭)

(차공(次公)은 예전에는 특히 비옥하게 보았는데, 이것은 남에게 의심을 들게 한다. 아마 병든 후에 지은 것이기 때문이 아니겠는가? 이(李)의 진운(趁韻)으로써 망언(妄言)을 했다.)

역락[29]한 용두객[30]과	歷落龍頭客
청고한 학골선[31]은	清高鶴骨仙
생전의 인연이 마땅히 이른 세대였는데	前緣應夙世
사후의 만남은 다시 언제일까?	後會更何年
채색 익조 배는 멀리 바다로 통하고	彩鷁遙通海
나는 기러기는 하늘을 거리끼지 않네	飛鴻不礙天
글로 얼굴을 대신할 수 있으니	要令書替面

---

29 역락(歷落) : 준일(俊逸).

30 용두객(龍頭客) : 과거시험에 장원한 사람.

31 학골선(鶴骨仙) : 학골(鶴骨)은 평범하지 않은 수도자의 골상(骨相)을 말함. 당나라 맹교(孟郊)의 〈석종(石淙)〉시에 "飄飄鶴骨仙, 飛動鼇背庭"이라 했음.

편지 있으면 곧 서로 전하리라 　　　　　　　　　有便卽相傳

○동곽 이공이 보여주신 운을 받들어 차운하다
奉次東郭李公惠示韻

　　　　　　　　　　　　　　　　　　　　　　　　주남(周南)

오늘 밤은 진정 애석하니 　　　　　　　　　　今宵眞可惜
속세에서 신선을 보네 　　　　　　　　　　　塵裏見神仙
누가 종유한 날을 알겠는가? 　　　　　　　　誰識從遊日
다시 먼 이별의 해를 이루네 　　　　　　　　還成遠別年
시로 천년의 공업을 전하고 　　　　　　　　詩傳千載業
사람은 한 쪽 하늘에 있네 　　　　　　　　　人在一方天
봄 나무는 푸른 바다 밖에 있는데[32] 　　　　春樹滄溟外
편지를 어디에 전해야 하는가? 　　　　　　雁書何處傳

○이공 좌하에 아룁니다
禀李公座下

　　　　　　　　　　　　　　　　　　　　　　　　주남(周南)

이것은 지난 가을에 소하(霞沼)에게 부탁하여, 받들어 올린 고본(稿本)
인데, 엄류(淹留)하는 날이 있으면 부디 귀하의 화답을 내려주십시오.

---

32 봄 나무는…… 있는데 : 두보(杜甫)의 〈春日憶李白〉시 "渭北春天樹, 江東日暮雲"을
　인용했음.

○복(復)　　　　　　　　　　　　　　　　　　　　주남

좌하
周南座下
　　　　　　　　　　　　　　　　　　　　　　동곽(東郭)

　맑은 시편을 지금 비로소 받아보았습니다. 삼가 마땅히 차운하겠습니다. 방주(芳洲)가 전해올 때, 신중히 잊지 말라는 뜻을 방주에게 힘써 부탁함이 옳을 것입니다.

○복(復)　　　　　　　　　　　　　　　　　　　　주남

　방주(芳洲)는 신의 있는 사람입니다. 이미 굳은 약속을 허락했습니다.

○동곽 이공의 정탑에 받들어 올립니다
奉東郭李公靜榻
　　　　　　　　　　　　　　　　　　　　　방주(芳洲)

　주남(周南)은 묘년(妙年)의 영재(英才)로서 분발하고, 담금질하고, 힘써 용맹하게 가려는 뜻을 모두 문사(文詞)에 드러냈습니다. 격앙(激昂)의 기질은 있지만, 말라서 시들은 자태는 없습니다. 제가 보건대 훗날의 성취를 반드시 측량할 수 없는 것이 있습니다. 지금 사절(使

節)이 옴으로 인하여, 다행히 선생과 시 짓는 술좌석 사이에서 수작 (酬酢)을 하게 되었는데, 친자(親炙)[33]가 빈번하고, 훈증(薰蒸)[34]이 두터워서 반드시 장격(長格)의 유익함이 없지 않을 것입니다. 오늘밤은 다행히 속객(俗客)이 없고, 여관의 의자가 편안하고 조용하니, 철야의 대담을 아끼지 마시고, 그 심덕(心德)을 가득 싣고 돌아가게 함이 어떠합니까? 저는 어려서부터 배움을 좋아하여 책 상자를 지고 사방을 돌아다녔으나 불행히 밝은 스승을 만나지 못하고, 몽몽동동(懵懵憧憧)[35]하게 45년의 세월을 헛되이 보냈습니다. 비록 매일 강장(絳帳)[36]을 모시고서, 진익(進益)[37]을 구하려했으나, 쇠한 니이를 이미 지내고, 기력이 점차 다해 가니 어찌 하겠습니까? 이런 까닭으로 그 사람에게 이끌어줌을 깊이 받들게 하고자 하는 간절함이 마땅하지 않겠습니까?

○이공께 아룁니다
稟李公

주남(周南)

---

33 친자(親炙) : 몸소 교육훈도를 받는 것.

34 훈증(薰蒸) : 훈도(薰陶).

35 몽몽동동(懵懵憧憧) : 무지한 모양.

36 강장(絳帳) : 사문(師門) 혹은 강석(講席)의 경칭. 후한(後漢) 마융(馬融)이 많은 제자들을 거느렸는데, 항상 강사장(絳紗帳)을 치고 있었기 때문에 유래했음.

37 진익(進益) : 학식과 수양의 진보.

지난해 9월에 세 분 사상(使相)과 선생 등 세 분 기실(記室)이 안덕
천황사(安德天皇祠)를 짓고, 전사신(前使臣)의 시에 차운했는데, 대음
장향(大音長響)[38]을 열흘도 지나지 않아서 세상에서 다투어 전하여서
거의 종이 값의 폭등을 불러왔습니다. 저도 이미 등사(謄寫)하여 진
보로 간직했습니다. 어찌 대방(大邦)의 풍부한 시재(詩才)가 이처럼
나올수록 더욱 기이하여 더 가할 것이 없습니까? 그로 인해 두 조정
의 큰 바람이 영구하여서 계속됨이 천추만세로 쇠퇴하지 않기를 생
각했습니다. 저는 지난 가을 관문을 나와서 객을 영접하며 한가히
날을 보내면서 조고시(弔古詩) 10수를 지었는데,(어찌 본 것을 부치지 않
는가?) 사호(祠戶)에게 부탁하여 제공(諸公)들의 작품들과 나란히 두
도록 했습니다. 명주실과 삼실, 골풀과 황모처럼 정세함과 거침이
고르지 않아서 같은 시선으로 볼 수는 없지만, 마침 고본(稿本)을 가
지고 있으니 감히 잠깐 열람해주시기를 청합니다.(주남(周南)이 실수했
다. 이곽(李郭)이 붓을 두려워한 것을 모른 것이다.) 고아한 화답을 요구함
이 아니고, 다만 개정(改定)해 주시기를 청합니다.

○복(復)   동곽(東郭)

10수가 지극히 아름답습니다. 마땅히 조용히 섭렵하겠습니다. 족
하의 거처는 이곳에 있습니까? 다른 곳에 있습니까? 옛사람의 책을

---

38 대음장향(大音長響) : 훌륭한 시를 말함.

읽은 것이 얼마나 됩니까?

○복(復)   주남(周南)

저의 집은 본주(本州) 적부(萩府)에 있는데, 여기에서 거리가 2백리 정(程)입니다. 저는 어려서부터 가학(家學)을 받들었습니다. 침석의 문적(文籍)은 다만 한미하고 누추한 마을이라서 본래 좋은 책이 없습니다. 또한 밝은 스승이 없어서 쩔뚝이는 자라가 비틀거리는 것처럼 몹시 민망합니다.

○주남으로 인하여, 그 춘부장 송헌공의 안하에 받들어 올리다
  因周南, 奉呈其春府松軒公案下

                                                         동곽(東郭)

현랑의 시례의 전형이 남았으니	賢郞詩禮典刑存
가정의 학업의 높음을 상상할 수 있네	想得家庭學業尊
태수가 허심으로 강석을 여니	太守虛襟開講席
덕이 있는 유자가 도를 말함에 연원이 있네	宿儒談道有淵源
젊은 시절 명망과 재능이 세상을 초월했는데	少時雅望才超世
만년에 깊은 정으로 병들어 문을 닫았네	晚歲幽情病掩門
슬프구나 반형39의 평소 계책이 멀어지고	怊悵班荊違素計

---

39 반형(班荊) : 친구를 길에서 만나는 것. 춘추시대 초(楚吳)나라 오거(伍擧)가 진(晉)나라로 도망가다가 정(鄭)나라 교외에서 친구 성자(聲子)를 만나서 땅에다 가시나무를 깔고

적관의 추운 밤에 빈 술잔을 대했네 　　　　　　　赤關寒夜對空尊

○복(復)　　　　　　　　　　동곽선생(東郭先生) 주남(周南)

가옹(家翁)은 한 산유(散儒 : 평범한 유자)인데, 천하에서 노안(老顔)을 기쁘게 할 수 있는 물건은 한묵(翰墨)만한 것이 없습니다. 하물며 이는 명가(名家)의 필적(筆蹟)이니, 비록 환곤(桓袞)의 표창일지라도 더 가할 것이 없을 것입니다. 가지고 돌아가서 명공(明公)의 은혜를 나누어주겠습니다.

○주남 좌하
周南座下
　　　　　　　　　　　　　　　　　　　　　　　　　　동곽(東郭)

잠깐 헛되이 욕되게 하여서, 지극히 용렬한 자가 놀랍고 감개한데, 이처럼 또한 영광되게 임해주시니 은혜 입음이 많고 많습니다. 족하의 여러 시들을 정사(正使)와 서로 열람했는데 지극히 감탄과 칭찬을 하며 맑은 용의를 한번 접하고자 했습니다. 조만간 마땅히 받들어 맞을 것입니다.(이하 25일 밤)

　(이(李)의 계책이 궁색하다. 장리(長吏)의 면공(面孔 : 얼굴)을 빌려다가 그 시의 빚詩償을 갚으려고 했으니 가소롭다.)

앉아서 초나라로 돌아갈 것을 의논한데서 유래했음.

○이공 좌하에 받들어 답하다
奉復李公座下

주남(周南)

비루한 시가 잠깐 세 분 사상(使相)의 한 차례 열람을 받았는데, 보아주셨을 뿐만 아니라 버리지 않고, 계단 아래서 한 번의 배알을 허락해주셨습니다. 이는 참으로 비루한 저의 큰 행운인데, 일이 의외에서 나와서 어찌 감개를 거둘 수 있겠습니까? 만약 선생께서 먼저 용납해주지 않았다면 어찌 이런 영광을 얻었겠습니까? 다만 제가 배알을 할 때 온당하지 못함이 있다면 잠시 관장(官長)의 뒤에서 알려주시면, 삼가 마땅히 명(命)을 따르겠습니다.(급한 순간임에도 불구하고 이와 같음이 있다.)

○이공 좌하
李公座下

방주(芳洲)

(이 군(君)은 차공(次公)에게 3번이나 문후(問候)를 올렸다.)

사또 상공(相公)께서는 문장(文章)의 사명(司命)[40]으로써 보함(寶函)을 받들고, 용절(龍節)을 들고, 만 리의 먼 지역으로 오셨습니다. 그 존엄함이 어떠합니까? 그런데 파격적으로 만나보고자 한 자로는, 동도(東都)에서는 기원(祇園) 등 몇 사람이 있었고, 이곳에서는 또한 주

---

40 사명(司命) : 조령(詔令)을 주관하는 것.

남(周南)이 있습니다, 비록 그 사람들의 사화(詞華)의 볼만한 것이 불러들인 바라고 말할 수 있지만, 그러나 재능 있는 하사(下士)를 사랑하는 기풍이 곧 옛 사람과 서로 같지 않다면 어찌 이와 같을 수가 있겠습니까? 대개 귀국의 문을 숭상하는 풍속의 성대함이 옛날에 양보하지 않음을 곧 여기에서 절로 볼 수 있습니다. 훗날 이런 마음으로써 정현(鼎鉉)[41]의 지위에 있으면서, 위로는 밝은 임금을 돕고, 아래로는 준량(俊良)을 뽑는다면, 반드시 그 온 나라의 사람들에게 왕성하게 벼슬에 나아가려는 소망을 지니게 할 것이니, 그 누가 다시 재능을 지닌 채 뜻을 얻지 못하고 오두막에서 탄식하겠습니까?(분비(憤悱 : 원한)가 적지 않다.) 생각건대 소생(小生)은 늙어가는 나이에 풍마(風馬)도 지나가지 않는 속에 살면서 많은 선비를 서로 추천하여 이끌어주는 성대한 풍속을 볼 수 없었을 뿐만 아니라, 또한 들을 수도 없을 것 같음을 어찌 합니까?

○동곽 이공께 받들어 올리다
奉呈東郭李公

주남(周南)

붉은 등불 아래 철야로 담소하며   紅燈徹夜笑譚中
서로 향해 온통 동과 서를 잊었네   相向總忘西與東
적수엔 눈꽃이 깃털처럼 날리는데   赤水雪花飛似羽

---

41 정현(鼎鉉) : 재상(宰相)을 말함.

누가 이곳에선 봄바람 속에 앉아있음을 아는가?　誰知此處坐春風
(몹시 고아하다.)

○주남의 운에 차운하다
次周南韻
동곽(東郭)

맑은 술로 절의 누대에 머물러 취했는데　　清樽留醉寺樓中
나는 서쪽으로 가려하고 그대는 동으로 가려하네　我且西歸子欲東
또한 파도의 신이 이별의 고통을 알아서　也是波神知別苦
아침마다 한 돛의 바람을 빌려주지 않네　朝朝不借一帆風

○동곽께 받들어 올리다
奉呈東郭
주남(周南)

은혜로운 그대를 볼 수 없어 산에 올라　　恩君不見且登山
계수가지를 꺾으려하나 길이 더욱 험난하네　欲折桂枝途更艱
자기는 점차 동북으로 도는데　　紫氣漸從東北轉
봄바람이 적관의 관문에 먼저 이르네　春風先至赤間關
(청련(青蓮：李白)과 공동(空同：李夢陽)의 기(氣)이다.)

○적간의 객야에 주남 사선의 운에 차운하다
赤間客夜, 次周南詞仙韻

동곽(東郭)

창명에 배 띄워 즉시 산을 방문하지 못하니 　不泛滄溟卽訪山
이 행차를 누가 몹시 고생이라 말하는가? 　此行誰道太辛艱
분명히 이별 후 병주의 꿈[42]을 꿀 것이니 　分明別後幷州夢
반은 동관이고 반은 적관이리라 　半在東關半赤關

○전운을 사용하여 십주께 사례하다
用前韻, 謝十洲(대주인(對州人), 나의 운에 화답을 했다)

주남(周南)

언제 그대는 십주[43] 안을 떠나왔던가? 　幾時君去十洲中
날리는 먼지 속에 체류하며 일동에 있네 　留滯狂塵在日東
오늘밤 우연히 작은 모임에 오니 　今夜偶然來小會
한 술동이 연 곳에서 선풍에 읍을 하네 　一樽開處揖仙風

(도리어 차공선(次公仙)이다.)

---

42 병주(幷州)의 꿈 : 타향인 병주에서 오래 살다보니 병주가 오히려 고향 같다는 것. 당나라 가도(賈島)의 〈渡桑乾詩〉에 "客舍幷州已十霜, 歸心日夜憶咸陽. 無端更渡桑乾水, 卻望幷州是故鄉"이라고 했음.
43 십주(十洲) : 도교(道敎)에서 말하는 선경(仙境). 큰 바다에 있다는 10곳의 신선이 사는 승경지.

○동곽 좌하
　東郭座下

　　　　　　　　　　　　　　　　　　　주남(周南)

　성인(聖人)은 멀어지고 도(道)는 인멸되었으나, 제유(諸儒)들이 단단(斷斷)[44]하게 지켰습니다. 한(漢)나라 당(唐)나라 사이에 진신(縉紳 : 사대부) 선생들은 그 말들이 낙락(落落)[45]하게 합치하지 않았습니다. 송(宋)나라가 일어나자, 정주(程朱)[46] 등의 여러 선생들이 나왔는데, 그 설이 비로소 정연(定然)[47]했습니다. 상산(象山) 육자(陸子)[48]는 당세의 호걸(豪傑)로서 엄연(儼然)히 긍정하지 않았습니다. 그 후 학자들은 다시 이설(異說)을 지니게 되었습니다. 왕양명(王陽明 : 王守仁)[49]과 진백사(陳白沙 : 陳獻章)[50]의 무리는 더욱 더 거슬렸습니다. 귀국의 학문은 기성(箕聖 : 箕子) 때부터 아득합니다. 지금의 학문에 대해 들어보았는데, 고려의 백첨의(白僉議) 이정씨(頤正氏)[51]가 나와서부터 익재(益齋 : 李齊賢)[52]·가

---

44 단단(斷斷) : 의심하지 않고 전일하게 지키는 모양.
45 낙락(落落) : 합치하기 어려운 모양.
46 정주(程朱) : 정호(程顥)와 정이(程頤) 형제와 주희(朱熹).
47 정연(定然) : 일정(一定).
48 육자(陸子) : 송나라 육구연(陸九淵). 호는 상산(象山). 주자(朱子)의 설에 반대하고, 상산학파(象山學派)를 이루었음.
49 왕양명(王陽明) : 왕수인(王守仁, 1472~1529). 명나라 유학자. 자는 백안(伯安), 호는 양명자(陽明子), 학자들이 양명선생(陽明先生)이라 불렀음. 주자학(朱子學)을 반대하고 양명학(陽明學)을 창시했음.
50 진백사(陳白沙) : 진헌장(陳獻章, 1428~1500). 명나라 유학자. 자는 공보(公甫), 호는 석재(石齋). 주자학에 반대하고 강문학파(江門學派)를 창시했음.
51 백첨의(白僉議) 이정씨(頤正氏) : 백이정(白頤正, 1247~1323). 자는 약헌(若軒), 호는 이재(彛齋). 1298년 8월 충선왕이 원나라로 불려갈 때 따라가 수도인 연경(燕京)에서 약

정(稼亭 : 李穀)[53] · 목은(牧隱 : 李穡) · 포은(圃隱 : 鄭夢周)[54] · 삼봉(三峯 : 鄭道傳)[55] 등 제유(諸儒)들을 저는 들어서 알고 있습니다. 학맥(學脉)의 바름과 논의의 정밀함은 양촌(陽村 : 權近)[56] · 퇴계(退溪 : 李滉)[57] 등 여러 선생의 글에서 볼 수 있습니다. 그러나 학문의 도는 사람마다 식견이 있고, 스스로 성철(聖哲)이 아니기 때문에 일치할 수 없습니다. 그 사이에 각자 득실이 있어서, 밝은 자를 선택하여 취했습니다. 이것이 학문의 방도로서 같고 다름으로써 울타리를 세울 수는 없습니다. 지금의 학문은 정주(程朱)에게만 한결 같은지, 혹은 이견이 있는지 모르겠습니다. 선생께서는 육구연과 왕수인을 어떻게 보십니까?

10년 동안 머무르며 성리학에 깊은 관심을 기울이고 정주(程朱)의 서를 연구했다. 그 후 고려에 들어올 때 정주의 서적과 〈주자가례(朱子家禮)〉를 가지고 와 이제현·박충좌 등에게 전했다. 그의 학통은 이제현을 통해 이색에게, 이후 권근과 변계량 등 조선 초기 성리학자에게까지 이어졌다.

52 익재(益齋) 이제현(李齊賢, 1287~1367)의 호. 자는 중사(仲思), 호는 익재(益齋)·실재(實齋)·역옹(櫟翁). 원나라에서 성리학을 들여와 발전시켰다. 문하시중을 지냈다.

53 가정(稼亭) : 이곡(李穀, 1298~1351)의 호. 자는 중부(仲父), 백이정(白頤正)·정몽주(鄭夢周)·우탁(禹倬)과 함께 경학(經學)의 대가로 꼽힌다.

54 포은(圃隱) : 정몽주(鄭夢周, 1337~1392)의 호. 자는 달가(達可), 성리학의 발전에 공이 컸다. 이성계 일파에게 살해당했다.

55 삼봉(三峯) : 정도전(鄭道傳, 1342~1398)의 호. 자는 종지(宗之), 〈심기리편(心氣理篇)〉을 지어 불교·도교를 비판하고 유교가 실천 덕목을 중심으로 인간문제에 가장 충실하다는 점을 체계화했다. 조선의 개국공신으로 많은 개혁에 공을 세웠으나 이방원의 일파에게 살해당했다.

56 양촌(陽村) : 권근(權近, 1352~1409)의 호. 자는 가원(可遠), 〈입학도설(入學圖說)〉을 저술하여 성리학의 발전에 영향을 미쳤다.

57 퇴계(退溪) : 이황(李滉, 1501~1570)의 호. 자는 경호(景浩), 이이(李珥)와 함께 조선 최고의 성리학자로 꼽힌다. 영남학파의 종주였다.

○주남께 답합니다
復周南

동곽(東郭)

한인(漢人)은 성인(聖人)과의 거리가 그다지 멀지 않았습니다. 성인
의 조박(糟粕)[58]을 듣고, 마땅히 간혹 취하여 익혀서 깨닫는 자가 있
었습니다. 동강도(董江都 : 董仲舒) 등 수 3인 이외에 방불(彷彿)한 자
가 없었던 것은 아마 당시 임금이 도(道)로 이끄는 교화가 없어서
그런 것이 아니겠습니까? 당나라에서 숭상한 바는 오직 문장과 시율
(詩律) 뿐이었습니다. 늦어서야 한문공(韓文公 : 韓愈)이 초탁(超卓)한
재능으로써 홀로 얻은 견해가 없지 않았으나 오히려 두서가 없다는
비난을 벗어나지 못했습니다. 그 나머지는 곧 또한 어찌 설명할 수
있겠습니까? 송(宋)나라가 일어나자, 여러 믿을 만한 무리들이 나와
서 우리 도를 천명(闡明)했습니다. 수사(洙泗)[59]의 여파가 다시 염락
(濂洛)[60]에 통하게 되었습니다. 정주(程朱)의 학문은 탁월하여 의논할
것이 없습니다. 그 사이에 약간의 사람들이 사견을 세워서 성도(聖
道)를 해친 것들이 있는데, 어찌 존성(尊聖)이 도를 숭상하는 다스림
에 누를 끼칠 수 있겠습니까? 우리 동방은 소거(素車)[61]가 동래한 후,
인문(人文)이 비로소 드러나고, 성도(聖道)가 다시 밝아졌는데, 수천

---

58 조박(糟粕) : 원래는 술지개미인데 여기서는 성인들이 남긴 어록(語錄)을 말함.
59 수사(洙泗) : 수수(洙水)와 사수(泗水). 두 물은 지금의 산동성 사수현(泗水縣) 북쪽에
  서 합류하여 곡부(曲阜) 북쪽에 이르러 다시 두 물로 나뉜다. 수수와 사수 사이에서 공자
  (孔子)가 문도들을 모아서 강학하였다. 그래서 수사는 공자와 유가를 대칭함.
60 염락(濂洛) : 염계(濂溪) 주돈이(周敦頤)와 낙양(洛陽) 정호(程顥)와 정이(程頤).
61 소거(素車) : 소왕(素王)의 수레. 소왕은 공자(孔子). 여기서는 유학을 비유한 것임.

세대를 지나면서 꺼진 적이 없습니다. 우리 조선에 이르러 더욱 커
짐이 있습니다. 고려조의 정포은(鄭圃隱 : 鄭夢周) 등 여러 선생의 학
문은 날로 크게 밝아졌습니다. 이에 오선생(五先生)⁶² 이후 율곡(栗谷)
이이(李珥)⁶³ 선생, 우계(牛溪) 성혼(成渾)⁶⁴ 선생, 사계(沙溪) 김장생(金
長生)⁶⁵ 선생, 우암(尤菴) 송시열(宋時烈)⁶⁶ 선생, 명재(明齋) 윤극(尹
極)⁶⁷(곧 지금의 우상(右相)) 선생은 오선생의 통서(統緖)를 적전(嫡傳)했
는데, 존왕출패(尊王黜覇)를 근본으로 삼고, 궁리정심(窮理正心)을 요
체로 삼았고, 일어일묵(一語一默)과 일동일정(一動一靜)은 모두 주부
자(朱夫子 : 朱熹)를 승묵(繩墨 : 법)으로 삼았으니, 어찌 사설(邪說)과
패어(悖語 : 사리에 벗어난 말)를 그 사이에 혹시라도 행하게 하겠습니

---

62 오선생(五先生) : 동방오현(東方五賢). 김굉필(金宏弼, 1454~1504), 정여창(鄭汝昌,
1450~1504), 조광조(趙光祖, 1482~1519), 이언적(李彦迪, 1491~1553), 이황(李滉,
1501~1570).

63 율곡(栗谷) 이이(李珥, 1536~1584) : 자는 숙헌(叔獻), 호는 율곡(栗谷)·석담(石潭)·
우재(愚齋). 이황과 쌍벽을 이루는 성리학자로서 김장생(金長生),송시열(宋時烈),한원
진(韓元震)으로 이어지는 이이학파의 창시자였음.

64 우계(牛溪) 성혼(成渾, 1535~1598) : 자는 호원(浩原), 호는 우계(牛溪)·묵암(默庵).
해동십팔현(海東十八賢)의 한 사람으로, 이황의 주리론(主理論)과 이이의 주기론(主氣
論)을 종합해 절충파의 비조(鼻祖)가 되었다

65 사계(沙溪) 김장생(金長生, 1548~1631) : 자는 희원(希元), 호는 사계(沙溪). 이이의
문하로서 예학에 뛰어났다.

66 우암(尤菴) 송시열(宋時烈, 1607~1689) : 자는 영보(英甫), 호는 우암(尤庵)·우재(尤
齋)·화양동주(華陽洞主). 이이의 학통을 계승한 김장생과 그의 아들 김집의 문하에서
성리학과 예학을 수학했다. 이기론(理氣論)에서 그는 이황의 이원론적인 이기호발설(理
氣互發說)을 배격하고 이이의 기발이승일도설(氣發理乘一途說)을 지지, 사단칠정(四端
七情)이 모두 이(理)라 하는 일원론적 사상을 발전시켰다.

67 명재(明齋) 윤극(尹極, 1629~1714) : 자는 자인(子仁), 호는 명재(明齋). 아버지는 윤
선거(尹宣擧)이며 소론의 거두였다.

까? 육구연과 왕수인의 학문은 스스로 그들 학문을 배운 것이고, 우
리 유자의 학문이 아닙니다. 원래 유자가 존중하여 믿을 바가 아님
은 우리나라 오척동자도 또한 그 거취(去就)의 분별을 압니다. 눈이
어둡고 종이가 짧아서 흉중의 만분의 일도 토로할 수가 없습니다.
다만 조용히 한 번의 잠깐의 대화를 기다릴 뿐입니다.

○동곽의 좌하에 답합니다
　復東郭座下
주남(周南)

　귀국(貴國)은 잘 마음을 이끌어서 쉽게 교화하는 풍속 및 인자함과
어짊을 펼쳐서 쉽게 교화하는 교훈을 숙유(宿儒)와 석사(碩師)들이 역
력(歷歷)히 서로 계승하여 염매(鹽梅)로 화조(和調)[68]하고, 음양(陰陽)
으로 섭리(燮理)하니, 그 다스림의 융숭함과 그 풍속의 아름다움을
비록 만 리 밖에서일지라도 추측하여 알 수 있습니다. 그 학문의 어
묵동정(語默動靜)은 모두 주부자(朱夫子 : 朱熹)를 승묵(繩墨)으로 삼았
는데, 이는 참으로 마땅하니 다시 무슨 말을 하겠습니까? 본국(本國)
의 문교(文敎)의 성대함은 이전 시대를 훨씬 뛰어넘습니다. 정치의
요체와 풍속의 문채는 비록 대국(大國)에 비할 수는 없을지라도, 또
한 스스로 볼 만합니다. 방주(芳洲)와 하소(霞沼)가 혹시 먼저 자세히
말했다면, 어찌 다시 군더더기 말을 기다리겠습니까? 그런데 국가가

---

68 염매(鹽梅)로 화조(和調) : 소금과 매실로 국에 간을 맞춘다는 것.

학교를 설립하고 많은 선비를 교육하는 것은 또한 모두 주부자를 근본으로 삼지 않음이 없습니다. 근래 한 믿을만한 스승이 따로 문호를 열어서, 스스로 학문을 세웠습니다. 그 말에 간혹 정주(程朱)의 설과 합치하지 않는 것이 있습니다. 성(性)을 논함을 가르침으로 삼고, 인의(仁義)를 논함을 덕(德)으로 삼았는데, 맹자(孟子)가 이른 바 성선(性善)이 기질(氣質)의 위에 있다고 한 것은 정주(程朱)의 본성(本性)의 설과 서로 배치합니다. 저는 곧 그 글을 받아서 읽어보고 흡연(翕然)히 기쁜 뜻이 있었습니다.(차공(次公)은 끝내 호사자이다.) 이것이 선생께 질문하게 된 이유입니다. 그러나 그 설은 한 마디로써 상세하게 알 수 없습니다. 잠시 선생의 뜻을 받들고서 훗날 공부의 성숙함을 기다리고자 할 뿐입니다.

○주남 좌하
　周南座下

　　　　　　　　　　　　　　　　　　　동곽(東郭)

　이 나라의 승지(勝地)는 참으로 선경(仙境)입니다. 족하의 거처에도 또한 원림(園林) 화훼(花卉)의 승경이 있습니까?

○복(復)　　　　　　　　　　　　　　　　주남(周南)

　해외의 기전(畸甸)에는 볼만한 것이 하나도 없습니다. 오직 산수(山水)의 빼어난 승경은 간혹 객중(客中)의 울민(鬱悶)을 위로할 만합니

다. 저의 봉호승추(蓬戶繩樞)[69]는 겨우 비바람을 막을 뿐입니다. 그러나 원림의 화훼에 대한 감상에 있어서는 정을 잊을 수가 없어서 몇 이랑의 꽃밭을 두었는데, 봄바람의 기운에 답하고자 할 뿐입니다.

○경호 좌하
鏡湖座下

주남(周南)

육안(肉眼)[70]이 신선(神仙)을 기억하지 못하여, 부끄러움을 어찌 말로 하겠습니까? 바치고자 하는 시를 이미 기조(記曹)에게 전달했습니다. 귀하께서 병이 있어서 붓을 쥐기가 불편하시다고 하니, 부디 훗날 화답을 내려주시기 바랍니다. 봄추위가 겨울의 위세보다도 사납습니다. 힘써 조섭하시길 바랍니다.(이하 26일)

○복(復)

경호(鏡湖)

저 또한 정신이 혼미하여서 서로 보고도 기억하지 못하니, 우습습니다. 배 아래에 병들어 누워서 곧장 영접할 수 없었습니다. 얼마나 한스럽고, 한스럽습니까! 귀하의 시는 삼가 받았습니다. 그러나 연이어 깊은 근심의 병이 있어서 화답을 받듦은 잠시 기다려 주신다면,

---

69 봉호승추(蓬戶繩樞) : 쑥대로 문을 엮고, 새끼줄로 문지도리를 묶은 오두막.
70 육안(肉眼) : 육안우미(肉眼愚眉). 견식이 천박함을 말함.

차운하여 올릴 계획입니다.

○삼가 정사또의 좌하에 올립니다
　伏呈正使道座下(부사(副使)가 병이 나서 배에 있었기 때문에 접견하지 못했다.)

용절이 멀리 창해 가에 임하니	龍節遙臨滄海隈
누대에 기대 사신의 재능을 겸했네	倚樓兼有使乎才
어찌 기역[71]의 규성[72]의 광채가	詎知箕域奎星彩
다시 부상을 비추려고 만 리를 왔음을 알겠는가?	還照扶桑萬里來

○삼가 종사또의 좌하에 올립니다
　伏呈從事道座下

주남(周南)

풍성의 춘색에 눈발이 분분한데	豊城春色雪紛紛
누대 머리의 오색구름을 기쁘게 보네	喜見樓頭五彩雲
평생 지우의 감개를 적고자 하나	欲寫平生知遇感
짧은 시편이 문장을 이루지 못하여 부끄럽네	短篇慚愧不成文

---

71 기역(箕域) : 기자(箕子)의 강역. 조선을 말함.
72 규성(奎星) : 이십팔수(二十八宿)의 열다섯째 별자리에 있는 별들. 입하절(立夏節)의
　중성(中星)으로, 서쪽에 위치한다. 문운(文運)을 맡은 별로서 이것이 밝으면 천하가 태평
　하다고 한다.

○정사(正使)

매화가 핀 잔이 있는데, 부디 저를 위해 읊어주십시오(화병의 매화를 꺼내어 보여주었다.)

○삼가 두 분 사상께서 명하신 운으로 올립니다
謹賦二使相所命韻伏呈

주남(周南)

적수교 앞 한 그루 매화가	赤水橋頭一樹梅
다시 병 속에서 봄을 좇아 피었네	却從瓶裏趁春開
분명히 동군[73]의 뜻을 알겠으니	分明認得東君意
가빈의 밤 연회의 술잔을 비추려는 것이네	要照嘉賓夜宴盃

○동곽 좌하
東郭座下

주남(周南)

두 분 상공(相公)은 대국(大國)의 현대부(賢大夫)로서 작위가 높고 덕이 높고, 뛰어난 재능이 세상을 진동하고, 높은 문장은 소용돌이칩니다. 강도(江都)에는 많은 선비들이 있다고 들었는데, 오히려 알현을 얻은 자는 수삼 인일 뿐입니다. 어찌 초망(艸莽)을 언급하고, 곧 계단 아

---

73 동군(東君) : 봄의 신.

래의 땅을 빌려주실 줄을 헤아렸겠습니까? 비록 이는 군자(君子)가 널리 사랑하는 여파일지라도, 실은 선생의 알선의 힘으로 인한 것입니다. 심장과 간에 새겨서 영원히 잊지 않겠습니다. 또 선생을 번거롭게 하겠지만, 부디 두 분 상공께 사례를 전해주신다면 구구한 뜻이 약간 편안해지겠습니다.

○험한 바람으로 하관에서 지체한 지가 열흘인데, 주남 평군께서 내방하여 시를 주시니, 감개가 몹시 깊습니다. 즉석에서 매화를 읊은 작품은 더욱 청경하여 맛이 있으니, 참으로 쉽게 얻지 못할 재자이십니다. 마침내 주신 운에 차운하여 사례합니다.

阻風下關, 濡滯浹旬, 周南平君, 幸勤見訪以詩辱贈, 感已深矣.
卽席詠梅之作, 尤淸警有味, 眞不易得之才子也.
遂次所贈韻, 以謝之.

평천거사(平泉居士) 정사(正使)

봄날 푸른 바닷가에 배를 매놓고	春日維舟碧海隈
그대 만나서 웃으며 그대의 재능을 사랑하네	逢君一笑愛君才
자리 위에서의 청신한 매화 시구는	淸新席上梅花句
참으로 시가의 묘경에서 왔네	眞透詩家妙境來

○주남 평군께 차운하여 사례하다
次謝周南平君

남강거사(南岡居士) 종사(從事)

봄 시름이 눈발과 함께 분분한데	春愁與雪共繽粉
고향 산으로 고개 돌리니 저녁 구름에 막혀있네	回首鄉山隔暮雲
여관의 걸상에서 가객의 방문에 문득 놀라고	旅榻忽驚佳客至
한 등불의 맑은 밤에 자세히 문장을 논하네	一燈清夜細論文

○적관관의 배 위에서 주남 사백께 화답을 올립니다
赤間關舟上, 和奉周南詞伯

남중용(南仲容)

(골경기주(骨勁氣遒)[74]하다. 내가 이전에 네 사람 중에 오직 이 사람뿐이라고 했는데, 틀리지 않았다. 다만 고아(古雅)함이 없고, 더욱 운색(韻色)이 없다. 겨우 약수(若水)와 맞설 만하다. 어찌 차공(次公)의 적수라고 하겠는가?)

객선이 처음 장문도로 돌아와서	客船初返長門道
돛을 올려서 남기도를 지나가려 하네	揚帆欲過藍岐島
남기로는 먼데 어찌 건널 수 있겠는가?	藍岐路遠那可渡
만 겹 풍파에 눈발 색이 하얗고	萬疊風濤雪色皓
돌아가고픈 마음이 울울하여 병이 뒤따르고	歸心鬱鬱病相仍
월나라 노래를 읊는 장석[75]은 수심이 많네	越吟莊舄多愁惱

---

74 골경기주(骨勁氣遒) : 시의 구성이 치밀하고 기세가 넘치는 것.

주남 고사는 문장이 으뜸인데	周南高士文章伯
나를 위해 시를 부쳐 회포를 열었네	爲余寄詩開懷抱
편이 길고 구가 아름다워 세 번을 읽으니	篇長句麗三過讀
풍요[76]가 두뇌에서 없어짐을 문득 깨닫네	倏覺風妖祛頭腦
아침 햇살 같은 빛이 산호를 비추고	光如初日映珊瑚
가벼운 구슬소리 같은 울림이 마뇌[77]에 방울지네	韻似輕珠滴碼碯
풍운이 축융궁[78]에서 갑자기 어두워지고	風雲忽晦祝融宮
잠자는 여룡이 턱 아래의 보주를 놀라 떨어뜨리네	睡驪驚失頷下寶
좋은 시가 나그네 정을 위로함을 이미 기뻐하고	已喜佳什慰旅情
뛰어난 재능이 천조[79]를 냄을 다시 사랑하네	更憐奇才放天造
어제 황화[80]가 처음 지날 때를 생각하니	憶昨皇華初過時
일본의 호사가들이 다투어 전도했네	日本豪士爭顚倒
막부에선 탈영재[81]가 아님을 부끄러워했고	幕府慚非脫穎才
보연에선 외람되게 시단의 노인을 굴복시켰네	賓筵猥屈騷壇老
촛불을 들고 상을 나란히 하고 밤 술자리를 여니	秉燭連床開夜酌

75 장석(莊舃) : 전국시대 월(越)나라 사람. 초(楚)나라에서 벼슬하여 작위가 집규(執珪)에 이르고 부귀했으나 고국을 잊지 못하고 병중에 월나라 노래를 읊조리며 고향을 그리워했음.

76 풍요(風妖) : 풍질(風疾).

77 마뇌(碼碯) : 옥(玉)과 비슷한 일종의 보석.

78 축융궁(祝融宮) : 화신(火神) 축융(祝融)의 궁전.

79 천조(天造) : 자연생성(自然生成).

80 황화(皇華) : 황화사(皇華使). 황제의 사신.

81 탈영재(脫穎才) : 주머니 속의 송곳자루가 삐져나올 정도로 재능이 출중함. 전국시대 모수(毛遂)가 평원군(平原君)에게 "저는 오늘 주머니 속에 있기를 청합니다. 만약 일찍이 주머니 속에 있었다면 송곳처럼 삐져나와서 그 자루까지 들어날 것입니다"라고 했음.

붓을 휘둘러 종이에 아름다운 글을 자랑하네	揮毫落紙誇麗藻
부자가 홍안으로 최연소인데	夫子紅顏最年少
옥처럼 서서 크게 노래하며 가을하늘을 향하네	玉立高歌向秋昊
경거를 던져주었는데 모과로 보답하니[82]	投以瓊琚報木瓜
양쪽 정이 얽힘이 모시와 명주 같네[83]	兩情綢繆當紵縞
맑은 교유가 질탕하여 흥이 나서 피로하지 않고	淸遊跌宕興不倦
새벽 색이 창창하고 은하수 어른대네	曉色蒼蒼河影影
시절이 중추 팔월 그믐인데	維時仲秋八月晦
서리 내린 선원에서 비로소 대추를 따네	霜落仙園纔剝棗
오늘 오니 세월이 얼마나 지났던가?	今來日月幾多更
눈 남은 매화 핀 창가에 봄의 색이 빠르네	雪殘梅窗春色早
뱃사공을 불러 사람들 다 건너갔는데	招招舟子人涉盡
홀로 나를 기다리며 먼지 낀 걸상을 청소했네	獨爾須印塵榻掃
이곳에서 다시 만나 이미 놀랍고 기쁜데	重逢此地已驚喜
하물며 보내온 장구가 좋임에랴!	何況投來長句好
그대가 나를 일으켜주니 나에게 그리움이 있어	君能起我我有思
내 또한 그대를 위해 심회를 토로하려 하네	我且爲君襟懷討
그대는 지금 굴종의 길에서 삼부[84]가 되었는데	君今屈路爲三釜

82 경거를 …… 모과로 보답하니 : 좋은 시문을 주었는데 좋지 못한 시문으로 화답했다는 겸사의 말임. 『시경(詩經)·위풍(衛風)·모과(木瓜)』에 "나에게 모과를 던져주니, 경거로 써 보답하네(投我以木瓜, 報之以瓊琚)"라고 했는데, 이를 반대로 인용한 것임.
83 양쪽 …… 모시와 명주 같네 : 춘추시대 오(吳)나라 계찰(季札)이 정(鄭)나라로 사신을 가서 자산(子産)을 보고 옛 친구와 같아서 명주 허리띠[縞帶]를 선물했는데 자산이 모시 옷[紵衣]로 답례를 했음. 이후 호저(縞紵)는 우의가 두터움을 말하게 되었음.
84 삼부(三釜) : 박봉(薄俸)으로 부모를 공양하는 것.

나는 홀로 봄을 만나 촌초[85]를 슬퍼하네　　　　我獨逢春悲寸艸

상명 만 리에 배를 띄운 길에　　　　　　　　桑溟萬里泛槎路

이전의 행적을 밟아오니 심장이 절구질 하는 듯하네[86]

　　　　　　　　　　　　　　　　　　　　躐來先躅心如擣

본련암 안에서 지난 일을 생각하고　　　　　本蓮菴裏想往事

안덕사 안에서 남긴 원고에 눈물 짓네　　　安德祠中泣遺藁

풍파로 막혀서 체류함이 고금이 같은데　　　風濤阻滯古今同

옛 기록이 아직 남아 있어서 일을 고증할 수 있네舊記猶存事可考

파도의 신이 끝내 한 돛의 편의를 빌려주지 않으니

　　　　　　　　　　　　　　　　　　　　波神終借一帆便

밤낮으로 정성들여 마음으로 묵도하네　　　日夜虔誠心默禱

사공에게 풍색[87]을 점치라 분부하니　　　　分附篙師占風色

귀향할 뜻이 다급하고 더욱 드넓네　　　　　歸意忽忽更浩浩

그대와 내일 만약 이별한다면　　　　　　　與君明日若爲別

갈림길에 임해 주저하며 근심 속에 돌아가리라臨岐躑躅憂心歸

신교는 원래 이역을 한정짓지 않으니　　　　神交元不限異域

백년의 금란의 기약을 영원히 보존하리라　　百年金蘭期永保

훗날 바다를 격하여 그대를 그리는 곳에서　　它年隔海思君處

부상의 해가 떠서 밝은 곳을 멀리 바라보리라遙望扶桑出日呆

---

85 촌초(寸艸) : 자식이 부모에 대한 작은 심정을 말함.

86 원주에 "선군(先君)께서 을미세(乙未歲)에 종사관(從事官)으로서 내빙(來聘)했다, 아래 두 구는 모두 실적(實蹟)이다"라고 했다.

87 풍색(風色) : 바람의 방향. 혹은 바람의 형세.

○□월 18일에 우방주(雨芳洲)가 용호(龍湖)의 시 6수를 전송했다. 12월에 차공(次公)의 편지가 사중(社中)에 왔다.

○주남 사백이 지난 가을에 부쳐 보여준 운을 받들어 차운하다
奉次周南詩伯前秋寄示韻

엄한중(嚴漢重)

1

바다 나라에 준수한 선비가 많아서	海邦多俊士
빈관에 함께 연이어졌네	賓館共聯翩
향기로운 화로 위에 술을 데우고	煖酒蕙爐上
조용한 걸상 옆에서 시를 적었네	題詩靜榻邊
봄빛이 설날에 이르고	春光曾元日
풍색이 높은 하늘을 우러르네	風色仰高天
정역을 언제 마칠 것인가?	征役何時已
편히 지내는 그대의 현명함을 깨닫네	安居覺汝賢

2

해를 지내며 바다에 띄운 배에서	經年浮海舶
물에서 자고 바람 속에 식사하네	水宿又風飡
시 읊는 술자리가 모두 좋은 볼거리인데	文酒皆良覿
호산이 또한 큰 장관이네	湖山且大觀

(용호(龍湖)의 재능은 이 2구에 있다.)

푸르고 아득한 기이한 지경이 끝이 없고	蒼茫窮異境
황홀하게 선궁을 보네	怳惚見仙宮
위난이 두루 미칠 거라고 두렵게 말했는데	畏道艱危遍
지금 이 행역이 험난함을 알겠네	方知此役難

3

무지개 같은 붓을 얻어 싣고	載得如虹筆
두우성을 관통하는 뗏목[88]을 따라왔네	隨來貫斗槎
먼 유람은 애오라지 읊을 만하고	遠遊聊可賦
빼어난 승경지는 모두 자랑할 만하네	奇勝儘堪誇
옥동[89]에서 단조[90]를 찾고	玉洞尋丹竈
아름다운 산봉우리에서 붉은 놀을 밟네	瑤岑躡紫霞
신령한 구역이 세속을 초월한 밖에 있는데	靈區超世外
누가 십주[91]가 멀다고 말하는가?	誰道十洲遐

(이 아래 2수는 이처럼 아름답지만 도리어 격력(格力)이 부족하다. 좋은 곳이 곧 병처(病處)이다.)

4

떠도는 우리 무리가 가여운데	旅泊憐吾輩

---

88 두우성을 관통하는 뗏목 : 사신의 배를 말함. 대하(大夏)로 사신을 갔던 한(漢)나라 장건(張騫)이 황하의 근원을 찾다가 은하수에 올라가서 견우와 직녀를 만나고 왔다고 함.
89 옥동(玉洞) : 옥이 나오는 동굴로, 신선이나 은자가 거주한다는 곳.
90 단조(丹竈) : 단약을 단련하는 화덕.
91 십주(十洲) : 도교에서 말하는 큰 바다에 있다는 10곳의 신선이 거주한다는 곳.

서로 왕래함을 그대들에게 의지하네   過從賴爾曹

술잔 앞에 좋은 전별을 만나고   盃樽逢勝餞

시율은 영광스런 칭송을 얻었네   詩律得榮褒

대숲의 색은 기오[92]에 이어지고   竹色連淇澳

매화 향은 한고[93]에서 일어나네   梅香動漢皐

〈양춘곡〉은 진정 화답하기 어려운데   陽春正難和

어찌 이 곡은 더욱 높은가?   奈此曲彌高

5

다시 지난 가을의 모임을 추억하니   却憶前秋會

다시 만나니 옛 약속이 남아있네   重逢舊約存

나그네는 비로소 배를 매니   征人初繫舶

시 짓는 벗들이 또 맞서는 문전이네   詩伴又敵門

붓을 대니 사화가 풍부하고   下筆詞華富

회포를 논하니 담소가 온화하네   論襟笑語溫

서로 이별을 한 후에   可堪相別後

어디서 다시 술동이를 열 것인가?   何處復開樽

---

92 기오(淇澳) : 기수(淇水)가 굽이진 곳. 『시경·衛風·淇澳』에 "瞻彼淇澳, 綠竹猗猗"라
　고 했음.

93 한고(漢皐) : 산 이름. 지금의 호북성 양양현(襄陽縣) 서북. 주(周)나라 정교보(鄭交甫)
　가 이곳에서 두 여자를 만나 패옥을 받았다는 전설이 있음.

○또 오율로써 화답으로 받들어 올리다
又以五律, 奉呈竊冀和答

내 주남자를 사랑하니	我愛周南子
묘령에 이미 숙성했네	妙齡已夙成
자안의 〈등각서〉[94]이고	子安滕閣序
장길의 〈안문행〉[95]이네	長吉雁門行
이미 문화[96]가 빛남을 기뻐하는데	已喜文華炳
참으로 골격이 맑음을 사랑하네	眞憐骨格淸
새로운 사교에 석별의 정이 깊으니	新交深惜別
다른 풍속에 또한 인정이 있네	異俗又人情

○부(附) : 현생이 내옹에게 답한 편지
縣生答徠翁書

섣달의 두 편지가 근래 연이어 왔습니다. 곧 선생께서 우문(牛門) 서쪽에 건물을 지었는데, 윤환(輪奐)[97]이 이미 완공을 알렸음을 알았

---

94 자안(子安)의 등각서(滕閣序) : 초당(初唐) 왕발(王勃)의 「등왕각서(滕王閣序)」를 말함. 자안(子安)은 왕발의 자.
95 장길(長吉)의 안문행(雁門行) : 중당(中唐) 이하(李賀)의 〈안문태수행(雁門太守行)〉를 말함. 장길(長吉)은 이하의 자.
96 문화(文華) : 문장(文章)의 화채(華彩).
97 윤환(輪奐) : 옥우(屋宇)가 고대(高大)하고 많은 것.

습니다.(고구(古句)이다.) 효유(孝孺)는 비록 벽지에 있지만, 또한 대저 거의 서로 거느리고 출발하려는 자의 모습과 같으니, 그 기쁨을 어찌 말할 수 있겠습니까? 소인(小人)이 금서(琴書)를 의탁할 곳이 지금 성동(城東)의 호수 위에 있는데, 한 번 서로 송영(送迎)하는 인연이 없음이 유감일 뿐입니다.(겸양인 듯하지만 지보(地步)를 차지한 말이다.) 적수(赤水)에서의 여러 시편들은 본래 오두(五斗)[98]의 역(役)인데, 곧 선생께서 잘못 들어서 곁에 두시고, 두세 사람도 차례로 장려해 주었습니다. 선진(先進)들 중에서 표장(表章)이 과당(過當)하니, 어찌 서로 허락해줌이 한결같이 여기에 이름을 볼 수 있겠습니까? 효유(孝孺)의 새 필(載筆)[99]은 하류(下流)를 갖추었는데, 한사(韓使)에게 부끄러움을 주지 않은 것은 선생의 여분을 들었기 때문입니다. 선생의 여분을 이루지 않음은 선생께서 소홀히 여기시기 때문인데, 효유에게는 족한 것입니다. 비록 여러 사람들이 기뻐하지 않더라도, 동정하지 않는 바를 가지고 숙애(淑艾)[100]를 나태하지 않고 더욱 내일을 도모하려고 합니다. 동벽(東壁)이 저를 소중히 여겨서 잠시 높은 담이 되어준 것이 오래입니다. 스스로 거핵(巨翮)[101]이 아니면 어찌 담당할 수 있겠습니까? 그 능히 음우(飮羽)[102]할 수 있을 지의 여부는 알지 못하고,

98 오두(五斗) : 미천함을 말함.
99 재필(載筆) : 원래 사전(史傳)·제소(制疏·표주(表奏) 같은 문자를 말했던 것이지만 여기서는 일반 문장을 말함.
100 숙애(淑艾) : 습취(拾取).
101 거핵(巨翮) : 큰 날개. 인재(人才)를 말함.
102 음우(飮羽) : 활의 힘이 강하여 화살이 깃까지 박히는 것.

효유가 홀로 마쳤습니다. 대저 한국은 중원(中原 : 중국)의 전성(羶
腥)[103]의 여분을 계승하여, 관대(冠帶)[104]를 스스로 보존했는데, 선유
(善柔)의 유풍이 여전히 그 사람의 각실(慤實 : 성실)하고, 돈방(敦厖 :
돈후)하고, 충후(忠厚)함 속에 남아있는 듯했습니다.(도리어 차공(次公)
의 충후함이다.) 서로 효유와 함께 했는데, 이현(李礥)과 더욱 화목했습
니다. 효유가 아직 장가가지 않았다고 하니, 곧 후사를 잇지 못할까
근심해주었습니다.(눈물을 떨치지 않는 비파행자(琵琶行者)로써 비한 것이
다.) 삼백양(森伯陽)이 남성중(南聖重)에게 준 「지감시고서(志感詩稿序)」
에서 그 효칙(孝則)의 모습을 갖추어 말했는데, 사람을 측연(惻然)하
게 하여 떨어지는 눈물을 금하지 못하게 합니다.(이 사람은 각실(慤實
: 성실)하다.) 풍교(風敎)가 받쳐준 바입니까? 아니면 지리형세 때문입
니까? 무엇이 아름다움을 이루었습니까? 이현이 또 효유에게 말하기
를 "남방(南方) 학자들이 이서(異書)를 기쁘게 읽고, 다투어 박흡(博
洽)[105]으로써 서로 조장한다고 들었는데, 저는 기쁘지 않았습니다.(성
성(狌狌)이가 능히 말한다고 할 수 있다.) 박람(博覽)은 비록 아름답지만,
그 만약 현혹된다면 총명하더라도 어찌 육경(六經)[106]을 전문으로 한
학업이겠습니까?(말은 잘하나 행동은 어긋나니[靜言庸違], 대개 또한 어록(語
錄)을 육경(六經)으로 삼은 자임을 깨닫는다.) 학술과 문장은 서로 따를 수
있으니, 이 때문에 짝지어 나아가는 것입니다. 옛날 처음 문에 올랐

103 전성(羶腥) : 어육(魚肉) 같은 음식물. 여기서는 문화를 말함.
104 관대(冠帶) : 원래 의복제도를 가리키는 말인데, 예의와 교화를 말함.
105 박흡(博洽) : 학식이 광대(廣大)함.
106 육경(六經) : 시(詩)·서(書)·예(藝)·악(樂)·역(易)·춘추(春秋).

을 때 부자(夫子)께서 그것을 언급했습니다."라고 했습니다. 이현은
무엇을 하는 자인데 간요(簡要)하고 정대(正大)함이 이와 같이 옛사람
의 유풍을 지녔습니까?(소폭(小幅)의 그림이다.) 조대년(趙大年)[107]의 풍
조(風調)의 상랑(爽朗)함과 거의 같다고 말할 만합니다. 대부(對府)에
서 미리 경계하여 필병(筆兵)을 서로 접할 수 없었는데, 최동지(崔同
知)라는 자가 중계를 했으나 알 수 없는 말로 귀만 시끄럽게 하여
애석했습니다. 이미백(李美伯)은 환고(紈袴)[108]의 자제로서, 위개(衛
玠)[109]와 같은 사람입니다. 효유는 사람들을 본 것이 많은데, 저와 같
이 아름다운 사람은 본 적이 없습니다. 다만 한국의 풍속은 기율(紀
律)이 적은데, 제가 그것을 위해 〈모치(茅鴟)〉[110]를 외워주려고 했습
니다. 문사(文辭)와 시장(詩章)을 그 본토의 설과(設科)[111]에 가져가고
자 하나, 먼 거리를 넘을 수가 없어서 서쪽을 바라만 볼 뿐입니다.
생각건대 이현의 시는 지난날의 성(成)과 홍(洪)에게 비교하면, 격조
(格調)는 참으로 다르지만, 그 힘을 고르게 하는 것은 또한 고삐를
나란히 할 수 있습니다.(성(成)과 홍(洪)은 말을 짓지 못하는데 어찌 문(文)

---

107 조대년(趙大年) : 송나라 조령양(趙令穰). 대년은 그의 자. 숭신절도관찰류후(崇信節
　　度觀察留後)를 지냄. 풍아(風雅)하고 아름다운 재능과 고행(高行)이 있었음.
108 환고(紈袴) : 비단옷을 입는 귀족집안을 말함.
109 위개(衛玠) : 진(晉)나라 안읍(安邑) 사람. 나중에 건업(建業)으로 옮겨 살았음. 자는
　　숙보(叔寶). 용모가 몹시 단아하여, 그가 거리에 나서면 사람들이 구경하려고 길을 매웠
　　다고 함.
110 모치(茅鴟) : 고대의 일실된 시편의 이름. 두예(杜預)의 주에서 "풍자하는 시로서 공
　　손하지 못하다"고 했음.
111 설과(設科) : 과거(科擧)를 실행하는 것.

을 논할 수 있겠는가?) 문(文)은 곧 특히 우수한 옥입니다. 세상에서 더
럽히고자 한다면 비록 그럴 수 있을지라도, 굴레와 고삐를 채워도
굴복시킬 수 없을 것입니다.(차공(次公)도 또한 회호(回互)를 얻지 못했다.)
대저 한인(韓人)이 지은 것은 비록 그 조숙온첩(調熟穩帖)[112]에는 따라
가지 못할지라도, 이 사이의 추솔(麤率 : 거칢)함에는 대개 나약한 기
색이 있습니다.(1구(句)가 도파(道破)했다.) 오히려 그 원왕(猿王 : 풍신수
길)의 깃발을 기다리기보다는 차라리 병력을 이끌고 물러나 피하고
서, 동시에 여러 반역의 군대가 고달픈 때를 얻을 때에 맡겨둡니다.
또한 그 본령(本領)은 도피하려는 바가 없었습니다. 그런데 하루아침
에 저 두세 사람에게 허물을 돌려서 배척하고, 원한을 품은 자들이
그들이 추존(推尊)하고 과장하는 선대(先代)의 영웅들이 또한 압록강
의 물을 마셨다고 합니다. 스스로 그렇게 말한 것은 무엇 때문입니
까? 유감스러운 바는 선생은 절제(節制)를 지닌 스승이신데, 그 한
번의 관망을 시키지 못했다는 것입니다. 동벽(東壁)은 우리의 비장군
(飛將軍)[113]입니다. 가령 부절(符節)을 주어서 북인(北人)에게 횡행(橫
行)하게 했다면, 그 공훈을 새겨둘 만했을 것인데, 애석합니다! 삼가
청하오니 효유를 위해서도 또한 한 번 뜻을 베풀어주시기 바랍니다.
다른 것은 기록해 올리지 않습니다. 위를 올려서 조래(徂徠) 노선생
의 함장(函丈)에 답합니다.

---

112 조숙온첩(調熟穩帖) : 작품이 숙련되고 온당한 것.
113 비장군(飛將軍) : 한(漢)나라 이광(李廣). 한무제(漢武帝) 때 흉노와의 전투에서 용
   맹을 떨쳐서, 흉노가 그를 비장군이라고 불렀음.

시월 초하루, 교생(敎生) 현효유(縣孝孺)가 재배돈수(再拜頓首)합니다.

문사기상(問槎畸賞) 하(下) 종(終)

나는 이미 자수(子帥)와 함께 등동벽(藤東壁)과 현차공(縣次公)이 한객(韓客)들과 증수(贈酬)한 것을 교정했는데, 시와 문 약간 수를 정리하여 세 질로 만들고, 『문사기상(問槎畸賞)』이라고 이름을 지었다. 이미 마치고서, 자수를 돌아보고 말하기를 "대개 어떤 새가 높은 언덕에서 우는 것을 들으면, 그 소리가 상서로운 바람과 섞이어 충소(沖霄)[114]로 날아오르고, 가면서 귀희(歸嬉)[115]하고, 멈추면 제질(提袟)[116]하고, 그 색의 오채(五采)가 찬란함이 구름 같아서, 사람들이 우러러보고 인간세상의 생물이 아님을 아는데, 어찌 봉황이 아니라고 하겠는가? 또 어떤 생물이 천지(天池)에서 도약하여 곤륜산(崑崙山)의 기슭으로 나와서, 맹제(孟諸)[117]에서 묵고, 능히 숨고 능히 드러나며, 순간에 변화하여, 기(氣)가 영험하고 형세가 신령하고, 바람과 천둥을 들이키고 뱉으니, 사람들이 바라보고 못 속의 생물이 아님을 아는데, 어찌 용이 아니라고

---

114 충소(沖霄) : 높은 구름 낀 하늘.

115 귀희(歸嬉) : 봉황이 날아가면서 우는 모양. 당나라 단성식(段成式)의 『酉陽雜俎 · 廣動植之一』에 "鳳雄鳴節節, 雌鳴足足, 行鳴曰歸嬉, 止鳴曰提袟"이라고 했음.

116 제질(提袟) : 봉황이 멈추어서 우는 모양. 원문에는 제부(提扶)로 되어 있었으나, 『유양잡조(酉陽雜俎)』에 의거하여 제질(提袟)로 고쳤음.

117 맹저(孟諸) : 맹저(孟瀦) · 맹저(孟豬)와 같음. 옛날 택수(澤藪) 이름. 지금의 하남성 상구(商丘) 동북, 우성(虞城) 서북에 있었음.

하겠는가? 지금 두 사람이 사문(斯文)에 유익함이 있음을 보니, 한 영걸과 한 웅걸이 하나는 공중에 있고 하나는 수중에 있는데, 타고난 재능은 같지 않으나 묘함에 다다름은 다르지 않으니, 그 필진(筆陣)에서 참으로 대적할 자가 없음을 안다. 대저 제작(諸作)에 있어서 독특한 필법은 질(質)이 어긋나고, 법을 준수하기를 좋아한 것은 문채가 어긋난다. 이것이 두 사람의 중용을 얻고자 하는 이유인데, 풍인(風人)[118]의 체(體)를 갖춤을 얻었다고 말할 수 있다. 차공(次公)의 시는 수월경화(水月鏡花)[119]이고, 언외의 상(象)인데, 오히려 육율(六律)[120]의 음이 조화롭고, 문명(文明)의 상서로움을 지녔으니, 누가 그 봉황과 함께 할 것인가? 동벽(東壁)의 문은 주옥이 쟁반 위로 구르는 듯한데, 쟁반을 벗어나지 않고, 종종 변환(變幻)의 묘가 있으니, 누가 그 용과 함께 할 것인가? 대저 백년의 태평에 상서로움이 다 모이고, 용장봉자(龍章鳳姿)[121]를 우리가 함께 하는 사중(社中)에서 얻어 볼 수 있었다. 낭묘(廊廟)의 위와 군국(君國)의 밖에서는 얻어서 헤아릴 수 없는 것이 있다. 다만 불녕(不佞) 유린(有鄰)은 사(社)를 함께 한 옛정이 있기 때문에 두 사람에 대하여 만족스럽게 기뻐하는 것이다. 또한 그것이 그대에게서 근본하는 바가 있음을 안다"고 하니, 자수가 "예예"하였다. 이로 인하

118 풍인(風人) : 『시경』의 국풍(國風)을 지은 시인들을 풍인(風人)이라고 함.
119 수월경화(水月鏡花) : 물에 비친 달과 거울에 비친 꽃이라는 뜻으로, 볼 수는 있어도 손으로 잡을 수 없는 것을 비유해 이르는 말.
120 육율(六律) : 12율(律) 중 양서(陽聲)에 속하는 6가지 음. 황종(黃鐘)·태주(太蔟)·고선(姑洗)·이칙(夷則)·무역(無射).
121 용장봉자(龍章鳳姿) : 용의 문채와 봉황의 자태. 풍채가 출중함을 말함.

여 간말(簡末)에 적는다.

정덕(正德) 임진년 8월 15일, 길유린(吉有鄰)이 적다.

발문사기상후(跋問槎畸賞後)

천둥소리가 분발(奮發 : 크게 울려남)하면 사물들을 놀라게 할 수 있는
데, 그러나 귀머거리는 조용하다. 문(文)에 있어서도 또한 그러하다.
기이한 생각이 회오리바람처럼 말리고, 뛰어난 기상이 번개처럼 내달
리고, 벼루의 못에 갑자기 물결치고, 먹의 구름이 일시에 도달하여, 형
세를 감당할 수 없다. 이것은 대개 문장이 분발한 것이다! 우리 무리
의 제군(諸君)들이 문장(文場)을 한 번 뒤흔들었는데, 그러나 삼한(三韓)
의 제자(諸子)들은 조용하게 오히려 듣지 못한 듯하였다. 바야흐로 그
음향이 물결치는 곳과 빛이 쏘아지는 곳에는 산이 진동하여 호랑이가
숨고, 바닷물이 솟아나서 교룡이 잠기고, 큰 바위가 갈라지고, 큰 나무
가 쪼개지고, 광채가 나고 소리는 나지 않으나 백리 밖을 크게 진동할
때 조용히 오히려 듣지 못하는 자는 또한 귀머거리이다. 비록 그렇지
만 자못 그 아래를 취할 수 있는 자를 혹은 시가(詩家)의 묘경(妙境)이
라 하고, 혹은 진실(眞實)한 군자(君子)라고 한다. 천둥에 대해서도 역
시 그러하다. 귀머거리가 조용히 오히려 들을 수 없는 것인데, 오히려
또한 번쩍이는 것이 번개가 되고, 젖어서 맺히는 것이 비가 되는 것을
볼 수 있다. 그것으로써 번개와 비를 식별한다면, 귀머거리가 아니라
고 말할 수 없을 것인가? 귀머거리가 조용히 오히려 듣지 못하는 것을

어찌 번개가 아니라고 말할 수 있겠는가? 비록 그렇지만, 세상의 겁쟁이는 천둥이 치는 것을 한 번 만나면, 곧 밀실 속에서 노닐면서 그 겁내지 않음을 자랑한다. 귀머거리가 아니면서 귀머거리를 배웠는데, 똑같이 귀머거리일 뿐이다. 아! 문장이 분발하여도 감당할 수 없는 자는 아마 이와 같음이 있을 것이다. 팽팽은은(砰砰隱隱)[122]한 소리가 지금 여전히 귀뿌리에 남아 있는 것은 이 편(篇)일 뿐이다. 내가 홀로 그것이 능히 사물을 놀라게 할 수 있다고 했는데, 이미 이와 같다면 어찌 또한 사물을 소생시킬 수가 없겠는가? 우리 무리의 소자(小子)들 중 문원(文苑)에서 꿈틀대는 자들은 교등(喬等)과 같다. 문득 그 팽팽은은한 소리를 들은 자들은 꿈틀거리며 머리를 들고, 기어서 보금자리를 나와서 껍질을 깨뜨리고 깃을 내는 것과 같을 것이다. 하늘과 땅 사이를 돌아볼 때 이 문(文)이 유행되면 또한 어찌 꿈틀대며 기어 나옴이 교등과 같음이 없겠는가? 거의 그 껍질을 깨뜨리고 비늘을 이루고, 깃을 내어 날개를 이루고, 팽팽은은한 소리 속에서 뛰어오르고, 먹빛 구름에서 변화함을 보게 될 것이다.

정덕(正德) 임진년 가을, 남곽복지(南郭服之)가 쓰다.

---

122 팽팽은은(砰砰隱隱) : 크게 울리는 소리. 천둥소리를 말함.

問槎二種 畸賞 卷下

須溪　秋以正子帥甫　輯
孤山　吉有隣臣哉甫　校

十一月, 歸轀出東都, 十二月, 再達浪泊. 豫州牧其香藤侯有贈, 倂東郭和詩二首, 翌年錄示社中, 徠翁有和韻五首.

野律一章, 寄示朝鮮東郭李生. 余時承恩就國, 不獲往面焉. 負歉惟多, 生倘不咎報于木桃, 則豈啻瓊瑤之照敝邑已哉? 適足以代一日會面也.

錦颿遙度萬餘里,(起得大樣, 自是青雲上語, 非韋布所去及矣) 指日忽來天一涯. 路阻難憑玄鶴翼, 江寒應映紫芝眉. 嚴冬對雪思妻子,(此轉法, 人多不用) 永夜吟詩悲暌離. 早晚東風蓬島起, 三韓歸去是花時.
　朝散大夫藤其香

奉次藤侯惠示韻
怊悵交情負麗澤, 一帆迢遞海天涯. 詩壇向日思攀袂, 別恨今朝忽

上眉. 秋雁遠賓寒始去, 夜禽同宿曉還離. 愁來獨唱停雲曲, 古寺鐘鳴月落時.(這麗情, 情僅僅, 認未見, 做見必是其在西時, 預先作下若干首, 及東來每遇人寄詩, 隨手寫去, 以衒敏捷耳. 不然, 那得這樣胡亂, 可笑可笑)

辛卯季冬下浣三韓東郭稿

奉和豫州藤侯贈韓客瑤韻五首　　　　　　　　　　　　尊粲

太守風流耽暇豫, 郡中勝事復無涯. 賦裁招隱雲爲掌, 歌罷懷人月似眉. 南斗天河窺錯落, 北風交野獵迷離. 支機最是君家物, 持贈仙槎欲返時.

天河交野, 河內名勝

其二

聞說蒹葭霜露後, 伊人宛在浪華涯. 綵毫題去偏曼目, 靑羽回來只俔眉. 誰謂南方無美麗, 便知西土有侏離. 祇當笑折梅花報, 何減王仁擅昔時?

西槎時駐浪華, 而蒹葭梅花, 國風所咏, 王仁亦韓人.

其三

翩翩五馬何如織? 南北雁臣江海涯. 獨識玄經亭寂寞, 忽投赤玉燭鬚眉. 從來劍氣斗間淺, 異日練光天上離. 因憶柏梁高賜宴, 依俙尙似夢鈞時.

君侯分班雁間, 故引北史雁臣.

其四

鼎湖龍去帝鄉遠, 總嘆人間生有涯. 十里山河縈驥足, 三年侍從泣蛾眉. 入朝冠佩星旋轉, 出守干旄雲陸離. 還是子男周爵貴, 好將治最答明時.

子男五命值五品

其五

一代元勳豊沛後, 流猷世德遠何涯. 傳家詩禮紛經目, 治郡功名深察眉. 無客玳筵彈短鋏, 有琴玉軫起長離. 會當躬奉延陵使, 十二國風論盡時.

君侯善頌琴故及

東都物茂卿再拜

翌年正月, 歸槎再泊赤關, 縣次公又造. 二十一日, 二十三日, 二十六日, 凡四次筆語唱酬若干首, 以三月錄到社中.

○奉呈製述李公案下(正月二十一日)　　　　　　　　周南

湖山風雪幾詩篇, 東道主人誰最賢? 更惜鳳鳴聞不久, 翩飛明日白雲邊.(次公, 此後厭氣)

向承, 近有尊恙, 得稍愈否, 貴梓日近重加調攝, 勉力自致, 僕向以賤職在上關, 大節不駐, 更從舟後抵此, 適遂素志.

奉次周南詞伯贈別韻　　　　　　　　　　　　　　東郭
　袖裏携來錦繡篇, 動人文彩想諸賢. 永嘉臺下他時夢, 應逐春鴻到
海邊.

奉龍湖嚴公兼告諸君　　　　　　　　　　　　　　周南
　上年九月朔, 憑森松二子而奉呈諸君詩各數章, 下里巴歌, 何足奏
大方之門. 徒取辱之具已. 唯長袖易舞, 多錢易商, 枉賜和章, 幸甚.
不然, 五色煙霞閟諸崑丘玄圃之阿. 人間不得仰焉. 其何以觀大邦之
光, 自此到馬島之間, 猶是數百里之海山, 不可高閣橡筆而閑過矣. 敢
請勿愛手中之珠.(次公詩債, 韓人逃閃者狀, 宛在目矣. 不覺捧腹)

復　　　　　　　　　　　　　　　　　　　　　　龍湖
　示意謹悉. 在江戶時寄來詩, 不獲接見.(詐) 或者中間浮沈而然耶?

又復　　　　　　　　　　　　　　　　　　　　　周南
　別具一本, 當呈左右, 從此到馬島之間, 幸賜高和.

復　　　　　　　　　　　　　　　　　　　　　　龍湖
　今更書贈, 則敢不奉和.

稟東郭李公　　　　　　　　　　　　　　　　　　周南
　向者所奉之詩, 未達記曹. 是必旅寓紛冗, 或致失誤耳. 當別寫一
本, 呈上左右, 從此到馬島之間, 幸賜和章.

復　　　　　　　　　　　　　　　　　　　　　東郭

尊詩初未得見(詐) 必喬沈於中間耳. 十首並寫惠, 則謹當一一步呈矣.

○ 奉呈記室嚴公案下　　　　　　　　　　　　周南

黃鵠長飛萬里翔, 白雲何處訪歸鄕. 高歌一曲西山暗, 不是陽關亦斷腸.

奉次周南詩伯視韻　　　　　　　　　　　　　龍湖

歸意驚鳧欲決翔, 一春爲伴好還鄕. 多君筆下文辭富, 佳句裁成錦繡腸.(韻且押不得)

稟李公　　　　　　　　　　　　　　　　　　周南

拜誦高和, 情義懇到, 感謝何勝? 謹當奉持, 而爲它日之容顏. 瀆者, 小人有父, 名長伯, 字子成, 號松軒, 以濂洛之學, 爲弊府講官. 今年六十餘矣. 老而病也, 雖文旆辱在境上　而靡自致, 然以僕獲托從者, 其心謂猶自恃, 懽欣夷懌, 亦猶小人之所爲, 敢請從此到馬島之間, 爲僕題松軒詩一首, 惟幸冀以大雅之韻, 被萊舞之歌.

復　　　　　　　　　　　　　　　　　　　　東郭

視敎謹悉而審尊大人, 年高德邵, 猶泥拙官, 有才無命之歎, 從古然矣. 此行若淹滯一兩日, 則當以一詩奉贊, 明日若發行, 則當於中道付呈一詩, 以表區區景仰之忱. 毋滯卽傳之意. 勤囑於芳洲霞沼兩詞伯, 是呵呵.

復　　　　　　　　　　　　　　　　　　周南

重荷盛愛, 感謝不可以筆而悉矣. 總祈照察, 盛什成, 則附森松一人, 二人有信人也. 決不負尊意.

稟李公　　　　　　　　　　　　　　　　周南

僕嘗讀麗史, 曰:"東眞人周漢, 始傳小字文書, 小字之學始此." 所謂小字何也?(龍湖艸和之間, 與霞沼語, 會及朝鮮諺文, 因發此問)

復　　　　　　　　　　　　　　　　　　東郭

高麗之初, 去箕聖已遠. 文敎中衰而不振, 周漢傳中國楷字書籍之後, 人文丕彰, 小字卽中國楷字.

(朝鮮自其三國時, 有漢字久矣. 不待漢傳. 李蓋不知小字, 遂撰是言, 塞問耳)

復　　　　　　　　　　　　　　　　　　東郭

我國出入之際, 無官者着道袍, 有官者着紅袍, 雖有官者, 非公故則着直領, 其製樣與道袍大同小異. 平居則雖在父兄之前, 着中赤(俗音致)莫. 僕之所着, 卽細縷飛藍中赤莫耳.(龍湖艸和之間, 問對州譯人李所服之衣, 譯人不知, 問之李, 李則接筆書示)

○ 夜別周南詞仙留贈一律, 時壬辰新元卄三日夕(已下卄三日夜)
　　　　　　　　　　　　　　　　　　　東郭

歷落龍頭客, 淸高鶴骨仙. 前緣應夙世, 後會更何年? 彩鷁遙通海, 飛鴻不礙天. 要令書替面, 有便卽相傳.(次公舊殊, 肥覿此令人疑慮, 豈病後所致耶? 將李珍韻妄言)

○ 奉次東郭李公惠示韻　　　　　　　　　　　　　　周南

今宵眞可惜, 塵裏見神仙. 誰識從遊日, 還成遠別年. 詩傳千載業,
人在一方天. 春樹滄溟外, 雁書何處傳?

稟李公座下　　　　　　　　　　　　　　　　　　　周南

這箇, 客秋所憑霞沼, 而奉呈之稿本, 淹留有日, 幸賜尊和.

復周南座下　　　　　　　　　　　　　　　　　　　東郭

清製今始得見, 謹當次韻, 因芳洲傳致, 愼勿遺忘之意, 勤囑於芳
洲, 是可.

復　　　　　　　　　　　　　　　　　　　　　　　周南

芳洲是信人, 旣許金諾.

奉東郭李公靜榻　　　　　　　　　　　　　　　　　芳洲

周南以妙年英才, 而奮淬勵勇往之志. 凡見于文詞者, 有激昂之氣,
而無萎薾之態, 以余視之, 它日成就, 必有不可測量者. 今因使節之
來, 幸獲與先生酬酢於詩酒之間, 親炙之頻, 薰蒸之厚, 未必無長格之
益. 今夜幸無俗客, 旅榻安靜, 不吝徹夜之談, 使其心德稛載而歸如
何? 余從幼好學, 負笈四方, 不幸而不遇明師, 懵懵憧憧, 虛度四十五
春矣. 雖欲日侍絳帳, 以求進益, 其奈衰齡已過, 氣力漸盡何哉? 因此,
愈欲其人之深承提撕切矣. 不亦宜乎?

稟李公　　　　　　　　　　　　　　　　　　　　　周南

上年九月, 三使相及先生三記室, 作安德天皇祠, 次前使臣之詩, 大

音長響, 未旬日而人間爭傳, 殆致紙價之貴, 僕旣謄寫珍藏, 何大邦之
富詩才如斯, 而愈出愈奇, 蔑以加耶? 因想兩朝洪祈永久, 繼之者, 千
秋萬歲, 而弗替焉. 僕客秋出關, 迎客閑曠度日, 因作弔古詩十首,(何
不寄來寓目) 以屬祠戶, 比之諸公之作, 絲麻菅蒯, 精粗不齊, 不同目
而觀, 適有稿本,(周南差矣, 殊不知李□怕筆) 敢瀆電矚, 不是要高和,
崇請改定.

復　　　　　　　　　　　　　　　　　　　　　　　　東郭
十首極佳, 而當從容涉獵矣. 足下居在是處耶? 在它處耶? 讀古人
書, 幾何耶?(陋問)

復　　　　　　　　　　　　　　　　　　　　　　　　周南
僕家在本州萩府, 距此二百里程. 僕幼承家學, 枕席文籍, 第寒鄕陋
邑, 旣乏好書. 又無明師, 跋躓蹣跚, 可甚憫焉.

因周南, 奉呈其春府松軒公案下　　　　　　　　　　　東郭
賢郞詩禮典刑存, 想得家庭學業尊. 太守虛襟開講席, 宿儒談道有
淵源. 少時雅望才超世, 晚歲幽情病掩門. 怊悵班荊違素計, 赤關寒夜
對空罇.

復東郭先生　　　　　　　　　　　　　　　　　　　　周南
家翁一散儒, 天下可怡老顔之具, 莫若翰墨, 況是名家筆蹟, 雖桓袞
之褒, 蔑以加焉. 携歸以頒明公之惠.

周南座下　　　　　　　　　　　　　　　　　　東郭

俄者虛枉, 極庸驚感, 此又榮臨, 多荷多荷. 足下諸詩, 正使相覽之,
極加歎賞, 欲一接淸儀, 早晚當奉邀耳.(以下廿五日夜)(李計窮矣. 延
至長吏面孔, 抵其詩債, 可笑也)

奉復李公座下　　　　　　　　　　　　　　　　　　周南

鄙詩俄經三使相之一覽, 非獨視而不棄, 且許一拜階下. 是誠鄙生之
大幸, 事出望外, 曷勝感戱? 苟非先生爲之先容, 奚得此榮耶? 第私執
拜謁,(造次不苟有如此者) 有似不穩, 姑待告于官長之後, 謹當如命耳.

○李公座下　　　　　　　　　　　　　　　　　　芳洲
(斯君之於次公, 蓋三致意矣)

使道相公, 以文章之司命, 奉寶函, 持龍節, 來臨于萬里之遠域. 其
爲尊嚴何如哉? 而其所破格而欲見者, 在東都則有祇園等數人. 而此
地又有周南, 雖云其人詞華可觀之所致. 然非愛才下士之風, 直與古
人相侔, 安能如此? 蓋貴國尙文之俗, 藹然不讓於古, 卽此而自可見
矣. 它日以此心而居鼎鉉之地, 上扶明主, 下擇俊良, 則必使其擧國之
人, 勃勃然有仕進之望, 其誰復抱才轗軻,(憤悲不少) 而歎于□廬耶?
惟小生以垂老之年, 而居于風馬不關之地, 則多士拔茹之盛風, 不但
不能目覩, 恐亦不能耳聞矣, 柰何?

○奉呈東郭李公　　　　　　　　　　　　　　　　　　周南
紅燈徹夜笑譚中, 相向總忘西與東. 赤水雪花飛似羽,(大雅) 誰知此
處坐春風?

○ 次周南韻　　　　　　　　　　　　　　　　　　　　　東郭

淸樽留醉寺樓中, 我且西歸子欲東. 也是波神知別苦, 朝朝不借一
帆風.

○ 奉呈東郭　　　　　　　　　　　　　　　　　　　　　周南

恩君不見且登山, 欲折桂枝塗更艱. 紫氣漸從東北轉,(靑蓮空同氣)
春風先至赤間關.

○ 赤間客夜, 次周南詞仙韻　　　　　　　　　　　　　　東郭

不泛滄溟卽訪山, 此行誰道太辛艱? 分明別後幷州夢, 半在東關半
赤關.

○ 用前韻, 謝十洲(對州人, 和余韻)　　　　　　　　　　　周南

幾時君去十洲中, 留滯狂塵在日東. 今夜偶然來小會, 一樽開處揖
仙風.

東郭座下　　　　　　　　　　　　　　　　　　　　　　周南

聖遠道湮, 諸儒斷斷, 漢唐之間, 縉紳先生, 其言落落乎不合矣. 宋
興, 程朱諸先生出, 而其說始定然, 象山陸子, 以當世豪杰, 儼然不肯.
其後, 學者, 更有異說. 至王陽明·陳白沙之徒, 益以牴牾. 貴國之學,
箕聖邈矣. 聞今之學, 則自高麗白僉議頤正氏而興, 益齋·稼亭·牧
隱·圃隱·三峯諸儒, 僕聞而知之. 學脉之正, 論議之精, 觀陽村·退
溪諸先生之書, 而可見焉.(是) 然學問之道, 人有識見, 自匪聖哲, 不
能一之. 其間, 各有得失, 明者擇而取焉. 是自學問之方,(是) 不可以
同異而立藩籬, 不知今之學者, 一於程·朱耶? 或有異問, 先生視陸·

王如何?

復周南　　　　　　　　　　　　　　　　　　　　　　　　　東郭

漢人去聖不甚遠, 聞聖人糟粕, 宜或有撮而稔知者, 而董江都數三人外, 未或有彷彿者, 豈其時君無道率之化而然耶? 唐則所尙者, 唯文章詩律而已. 晚而韓文公, 以超卓之才, 不無獨得之見, 而猶不免無頭之譏, 則其餘, 卽又何說焉? 宋興, 群彦輩出, 闡明吾道, 洙泗餘波, 復通於濂洛, 程朱之學, 卓乎無以議爲. 其間, 若而人之立私見, 悖聖道者, 何足以累尊聖尙道之治乎? 我東自素車東來之後, 人文始敞, 聖道復明, 歷數千世未嘗熄, 至我朝尤有大焉. 麗朝鄭圃隱諸先生之學, 日益大明. 於是, 五先生以後, 若李栗谷先生珥, 成牛溪先生渾, 金沙溪先生長生, 宋尤菴先生時烈, 尹明齋先生極(卽今右相)嫡傳五先生之統緖, 以尊王黜霸爲本, 以窮理正心爲要, 而一語一默, 一動一靜, 皆以朱夫子爲繩墨, 則豈可使邪說·悖語或行於其間乎? 陸·王之學, 自學其學, 非吾儒之學, 則元非儒者所可尊信者, 我國五尺之童, 亦知其去就之分矣. 眼暗紙短, 不能吐胸中之萬一, 惟竢從容一霎話耳.

○□

復東郭座下　　　　　　　　　　　　　　　　　　　　　　　周南

貴國以善柔易敎之俗, 張仁賢易化之訓, 而宿儒碩師, 歷歷相承, 和調鹽梅, 燮理陰陽, 其治之隆, 其俗之美, 雖萬里之外, 可推而知焉. 而其學, 語默動靜, 皆繩墨朱夫子, 是誠宜然, 復何言哉? 本國文敎之盛, 皇超前代, 政治之體, 風俗之文, 雖不比大國, 亦自可觀. 芳洲·霞沼或先悉諸, 何竢更贅? 然國家設學校, 敎多士, 亦皆莫不宗朱夫子, 近有一仗師, 別開門戶, 自建學問. 其言或有不與程朱說合者, 論性以

敎, 論仁義以德, 而孟子所謂性善□爲在氣質之上, 與夫程朱本性之
說相背馳矣. 僕頃受讀其書, 翕然而有悅意. 是, 所以致問先生. 然其
說未可以一言而悉. 姑奉先生之旨, 竢它日工夫之熟耳.

周南座下   東郭
此邦勝地, 眞箇仙境. 足下所居, 亦有園林花卉之勝耶?

○ 復   周南
海外畸甸, 無一足觀者. 唯山水之奇勝, 或當慰客中之鬱悶. 僕蓬戶
繩樞, 纔支風雨, 然於園林花卉之賞, 未能忘情, 數畝芳菲, 聊答春風
意耳.

鏡湖座下   周南
肉眼不記神仙, 慚愧何言? 承所奉之詩, 旣達記曹, 而有貴恙, 不便
把毫, 幸它日而賜和. 春寒烈於冬威, 勉加調和(二下廿六日)

復   鏡湖
僕亦精神昏憒, 相見而不記, 可笑. 病臥篷底, 不得□□奉接, 何恨!
何恨! 貴什謹受, 而連有幽憂之病, 奉卽仰和, 從竢小間, 步呈是計耳.

伏呈正使道座下(副使病而在舟, 不及接見)
龍節遙臨滄海隈, 倚樓兼有使乎才. 詎知箕域奎星彩? 還照扶桑萬
里來.

伏呈從事道座下　　　　　　　　　　　　　　　周南
豊城春色雪紛紛, 喜見樓頭五彩雲. 欲寫平生知遇感, 短篇慚愧不成文.

○ 正使
梅開盃 幸爲我賦之(出示瓶梅)

○ 謹賦二使相所命韻伏呈　　　　　　　　　　　周南
赤水橋頭一樹梅, 却從瓶裏趁春開. 分明認得東君意, 要照嘉賓夜宴盃.

東郭座下　　　　　　　　　　　　　　　　　　周南
二相公以大國賢大夫, 爵尊德尊, 雄才震世, 高文回瀾. 聞江都多士, 猶且得見者, 數三人而已. 何料言及艸莽, 俄借階下之地? 雖是君子汎愛之餘波, 實因先生幹旋之力, 鏤心銘肝, 永矢不諼, 且煩先生幸爲轉謝二相公, 則區區之意, 庶乎差安耳.

○ 阻風下關, 濡滯浹旬, 周南平君, 幸勤見訪以詩辱贈, 感已深矣. 卽席詠梅之作, 尤清警有味, 眞不易得之才子也. 遂次所贈韻, 以謝之. 平泉居士　　　　　　　　　　　　　　　正使
春日維舟碧海隈, 逢君一笑愛君才. 清新席上梅花句, 眞透詩家妙境來.

○ 次謝周南平君 南岡居士　　　　　　　　　　從事
春愁與雪共繽紛, 回首鄉山隔暮雲. 旅榻忽驚佳客至, 一燈清夜細

論文.

○ 赤間關舟上, 和奉周南詞伯　　　　　　　　　　　南仲容

客船初返長門道, 揚帆欲過藍岐島. 藍岐路遠那可渡? 萬疊風濤雪
色皓. 歸心鬱鬱病相仍, 越吟莊舃多愁惱. 周南高士文章伯, 爲余寄詩
開懷抱. 篇長句麗三過讀, 倏覺風妖祛頭腦. 光如初日映珊瑚, 韻似輕
珠滴碼碯. 風雲忽晦祝融宮, 睡驪驚失頷下寶. 已喜佳什慰旅情, 更憐
奇才放天造. 憶昨皇華初過時, 日本豪士爭顚倒. 幕府慚非脫穎才, 賓
筵猥屈騷壇老. 秉燭連床開夜酌, 揮毫落紙誇麗藻. 夫子紅顏最年少,
玉立高歌向秋昊. 投以瓊琚報木瓜, 兩情綢繆當紵縞. 淸遊跌宕興不
倦, 曉色蒼蒼河影杳. 維時仲秋八月晦, 霜落仙園纔剝棗. 今來日月幾
多更? 雪殘梅窗春色早. 招招舟子人涉盡, 獨爾須印塵榻掃. 重逢此
地已驚喜, 何況投來長句好! 君能起我我有思, 我且爲君襟懷討. 君今
屈路爲三釜, 我獨逢春悲寸艸. 桑溟萬里泛槎路, 躧來先躅心如擣.(先
君於乙未歲以從事官來聘, 下二句皆實蹟.) 本蓮菴裏想往事, 安德祠
中泣遺藁. 風濤阻滯古今同, 舊記猶存事可考. 波神終借一帆便, 日夜
虔誠心默禱. 分附篙師占風色, 歸意忽忽更浩浩. 與君明日若爲別, 臨
岐躑躅憂心歸. 神交元不限異域, 百年金蘭期永保. 它年隔海思君處,
遙望扶桑出日杲.(骨硬氣遒. 吾向道四子, 唯斯人, 果不差矣. 但貶古
雅, 更欠韻色, 僅足與若水抗衡耳. 詎謂次公之敵?))

○ □月十八日, 雨芳洲轉送龍湖詩六首, 十二月, 次公書致社中.

○ 奉次周南詩伯前秋寄示韻　　　　　　　　　　　嚴漢重

海邦多俊士, 賓館共聯翩. 煖酒蕙爐上, 題詩靜榻邊. 春光增光日,

風色仰高天. 征役何時已? 安居覺汝賢.

經年浮海舶, 水宿又風槎. 文酒皆良覿, 湖山且大觀.(龍湖才此二句) 蒼茫窮異境, 怳惚見仙宮. 畏道艱危遍, 方知此役難.

(此下二首, 恁地佳, 却欠格力, 佳處則病處)

載得如虹筆, 隨來貫斗槎. 遠遊聊可賦, 奇勝儘堪誇. 玉洞尋丹竈, 瑤岑躡紫霞. 靈區超世外, 誰道十洲遐?

旅泊憐吾輩, 過從賴爾曹. 盂樽逢勝餞, 詩律得榮褒. 竹色連淇澳, 梅香動漢皐. 陽春正難和, 奈此曲彌高.

却憶前秋會, 重逢舊約存. 征人初繫舶, 詩伴又敲門. 下筆詞華富, 論襟笑語溫. 叮堪相別後, 何處復開樽?

○ 又以五律, 奉呈竊冀和答

我愛周南子, 妙齡已夙成. 子安滕閣序, 長吉雁門行. 已喜文華炳, 眞憐骨格淸.(龍湖大氏 不解轉法)新交深惜別, 異俗又人情.(不做語)

○ 附 : 縣生答徠翁書

臘月, 二書, 頃者薦臻, 乃知先生塗茨牛門之西, 輪奐旣告成矣. 孝孺雖僻也,(古句) 亦猶夫庶胥率爲發者狀, 其喜何言? 小人(趣語)琴書之庇, 今在城東之湖上, 憾無緣一相送迎耳. 赤水諸章, 故是五斗之役,(似謙却是占地步語) 酒先生過擧廁之, 二三子之次孼之, 先進之中, 表章過當, 胡見相許之一至此耶? 而孝孺之載筆, 備下流也. 不至貽詬韓使者, 擧先生之餘. 先生之餘不爲, 先生之所疏, 則於孝孺, 足矣. 雖衆不悅, 將所不恤, 淑艾匪懈, 增圖來日. 東壁金僕, 姑其爲高墉之具, 久矣. 自匪巨翮, 安能承當? 不知其能飮羽否, 孝孺獨畢. 夫韓承中原羶腥之餘, 冠帶自保, 善柔之遺, 猶爾如在其人愨實・敦厖・忠厚.(却

是次公忠厚) 相與孝孺, 於李礥尤睦. 至爲孝孺之未娶,(將無隕淚琵琶
行者比) 輒憂繼嗣. 森伯陽與南聖重(之子乃殼實)著「志感詩稿序」, 具
言其孝則之形, 俾人惻然隕淚不禁焉. 風敎之攸維耶?(古句) 抑水地
耶? 何爲美也? 礥又謂孝孺曰﹕"聞南方學者,(可謂猩猩能語) 喜讀異
書, 爭以博洽相長. 礥則不悅, 博覽雖多, 其若眩而聰明, 何六經專門
之業? 學術文章可絲, 是而耦進矣. 昔者, 始踵門也. 夫子之言及焉."
礥何爲者, 而簡要正大, 有古人之遺若斯耶.(小幅函) 趙大年風調爽
朗, 殆似可言者. 對府預戒不得筆兵相接, 有崔同知者, 爲中侜離期期
耳, 可惜. 李美伯紈袴之子, 衛玠流人. 孝孺觀人, 多矣. 未見姣好如彼
者. 唯韓俗少紀律, 余欲爲之誦茅鴟也. 乃若文辭詩章, 當就其本土設
科, 未可踰邎, 以西而望之. 竊謂礥詩, 比諸往日成 · 洪, 格調固異, 鈞
之其力, 亦能齊鑣已. 文酒殊優琬,(成□乃不做語, 何論文爲) 世忝雖
爲之, 負覊靮, 不爲屈也. 大氐, 韓人所作,(次公亦回互不得) 雖調熟穩
帖, 不比此間之麤率. 而槪有懦色,(一句道破) 猶尙與其望猿王之旗,
曳兵辟易, 同且誘得諸逆旅贏德之際, 亦其本領亡所逃遁. 然一朝歸
咎,(終足相與人語) 夫二三人者, 擯排焉. 則寃夫其所推尊, 夸張先代
之英者, 亦飮鴨綠水矣. 已其謂之, 何哉? 所憾, 先生有節制之師, 不及
使其一觀望已. 東壁, 我飛將軍也. 假令假節橫行于北人, 厥勳可勒,
惜哉! 伏請爲孝孺亦一致意. 它不錄上, 右上復徂徠老先生函丈.

　十月朔, 敎生縣孝孺, 再拜頓首

　問槎畸賞下終

　予業已與子帥, 校藤東壁 · 縣次公與韓客贈酬者, 詩若文若干首, 理
爲三衺, 命之曰問槎畸賞矣. 旣畢, 顧子帥以言曰﹕"蓋聞有鳥鳴高岡,

而其聲和以翔風飄揚乎沖霄, 行則歸嬉, 止則提袂, 其色五采, 燦爛乎如雲, 人仰而知非人間之物者. 寧得不鳳乎? 又聞有物躍天池, 發崑崙之墟, 宿於孟諸而能幽能明, 倏忽變化, 氣靈而勢神, 噓吸風雷, 人望而知非池中之物者, 寧得不龍乎? 今觀二君之有味乎斯文, 一英一雄, 一浮一沈, 賦才不同, 而造玅非殊, 其於筆陣, 固知無有敵者也. 大氐諸作, 特筆者質反, 好遵者文違, 此其所以得二者之中, 備風人之體也者. 可得而言矣. 次公之詩, 水月鏡花, 言外之象, 而猶六律音諧, 有文明之瑞, 孰與之鳳焉? 東壁之文, 如珠走盤, 而不離盤, 種種變幻之妙, 孰與之龍焉? 夫百年治平, 祥瑞畢臻, 而龍章鳳姿, 得覯吾同社中焉. 則廊廟之上, 君國之外, 有不可得而測者哉. 獨不佞有鄰以有同社之舊, 故沾沾乎增色於二君者, 亦知有所本焉乎爾." 子帥唯唯, 因識簡末.

正德壬辰八月望 吉有鄰書.

跋問槎畸賞後

雷霆之奮發也, 則能驚物, 而聾者恬焉. 於文亦然, 奇思颷捲, 逸氣電馳, 而硯潭忽波, 墨雲一達, 勢不可當者. 是, 蓋文章之奮發者也哉! 吾黨諸君, 一轟文場, 而三韓諸子, 恬乎猶弗聞焉. 方夫響之所波, 光之所射, 山動虎竄, 海湧鮫潛, 巨石裂, 大木析, 而赫奕咈聲, 威震百里之外也. 恬乎猶弗聞者, 亦聾耳. 雖然, 頗能取其下焉者, 或謂詩家玅境, 或謂眞實君子, 於雷亦然, 聾者之恬乎猶弗聞焉, 猶且見閃爍者爲電, 淋漓者爲雨. 以其識電與雨, 而不可謂非聾歟? 則聾者之恬乎猶弗聞焉. 豈乃謂之非雷哉? 雖然, 世之內荏者, 一遇雷動, 輒遊諸密室中, 而詫其不怯, 非聾而學聾, 均之聾耳. 烏乎! 文章之奮發而不可當者, 其能有如斯者也. 而砰砰隱隱, 今猶在耳根者, 此篇而已. 予獨謂其能驚物, 旣如斯, 則豈亦無能蘇物耶? 吾黨小子, 蝡蝡乎文苑者, 如喬等, 忽聽其砰砰

隱隱者, 則似蠢爾矯首, 蚑然出窠, 而破甲生羽者, 顧天壤之間, 斯文流
行, 亦豈冀有蜿蜿蠢跂似喬等者哉? 庶幾乎有以見其甲破成鱗, 羽生成
翮, 騰躍乎砰砰隱隱之聲, 而變化乎墨雲之際焉者乎爾.

正德壬辰之秋, 南郭服之寫.

【영인자료】

問槎二種 畸賞

問槎二種　畸賞

여기서부터 영인본을 인쇄한 부분입니다. 이 부분부터 보시기 바랍니다.

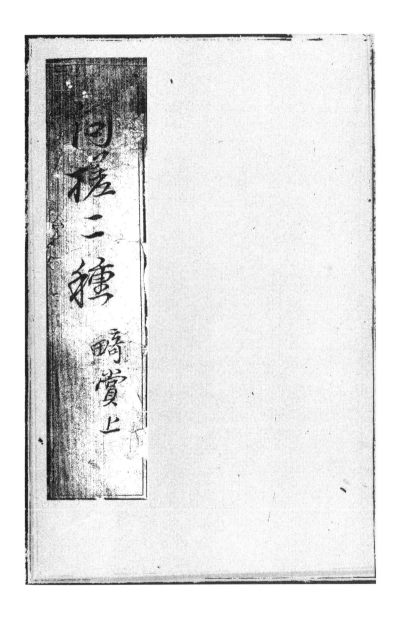

問槎二種

畸賞上

問槎畸賞叙

在耽ニ於リ弗寐ニ通ニ南華ヲ而勧ス

吾據ニ楛テ瞑ス目ヲ忽開ク戸ヲ外ノ履ノ

聲テ大ニ属ニ州ニ有リ友人携ニ河槎

畸賞ヲ而止ル夫レ開巻指擿スルニ

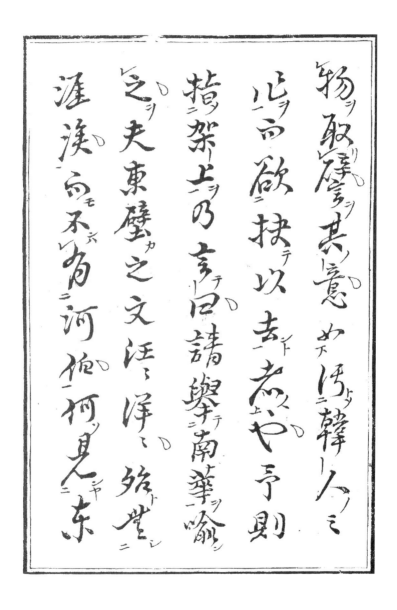

物ヲ取擧シ其ノ意メヤ汚韓人ノミ

此ヲ向欲挟テ以去去やや予則

指架上ノ言テ曰請擧南華ニ喩シ

之ヲ夫東壁ガ之文汪汪浄殆堂

涯涘向不為河伽何見シャ東

淡若乎次公之游毛嫱麗

姬掩映于秋冰而不堪妍里

婦之捧心乎秋生江芰奚

詹々其近お為昊屋乎而

蘇侯之製心猶如姑射神

人辭約旅物表や使物か

麻癘や年穀熟此其職に

や乃其塵垢粃糠將捐

陶鑄三唐何況韓人予

雖然芒芒摘有一眼行

6

宇風ニ而ツ其ノ蓬々然老タルヲ

ふ起ニ字吾

狙徐先生彙篇ノ々中ニ用

有ニ美要ヲレ之ヲ激論叱咄叫

讓実咬于喝何適非ル乎

籟ヲ吹ク之一而支離疏ノ

頤隱ヲ於齊撮指ヲ

哀駘它ノ以テ惡ク駭ス天下ヲ

豈不ンヤ皆間樣之時ノ賞一乎

亦何馬ノ之有ラン荒キ亭衣裳

躍冶之中ニ、今遊樊之中ニ

逆天之刑、擁腫不材可謂

吾黨之標榜や㦮則何ヲ

妙、壽斯篇用俾友人跋

巷、枣市亐借題之篇端支

人者南郭服之喬りや

正法玄戲執徐之歲寶

去之月上弦之於雪華

道人田中省肯書

10

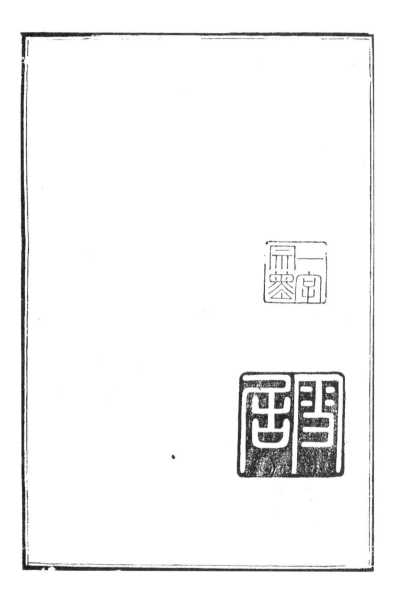

目録

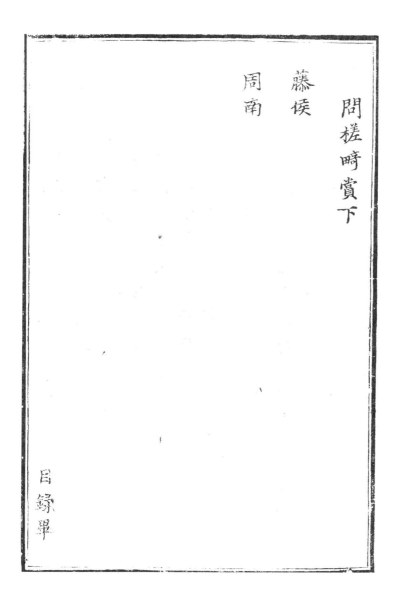

藤侯

周南

問槎畸賞下

目錄畢

問槎畸賞上

須溟　秋以正子帥甫　輯

孤山　吉有鄰臣我甫　校

正德辛壬之交高句驪修聘、
東都其使人趙泰億任守幹從
事李邦彥而製述官
李礩掌書記洪舜衍嚴漢重南聖重從馬皆彼中

詞華選也此方操觚士海西達東朝蟻慕蟬聚所

在雲覽涤濡相詫盖習俗所使要亦

昇平一觀也吾黨好事逈稍有趣而試之者事罷

後皆寓稿吾社中以相眎也後先陸續委積巾箱

底頭因吉生秋生来爲整理頗成卷帙暇便展觀

則予嚮所謂芙蓉白雪之色自堪遠人趣歇已每

徧絶倒輒呼毛頴片語以賞己因舉白自浮段

從聞大師之東矣日切瞻迂沈愛之餘忽蒙容

接披雲之顧茲遂爲感戴何㬢

諸君案下

○奉呈龍湖嚴公案下　　　　　周南

赤目澗西玉樹秋長風吹送木蘭舟誰知海上蓬
（早知老湖歇不过）

壺月總入詩人脾裏流

○奉和周南示韻　　　　　　　龍湖

橘樹楓林海上秋滄洲斜日住歸舟仙區到処窮

舩迊未醒

探勝歷尽驚濤似穩流

奉贈周南詞伯　　　東郭

這麗愛彼人別号　○　說为甚

太史文章富奇才二典參知君深景仰所以覿冐

鄭

○次韻奉謝東郭李公贈韻

周南

辱賜高唱不敢當矣所謂陽春白雪未可容易

和答也聊申鄙衷奉謝耳

詩味如禪衆庸才終未參文星光似斗一夜照天

南

偶句一絶奉錄席上諸君子要和

鏡湖

男兒天地貴知音楚越雖殊可斷金滄海興邦傾

鄉蓋二燈夜深テ細ニ論ス心ヲ

○奉ニ和ス鏡湖洪公ノ示韻ニ 不可遂没未歴 周南

箕域猶存ス大雅ノ音 諸君絶調響寒金ニ相逢テ何ヲ悲清ム

談背揮筆點来ル一片心

筆語 落筆便ニ緊次見得 ○文不在思惟ノ上 周南

詩以言志ヲ文以載道ス誠士ノ之所急也ニ所謂經國

大業○不朽ノ盛事然ルニ世ニ有二盛衰一人ニ有二巧拙一若不二精

論詳辨吾其何則是故六經古文而降歷代之

文先儒具有評論唐宋之間文學益盛良工巨

匠比跡輩出其中詩有李杜黃文有八大家

學者賛成方圓猶日月之於衆星皆承餘光迨

至明時有四傑者出焉專以古文為師四傑、王

李為盛風格體裁非復々四子八家之舊而英發

超邁巍然卓出文有表中郎鍾伯敬之徒自撰

規矩別ニ建ニ一家ヲ以テ不レ戦ニ前古之跡ヲ為レ美爾後文

章家有二三派貴國文教之隆中葉以末與中

國之伯仲盛朝龍興治化益明人材蔚起青丘

表数千里之英靈操觚者何限其所崇尚未必

同一代有三代之風一郷有一郷之俗雖

俊傑者不能免焉不知今之盛者在唐宋耶在

明諸子

東郭李公案下

若吾代東郭只叶嚢一声目撃道存何更須同次公云

李老矣不能讀細字照灯一過辞曰姑是手差矣

噗明日僕所欲問者數條此後不能復

發明日卒開帆

○筆語

　　　　周南

昔者我人有山田熙者少年頴敏頗利翰墨從二

前朝奉使成李諸子而游矣不幸蚤賷不成此

間比之王勃李賀不識貴方諸子令也若何顧

年彌高德彌邵益致顯達原欽舊豪君塾生因及此寫

龍湖嚴公案下

○　答

龍湖

示意謹愍山田子之華而不實誠可惜也胡天（可惜不在此○処）

之生子而及使早夭耶理實難諶成李兩人位

未濟顯秩皆已故矣悼爽何言

26

周南

英材屈二於下蓑一使レ人慨然有二遺恨一矣

慨然慨然雖然吾不レ知其誰之謂也

○奉レ呈二周南詞伯一　　芳洲

余與二山原欽一有二總角之好一嘗觀二其英材逸發檀

擁毫布藻　時輩罕見

一時之譽以為二斯後不二復有二若而人一矣何料舟

行蒼黄之中獲レ接二芝眉於賓館樽俎之間一竊覬

其揮レ筆如レ飛詩思泉湧真與二原欽相伯仲一而學

如見

27

问淵源文采精敏動有行雲流水之態實為過

之可見夫天地清淑之氣獨擅於貴邦而人材

之蔚興盖無窮極矣豈非可敬之至耶

揮筆有君此彩虹妙年氣燄台豪雄幾時重結纏

壇會連楢細論大雅風鹿室贈来和見後

○席上奉録諸詞伯要和　　泛叟

天地玄形鳥卵同天包海外地居中我行窮地仍

28

浮海盡何難上碧霄

○奉和炙叟詩伯　　　周南

贊嘆不容口與予所見正同

何思音吐不相同意氣交投翰墨中忽見鏗鏘金

才氣相敵也

○闕自別

玉散風聲激烈滿蒼穹

○○奉呈東郭李公案下　　周南

真是陽春下寄英七絶也不及此道上可見詩是

開門紫氣接銀河帆影如雲使者過誰奏陽春元

神物不可褻乱

海國秋風散入棹郎歌

○奉次周南詞伯韻　東郭

東溟一派接天河不道仙區此日過孤館青燈談

笑地竹林原籟雜漁歌

○漫州奉滿坐諸詩豪一粲　霞沼

諸君滿坐總詞豪倚寫時堪揮彩毫唯我肚中無

一字醉鄉只解日酕醄

○奉和霞沼詩伯

　　　　　　　　　　　　　周南

鄱陽湖水四方豪尤好英才濡彩毫詩味醇醪終

酖酗是險韵輕　承當　其才思可見尤在周南這　不足論

不若朗吟一過已酖酗　　　　松浦播

　　　　　　　　　　州人

○次前韵奉謝周南

　　　　　　　　　　　泛叟

語音雖別襟期同不厭團圝此夜中恕尺扶桑雞

再出不衰

赤唱尚看星斗満青空

○重和泛叟次前韵所示　周南

○二城千年臭味同從遊最喜俊英中還思離別在

朝暮二月空留照大穹

　　奉席上諸詞伯

日東形勝兩雄淵馬島風煙伯仲間竹裡仙家臨　　東郭

碧海岸邊漁戶近青山居民敬客多寬禮詩老逢

人有好顏最喜吾行不落莫綺筵燒燭坐清閑有

上下放云

○奉和東郭李公高韻　周南

四壯暫留赤目開一逢相遇紙毫間垂天鵬翼遊

秋海帯龍雄出曙山曲裡郢歌飛白雪老東仙

骨観朱顔酬唱情何盡不識残時更得湖時

夜巳匝明会筵将散
忽ヶ揮写殊見醜態

○奉呈席上四公　周南

鳳凰五来文毛羽何奇蔡赤珊瑚頭上青瑠

璃朝飛丹穴山濯翼水湄滄海秋風起浮雲西

北馳海岸生瓊樹結實何離日出東南隅光輝

扶桑枝紅霞若渥丹浩波瀲與涯琛琳與琅玕翹

儵各參差天衢一顧返奮翼忽末儀眒以適意

鎖揚兼眉小音龜韶護大音飛咸池回風拂地

末雲影且祁燕雀鶌鶯鳩欻翔以委靡百禽唱

歔歟相率復何爲良期不可淹飄遠將辭西翔

此嶺團降飲漾沱清窈窕何可攀汎濫靡所隨

誰截嶭谷竹與而奏雄雌

一將巧甚絶故痕迹只如此恰自无剃語

壯哉一見何闊不可思

賜和章

　　　　　周南

右一首前日攢聊記覯鳳之喜它日有間幸

筆語

賓館深嚴枉蒙容接況一見如舊唱酬往來傾

蓋之間忽乎云肺腑感謝何言唯夜既向曉忽

35

告別塵ハ廣和未盡都懷是為可惜請退縋舍

歟胸中之紆ハヲ更作數章ヲ以呈左右它日幸賜

答章ヲ

○○○奉呈國信製述官李公案下九十首

以下九月朔稿憑對府書記贈呈舟中

周南

萬里長風破浪來儼然高興滿蓬萊世間瑚璉原

興廉宏雅冠冕当世　自是大象

尊罷天下楝楠自大材策對春深威鳳殿

賦成秋冷觀魚臺　高羅李　稿作賦　來時王者登賢俊雲閣

丹青次第開

○○其二

大氐次公七律色沢似仲黙神理肖于鱗而骨
格原諸右丞所以為妙耳

濯纓滄海扶桑諸冕晃近天多瑞暉紫氣東南星

宿指浮雲西北帝鄉帰大才司馬堪辞命經術覽

餼布德感遙憶平塋分簡日遠遊雄賦和章稀

37

其三

〇〇〇弾冠鄴下稱才于此日〇
雄羅群无比元美莫辻

〇南朝傳大名拄筊優游山水色登楼睇睨雨風聲朱

〇宮絃管降玄鶴碧海旌旗躍赤鯨詩学尤堪作詩

〇〇命星槎万里瑞光生

〇〇〇其四
其次者亦木雅大斉

儀文閑雅進賢冠人物上流飛鳳鸞月淨西園槎

38

翰墨春深東閣委紳鑾握中玄壁秋霜燿匣裏赤

刀星宿寒安得凌雲鴻鵠翼與君交義結芬蘭

○○其五　下者自足隱数ノ

四牡騑々征路杳秋天持節洛陽宮珣玕價貴

東方美絃管治隆

南國風月詠臺中起崔子佑神館下見金公文章本

謂千年業兄是它

○

邦名獨雄（九ノや）

貴ノ國崔文昌金文烈共ニ以テ文翰ノ

為リ知名ノ士卽作弱以奉ハヒス月詠臺ハ崔致遠游

賞ノ地佑神館ノ南ニ宋館ノ番

使ノ所金富軾嘗舍ス於此ニ

○○其六

○後略中有万釣之力倚前第二第三者卽

遙觀海上五雲開忽有樓檣使者禾鼓吹入風天

際滿旌旗映日水中回

明時不論梧宮對清署龍墜斬下才自是壯遊搓盖

世○太陽升處接蓬萊○

○○其七　句四　牝駢○罪同

冠蓋遙臨滄海垠箕邦猶自耀周文豐京遠形○科○

天皇日乾島忽觀仙侶雲氣滿南方珠蕊芳秋末北

地桂枝芬書生欲擬賢臣頌請獻仁明大國君

本州○府○即古○豐浦○京

神功皇后建都此地即其南郊又海中有乾珠滿

珠二○島

○其八

秋風万里送輶車○命誰如趙相如天下共傳知

氏辟漢廷殊董生書宦情紫㴠馳長憂鄉思曰

雲満太虛振古王門才子凄若君自可哭長裾

○其九

明王遙聘嘉隣

國玉帛辭令屬俊雄海表大音賢者識周家遺礼篤

邦隆慶雲高興蓬瀛外蓋世奇文日月中西岳東

琴今不論雙鳴韶護奏秋風

其中
非謂不佳遠次公不紙恩者

釜山鎮古瑞雲蒼一夜星軺指澂茫日遠

扶桑天色嫩水来滄海地維長雄風

南國飛官跡落月西方向故鄉男子平生懷遠志看

君文旆曝秋陽

○奉呈國信書記鏡湖洪公案下八首

周南

○以下　○七首　○豊謂　○不佳　○要非　○次公　○之至　○右

開門忽遇棄繻即意氣相投天色凉一見自慙高

友義蘭風滿袖逐難忘

○其二

使臣衡命査相嘉大技英才燿國華還爲名開東

遠述枉令謁刺滿征車

44

○其三

玉門軒晃急求賢諸子翻々國子前為許四方□

作命知君勲業照凌煙

○其四

登高作賦大夫才更覩楼船横海来天下美名誰

○○其五

得兼千秋竹帛為君開

鴻雁南飛秋色寒使臣滄海見波瀾朝廷列爵文

官貴奉命歸來向大韓

　　○其六

烈士平生意氣高方臨危險見英豪風濤八月如

山嶽傳命海東擁節旄

　　○其七

記室文成照碧空府公何得病頭風升平僚屬遇

無事到處詞章滿海東

○○其八

○大洋盛唐妙境
專對四方推後賢尤看書記本㒳㒳、調高白雪誰

㒳和水國霜飛九月天

○○○奉呈國信書記罷湖嚴公㟝案下

周南

○五首皆妙可知之子○吻自邊五色烟霞
俊才君自在書記故爾、珥筆辭王國執圭馳

日邊長裾光紫海雄劍倚青天珠使勞征伐明時爲

重賢

○○其二

飄、來昌遠旅食若爲餐鯷水稻佳境蜻山復壯

觀臣工尚賢者使命重儒官舘舍猶應息莫爲行

路難

○○○其三

48

狂言花滿縣乃去泛星槎百里絃歌絶千秋吟是

誇海洲望寶氣

日城噲雲霞更向東方往

京師巳不退

○○其四

相逢如舊識顧眄辱吾曹意氣顏尤著賢良眇獨

襃使星堪照夜仙鶴且鳴皐非欲趙王窑連城價

自高

顏助華人不與賣宗二
以其同姓姑及焉

○○ 其五

猶有辨詩相雞林大雅存軒、諸子氣濟、同玉
門芳躅千秋覩朱顏九月溫安應長葴序談笑對

青樽

雞林相能辨白居

○○○奉呈國信書記走叟南公案下二首

　　　　周南

美君壯遊縱天下滄海騎鯨觀

日本蓬萊宮闕瑞雲生六鼇翹首吞混沌牛之墟

何茫序槎即今天一方投足下探龍竇窺鼇手

上欲捧太陽豪氣橫秋凌霄漢南溟北溟擊巨翰

作詩飄逸似謫仙驪驥千里不可絆海中珊瑚百

51

千樹鼓波成雨噴沫霧驅使鬼神縛魑魅瞬眸字

寅雲衢驚豐東郡城梧桐落臨海舘前潮水翠間赤

屬豐東邸又臨海暫鼓瑟與笙顧我青眼一歡謔

握中美珠擁明月投我光射白帝闕高秋九月天

氣清西顥沈磪吹毛髮揮毫寄意何網繆雖有離

珮不堪酬交情新可結芳蘭天地風雲感蝶蜩周

南鄙人縣氏子桌身覆載喻二指易父收

○讀賀

馬長山阿時、夾經謹諾唯詩礼續絲趨庭前家翁

長白現為辛勤多少十餘年羽翼稍成當朝翔忍
本藩講官

攤孤矢遊八埏

東都搢紳荻先生　敝師荻生茂卿隸都人　一揮㖟、期玉成芙

蓉積雪千秋白芙蓉峯　富士一名　自是名山堪托名誰持

頑璞望夜光獨有素質可成章徒是縣家舊豚犬

歲月荏苒麾大倉昌圖托身玉山側一朝周旋親

懿德鄉國善士不可見天下善士更難得君自才

子三韓英結綬彈冠當聖明高標軒出入間翰

墨鋒穎凌東京君王叡思切雲臺鳳閣將擧絲綸

才嘉運一時假吾筆把臂相向知幾回人情偏當

仰知己浮雲聚散何甚駛顧與明月乗秋風西飛

長住漢水湄

奉朝鮮四君案下書

周南

54

孝孺無狀獨遭

太平之間氣鼓鑄七尺骸軀塊然植天地之間巨焉

不中棟梁之繩墨小焉不稱藥裹之雕鏤平生所

爲唔呼匲、吮墨濡翰一弧十矢長刀短刀芙蓉

之文懸諸一室巍峨手將以終年也所著一二文辭

乃復西長濱海之農書漁歌鄙俚不可錄矣篆當

其操觚之時栩、焉自以爲樂心謂淨君子人而

與焉足矣耳不然何以鼓我鬱悶兮我瑟縮以致

之遠大域乎乃於君子人手汲〻焉若不及也逆

逐焉若不得也僕從諸君而若渴者是已雖然俾

吾不幸不生于

昭代乎不得觀大邦典章君子威儀焉俾吾不幸身

亡乎彫蟲小技乎不得親侍左右奉咳唾之餘焉顧

二者是吾獲諸我天者也若夫至就之席記效之

56

不活者皆我所不得為而仰之諸君僕始執謁至
門若天見之若神知不可得而且為豈意長者
多容不退棄道奎之人俄借階前之地如斯矣
直此也筆硯相接若唱若和傾蓋之間情義交至
必僕不閑於教訓得免于罪戾所荷居多豈敢謝
當之批雖然是誠出君子愛人之至情吾所不得
為而得之諸君者也當與我天侔而與七尺俱弖

拜傾〇篇〇首〇

唯憾不晨夕崑崗桂林之際今者折一枝今者倒

一片以結大年而使背腹桂玉爛熳秋今將遠別

未識往末之間得更侍也否即人有百年之壽斯

會唯是一頃刻之遇已輒復天地之始天地之終

千古万古亦唯一頃刻之遇已思之無窮戀不

可言焉者席上所相倡和未足矗鄙懷退叙徂

語各奉別呈論其中規矩與否聊嚴鄙遠夫

陽之海千餘里矣雄興壯觀皆足以娛詞人之胸

臆坂城京師之佳麗琵湖之汪洋亦東方之美也

行逓駿州富嶽萬丈八葉蓮花灑於中天白雪薆

英上燿上帝之庭下照龍宮凡百鬼魅奇怪亡所

匿其跡彼陽靈陰魄相碎隱茲光明於朝暮者侯

大旆之過屏顏一解以迎嘉賓當斯時也車上馬

上詩思涌流錦言繡句勃々突出于齒牙之間所

59

課一斗百篇可倚馬而待矣雨時回念一次爲僕

作和章借重大方寶美人之贈也人在 第三段

東崎荻生茂卿者吾師也安藤東壁者小倉貞者皆

吾交也大肺入 顧三篇首

常未見其和章大篇托渠轉送是繼夫與天俟

而俱者也万祈勿它禮當各位別修一書粟上籤

癸豁急迫不能暇及并載一希非僕本志寅勿多

奉呈芳洲雨森兄臺霞沼松浦兄臺書

　　　　　　　　　　　　周南

　九月十一
　日贈二舟瞪一

和風護送二大舟一漸當二達坂府二秋水共長天一色正

是英雄造作之時且夫賓主不魄東南之美顧墳

篋並奏琴瑟合鼓以答二秋風天然之鏗鏘一不識過

關以往大章幾篇赤間二一會辟諸如夔游于上帝

之宮所見雲霞仙子所聞鈞天廣樂俄而忽墮人
間山河弗改人畜如故而遺風餘韻猶髣髴於耳
目也雲戕至自鹿室益切景仰森公小序詩篇松
公古風一篇近體三章皆海表渶々之大風也挹
之中堂起屋必誦清風生齒牙之間視飄々飛于
左右其以何時更侍雅儀悉竭心中之覩縷々承喻
僕奉李公諸子數篇既達記曹尋當蒙轉輸獲和

章區ーヽ心情應遘二公ニ而遂焉欣朩無窮深托ニ金

諾ヲ古云傾盖如ニ舊白首如ニ新始聞ニ斯言ニ而未ニ能ニ内

自信ヲ以為レ是特形容交際之陳戚理ヲ未ニ必如レ此ニ及

得侍スルニ二公ニ乎適始テ知二其言ヲ之不ニ我ヲ欺ニ也僕自レ幼受

業於家往来長周之間所レ見既多後適

東都交游愈盛衆矣鈞其十年之中推レ心相與者僅

僅三四人而已是何レ有レ益於久ニ以至ニ白首ニ亦復若

斯爲兩僕寧有擇於己而默耶盡不能得諸人已

二公材器卓絶學識宏贍其文將易斯世矣胡爲

於僕繾綣惆幅一見之間義出於十年故舊耶苦

者越石父以知己之難欲還續線之中蓋士義死

有不避僕其何修以報二公之德顧君子介福万

斯年而遠矣犬馬之齒亦將假數十年之春秋對

長雖壤地遐絶軌轍猶在方域之內或遠或近希

64

憑斯文而長托下風矣鄙作四篇以韻奉和聊寫
企望之意李公諸子無恙欲奉書致問而藩臬嚴
重不得如意二公幸善致意筆不盡言臨書帳照
回棹幾時延頸茲候

　〇奉呈芳洲詞伯二首　　　　周南

錦里文壇氣似虹相望諸子巻英雄即令
隆運光華遠振起東方大雅風先生雨森即門人

木下順菴嘗稱錦里

其二

豐城劍氣動長虹室物瑰瑋四海雄自是人間不

難望秋高天際起西風

○奉呈霞沼詞伯二首

○翰墨倚英豪滄海雲開五色毫不知何時歌

其一一首、即赤間席上

且和樽前風月其酕醄所題今淨寫奉呈

一九月十五日韓使蓬摂津若水江兼通得與東都

等四人唱和録来社中徠翁有答書及詩和其韻

附載

奉呈徂来荻先生書　　江兼通

夏五中浣獲鵝殿蘆管奉贈三秋間未領

答音不知

尊候如何告者本月望日朝鮮信使纜舟浪華江昱

67

日入テ舘城西ノ精舍ニ正使趙泰億副使任守幹從事

李彦邲未タ審ニセス其ノ官爵何ノ衝カ有ルヲ製述官李礥彌東ノ郭云

者盜歲ニ登第シ再ヒ狀元ニ後ニ住ス安陵ノ太守頗ル工ニ詞賦ニ

暫ク隨フ槎使ニ又有リ洪鏡湖嚴龍湖南泛叟三人トアリ洪

與ニ嚴蓋シ登科ノ士倶ニ掌ル書記ヲ嘗テ聞ク其ノ詩壇ニ贈酬スルコト多キヲ以

七步八叉シテ而成ル不レ俟切ニ要ス一見センコトヲ其ノ奈

官府ノ款待太タ殊ニ舊年ノ閣人嚴呵シテ不レ許サ詞客ノ通レ剌ヲ也抱テ

簡聖錄ヲ日ニ携ヘテ一日後憑ニ雨森書記ニ僅得ニ酬ノ和数首

件テ途中觀ニ朝鮮ノ使人ノ行ヲ一篇ヲ錄シ上ス

電覽雨森素ゃ善華音ヲ乃ゃ崎江ノ岡生ガ同ノ門士也ッ不ゃ使因

話間及ニヲ

先生ノ事ニ雨森有ノ云サ使槎過ニ長門ヲ之日ゃ有ニ一英才姓ハ縣

彌周南者ゃ未見實海西無ニ雙士ナリ也ノ意者ニ

荻公門下ノ之士ガ邪不ゃ使則ノ云詩寄ニ東郡ニ初用ニ赤間ノ字ヲ

頗嫌其不雅也因憶

荻公與縣秀士有陳馬開高通水府青越州蓋接華

天之句遂成敲推殘膏賸馥沾漑有在相共拍掌

而別可謂奇遇矣韓賓今巳館洛下本國寺想初

冬下就必屆貫壊

先生雅賀蘊内翰之才一唱白雪則三韓諸子重受

金使之恥者必矣千里之外翹首以望郵舍使發

臨書帳、欲云不既辛卯李秋念八日江兼通九

拜

○途中觀朝鮮使人行　　若水

正德
敦贐明白善叙目前事情大得長慶風味洛畿間誰能过此

寵飛辛卯年靈槎奉使自朝鮮洋海之間多颶母東

漂西泊路三千九月既望入河口郊迎接待礼尤

虔青簾白舫過前港欱乃和歌鯑纜牽浪華橋畔

停蘭槳一星砲火響中天清道旗飄颭龍節金嚴

玉振鼓闐、使軺護送國書輶文武材官次第連

冠盖由來漢制度青衿朱紱跨花驄江南本是雄

佳麗水秀山明万井煙九市開場遍百貨繡巷錦

街沸管絃泥金屏障綾羅幕染血钁鉞城

南城比人如蟻携童扶老爭先悉道翰林李東

郭宫袍魚帶執齊肩康熙年裡狀元客出鎮安陵

最繊賢腹中圖書輕二酉高雅風流吟誦仙何粋

天外隨大纛濟々多士喜欲顛一日唱酬詩万首

檀場白戰筆如椽非唐天才偏敏捷調高郢客遐

春篇從斯紙價騰貴五鐵争寫誤烏鳶吾儕遐

聞此盛事竹杖芒鞋發冨田江湖落晩一寒士顯

童齒諮嚢無錢學士舘前袖名紙早曉掃門日暮

旋近體一章托小吏半旬已無答書傳貧生難見

韓知客向人只說没因縁没縁是日何處覓直當

抱根到黃泉

奉寄皇東郭李先生　若水

不識何時發釜山星槎九月到人間幾朝阻雨青

藍嶋連日白風赤馬開魚菜市開行處泊鱸蓴鄉

遠慶中還野生難得登龍路且獻蓋詞要笑顏

奉謝若水詞伯用瓊韻却寄

東郭

行人前日發蒹山〇九月帰舟南斗間撲地村閭經
（船注）

大府接雲樓櫓歷重關〇烹茶古寺終朝醉理棹煙
（酔茶誠有東歷但遠集用……）

波入夜還尺尺仙居遠勝龜何時對榻一開顏
（如讀俗慶〇）（船注）

再用前韻奉酬東部先生

若水〇

士望堂〇比斗山儒豪獨右藝林間雞肋遍讀古

75

今史鰲禁早抽名利閑階下花磚日高入宮中蓮

燭夜深還客亭寄我新詩好欲廣酬只汗顏

以金絲煙寄贈東郭先生

　　　　　若水

揉得頭黃已去筋割成金縷二何芬面前乍墊絲

紛霧舌蟠徐生曳雲非酒能消詩客恨代茶妖

歐陸魔軍多情誰喚相思州寄與征人把管薰

次謝富田ヲ惠南州ヲ　　　東郭

只取流津忌逆筋到未輕縷却生芬然時愛吐二罪

只換却未詩一二字這〇也算得酬和否

罪霧吸處如呑橐雲偏合異鄉無慶容最宜寒

何不將帥字押

夜踐更軍慰蕙盛貌將何報蘭室交情感襲薫

　　奉寄呈洪鏡湖先生　　若水

微茫煙浪隔家山過海飄洋数月間爛文星輝

絶域熒熒紫氣溢重開壯心豈礙彙編去雄辨但

難完璧還佳句驚人令四傑王楊盧駱欲無顏

和奉若水詞案　　鏡湖

形勝名都桃海山萬家煙樹水雲間蒼茫鄉國遠
寥落禪扉盡日開賴有良朋隨處會不知游

子幾時還何末詩句多新響盟手高吟洗旅顏

奉寄皇嚴龍湖先生　　若水

故國迢迢山上山使星先入

搏桑間海西擊楫三千里江左乗艘百二關秋後方

逢文旆過臙前要看錦交還不知明日河邊別誰

唱驪歌鮮旅顏

　　　和富田寄示韻

　　　　　　　龍湖

青丘萬里隔鄉山極目雲濤浩淼間已遣孤舟結

海岸却隨征旆向江開珠方節序清秋盡遠客行

裝筴日還賴為君詩話起我朗吟如對好容顏

奉寄呈南泛叟先生　若水

兩邦親睦重如山　遠艤樓舟漢水間　七八月中漂

海島五千里外向京　舘官亭難得韋衣别驛路且

期持節還莫各奚囊珠　一顆他時更好作容頻

○奉次若水詞伯投惠瓊韻　泛叟

○之子○卓越○己子○　○　○

客行多滯海中山古圃滄洲咫尺間夜雨凄凄開

鼓角雲天杳〻隔鄉開星遙北極愁瞻望路瀰東

城計往還誰把瓊琚投旅榻吟未悅若對清顏

○河東驛寄別朝鮮四先生赴

東都兼用前韻　　　　若水

中唐佳境当□属□之十□

隔江煙樹是吾山遠望征旗驛路間多寫數聯辭

奠水無由三疊唱陽關故鄉夢孤誰家宿異土風

霜幾日還行到

東都能見憶請看嶽雪玉屏嶺

奠水乃淀河蓋
画舫所過也

附
徠翁答江生書

本月十日夜歸燭下得足下書急破緘展視則足

下與韓使相酬和及館禁嚴不得入煮狀宛乎在

目想足下其時作何態遂至失笑也好事癖一至

于此邪天下照為利往末嗚呼當令世不可無

足下者矣夫三韓獲猳見稱于隋史而不能與吾

猿面王爭勝也後未迺欲以文勝之則輒拔八道

之萃從聘使東來猶且不能勝足下而上之矣往

昔唯新羅女王一篇收諸品彙中今則其姓南者

稍為彼善於此耳去年來一國人如狂吾不知其末

何為而然也晁卿之雄與謫仙摩詰相頡頏北末

千載迺至憚此輩務何其衰也使人歎息泣下獨

怪シ馬島ノ兩生猶ホ能ク識ル吾縣ノ生ヲ吾又不レ知ラ其ノ從二何レノ處

得ル此ノ眸子ヲ未ダ也足下以テ為ス奇事ト不二亦宜一乎予今買ヒテ

三頃許ノ地ヲ牛門ノ西ニ為二客星横ニ足ク處ニ偃蹇シテ其ノ中ニ且

朝且暮ニ聞ク足下歎ニ明歳ノ游ヲ則相對シテ剥芋瀹蔬同ジ

眠ラ松風ニ敢テ請フ勿レ以テ言フコト其ノ腹ヲ夏初得ル所ノ惠鵝殼蘆

數十莖上ニ有リ詩佳シ甚以テ其ノ謂ヒ寄ス善戲ヲ栗二人ニ而

予不善ノ故ニ不二敢テ和セ其ノ蘆以テ作ル器子界善ク者ハ使ム二吹カ其

聲迺佳似詩其時書以若暑故不報足下猶朋不

見嘆遂使予不得不有此答嗚呼好事癖一至于

此邪此復十月十一日　黄鳥俤酒承問出何書

閑、鳩鳩果何所挺無已乎李淪涙詩云黄鳥一

聲酒一盃此先得予意者煙譜容明歳更訂左玉

此若水別以國字書問者因答

附江若水寄示韓使唱和詩走次附郵簡

仙棹問津遠道山何兼漁舸浪華間飛謀忽合雄

雄劍懷刺寧妨虎豹開雙壁暎殘疑月暗五絃撝

羅望鴻還江南縱有梅花發能若君開北使顏

問槎畸賞上終

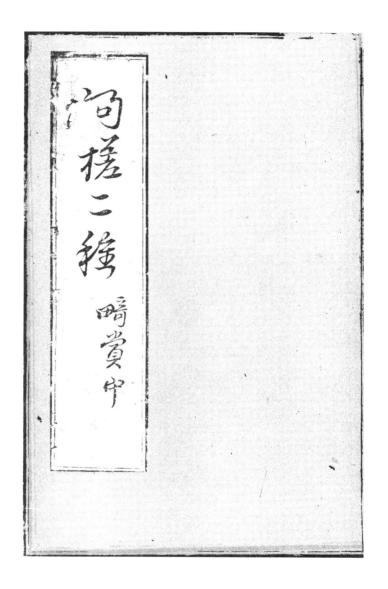

問槎畸賞　中

須溪　秋以正子帥甫　輯

孤山　吉有鄰臣弍甫　校

一　十月十九日韓使入リ都館本願寺東野藤煥圖

贈書及詩館中併韓人ノ和答詩凡七首書六首徠

翁寄松霞沼書一首縣生書二首附載

3

○呈朝鮮國李東郭學士啓

東野

○以○頁○落○之○才○学○組○織○之○技　猶之

天塹遙限矣域雖隔乎韓

和曦御始駕馬國實猶之魯衛若儒若釋觗艫昔傳

新羅之經禮云樂云翟篇今舞高麗之曲齋彼王

陳彼帛堂翔豊王荷其壽僑其所妻見上世恭惟

4

朝鮮李學士足下星文胸羅漢章手抆比瓃梁茨

鳳羽放蚡輪乎虎毛赤城千尺霞借色吻側白馬

萬層浪湧勢毫端弱冠巍科笑承蜩犬人之拙強

仕割節豈敝履先生之貪七寸斑管陰皇華欲如

表彥伯倚馬橄五車縹軸藏靈府甯惟虞世南行

書廚已哉長門之吟竹響水匝浪華之唱樹雜雲

流仙姤赤瓢雄紙先踢如不佞州莽散水

昇平棄杵趨燕暇之無因叩嘗鴻臚其有記懷瓜棗以

欲貢遂忘馬襟而牛裾望瓊玖實如饑穿憚狐裘

之魘袂蕪句鈎棘雖頗鍼其口乎海量瀰函糞宜

鑒乃心已謹啓

○○呈東郭李學士　　　東野

聞說天官奏客星果然旌節絶軍滇定鷹三老古

其軫欲問十洲泛槎莽側并懸藜光綵戮扱蘇蘂

○美　桂馥驪經紛ゝ、却受長平謁東郭先生綬昇青

○○寄朝鮮洪鏡湖書記書　東野

不佞少時夸邁嘗以為男児生今之世定遠博望

之志已非所用子羽延陵之事亦不可為不得已

其韓使交接之際乎韓之國與我雖同僻東維然

大海限之淼ゝ焉況其語言異習突然相逢道途

迤非重象狄鞮不能達寒温彼是而冠衣殊製履

7

綦異形笠之與帽跪之與立譬猶夫礬首括領冠

笋蘥醫各安所習也其升降槃旋拘罷拒折之便

黼黻犀象鶖鳶黍粱莫非皆其嗜也然則相對

握七寸之管一唱一酬試夫四目人之化迺不幾

乎少償男兒初生桑弧蓬矢祝我春間已聞使節

東向窈窕薁雀之賀以爲必如 天和年間故事

必登思

朝廷重客不許輒見而僕覿然俙父兼以夸道潛伏

草莽其為所得先容而達其意耶所執之謁字漫

不能以通焉嗚呼不使可謂不遇頃得津南江生

書一展知彼有唱酬再展知周南縣生有見取于

諸公生實吾白榆社中人生而得猶不使也近

又聞崎陽岡生得見焉生亦僕所善是以意始慰

帖耳僕有不腆之辞令謹謄寫奉上併言其志足

9

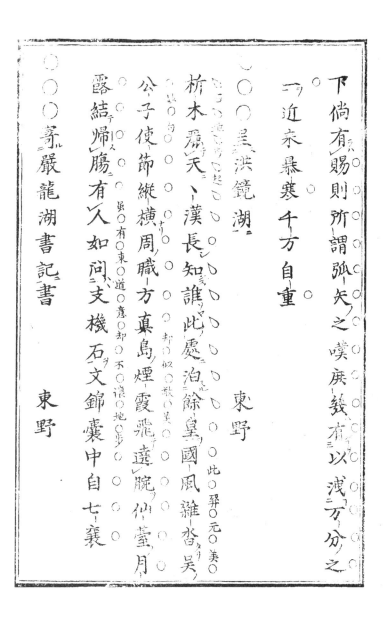

下倘有賜則所謂弧矢之嘆庶幾有以洩萬分之

一近亦暴寒　千万自重　　　　東野

○○○呈洪鏡湖

枌木摩天、漢長知誰此處泊餘皇國風雖沓吳

公子使節縦横周職方眞島煙霞飛遠腕仲臺月

露結帰膓有入如問支機石文錦嚢中自七襄

○○○寄嚴龍湖書記書　　　東野

○奇○思○奇○才○エ○絶○後○絶

咄、子陵是劉文叔所以腹心其足踵相助爲理

豈可爲令嚴公道教不使聞使施之東也一聞欣

欣再聞快、三聞而後寢矣鄒孟氏有言曰友天

下善士僕生項強不可以仕攘臂雞群者二十年

而又未嘗見絶乎長者且無羈靮在體說荊必往

說元必見即西及長崎東窮陸奧而未以爲足焉

以爲令忽而見海外名士其必有非常之觀也豈

料瀾禁甚嚴不許艸莽之士拖帬帶其傍也俄而

欲舍十飲百咏之樂就樊籠辛不可得則二十年

得意之境一旦缺陷矣欣〻而快〻寧養其所乎

最後得津南江生書及詩倂與周南唱酬江縣皆

僕莫逆而縣乃在同盟中洌崎陽岡生近亦得進

見而各有見取則輔車相依僕又何望矣今有蟬

噪鴉鳴之語以奉館下足下若一揮如椽乃僕視

12

猶足下吾心則戮也顧足下少加意有念益定僕
搖々懸旌我僕令讀足下唱酬詩咄々子陵實可
為足下道也聞足下壯年掇科令又奉使海外則
已相助為理豈羊裘子匹儔也我雖然至下動搖
星之輝焭々者豈又有以異焉我咄々子陵果可
為足下道也

　○○○呈嚴龍湖

　　　　　　東野

應惜橋陵昔不陪於今綠鵡問蓬莢砲車將到乾

坤合貝溯始浮煙靄開囊底山川携縹緲毫端風

兩拾玫瑰君求大藥還何處我有仙人碧玉栖

○○○寄南炎叟書記書　東野

友者友其面與西家愚父可以與夫子友也人心

不同如面不同中各有儔而存故元凱不友四凶

而廉未不得接迹乱臣十人也則友八心也非面

之友也。苟心之不異、其何必問面之同不也。不佚

始潤使旆搖而東心亦搖。如何得識荊奏

薄枝大方已而不可私心甚快然不娛矣嗣後津

南汀生書及長門唱酬陸續而至此皆僕所驪而

縣生乃在同盟中而其見齒及皆如不佚之所私

非是則不佚推知足下之心矣及讀足下詩其雅

贍宏富電折霜開雖宜若不可企及然要亦同我

此亦心字換頭

玉節永通天漢上樓船撰毫不在右軍下筆須

爲李白先晉字唐詩人競羨扶桑自是姓名傳

次奉

東野詞案

海客仙槎犯斗星一帆吾又截滄溟孤村撲岸依

依樹列島浮空颭萍天外行裝千里至夢中時

序幾旬經孟生臾古心仍古剛喜令朝眼却青

16

東郭稿

亡敬復

東野藤処士二書

只是時文套子依様葫芦其才可憫矣雖然○不可謂无目○著也

甚矣人之不好真而好假也夫塑木偶以形假而
○
取麟楦猴冠以貌假而取至於鶩驥不求珉玉相
○
混錦懷珠絡横鶩大道則相馬者挙肥而棄痩芝
○
幽實藉韞藏清廟則知玉者取表而遺中此正天

下古今之通患也豈特一隅偏邦之獨然我余之

東來也獲奉

東野藤処士之投文若詩雖無傾盖之歡盡簪之樂

見其辭語正所謂不假飾而真實諸子也酸鹹異

味等瑟殊好嶔崎歷落迹邇東西者于今三十稔
当是看錯二字

云矣若使時人取真而兼假則何遽不若矯飾其

貌疏髯榮塗者耶余與東野各在海陸五千餘里

假説贈之

世之遺真而好假使中　君至髪種〻而無成以真

惆尚不得一覩真面目臨楮停毫冲悵無已且慨
　　　　　因錯二做三迄謂東察先走矣

王程有限使事已竣不曰将復路而假詩文以懦怏
○讀到此却疑厳徒傍与見東○辭字開居也

向所謂真實君子者非歟

簡之中語自〻中出辭不外飾情誼藹然婉曲無涯

風壤相懸影響不及而猶能拳〻欸〻於尺牘短

歲舍重光單閼暢月既望龍湖嚴漢重再拜

次奉ス

東野詞伯惠韻ニ

君才實合殿壇陰乾沒如何老章菜傾盖却嘆良

晤阻遍筒猶喜雅懷開難將木李酬瓊玖謾惜麈

砂混壁瑰昭帳明朝歸去路異　邾誰勸祖遙棉

辛卯南至後二日　　龍湖稿

20

○奉次ス

藜野詞伯寄示韻ヲ

揚波學海泛塵舟處士籌、羇所求旅館詩篇蒙
　○亡論○羽不○同其○鑄○句穩○健大○殊色○三○子比○而犹
　赤才○又其○東末○人泄○執尾○湖○可恨○代也
厚賜騷壇樽酒阻同遊縱論足蹈三山地不若身
　讀此段語亦好人也○非包子懷詐者比
登五鳳樓他日盍簪如可得爲

君惟欲駐行軒

蒙　惠詩文非但　盛意之可感亦足以見

足下之心ヲ也。而ヒ曲レ由ト一接

清儀親承ヲ中ニ 警咳只自耿ニ、于中僕近ニ有薪憂廢却ス

筆硯臨行卒、逋債如山菫次、

瓊韻ヲ以謝惟 足下恕トセ之ヲ

辛卯南至前 朝鮮信使記室南仲容泛叟

次奉人

須溪詞案

東郭

東都自古多才子、翰墨風流復此人、白璧忽開采

逸足疾雷將見越躬鱗、詞壇聯歩高名久酒席欣

逢儀彩新富嶽奇觀、休更説日東天地有祥麟

　　　　　　　　　　　東野

○○○再寄龍湖書

方ヤ齎鮒之淹、都也不使作詩責

勞陽、四十有餘、吉説去无字後慢无一字泉兀而今不

蠹鮒之淹、都也不使作詩責

四公館下東以言企瞻　瓊報者狀謀矣而後延頸

本碩累昳不得　命戰恐迷惑不知所以措焉人

或云　使節之東入也都人翳為鳳雲之望庶幾

獲片咳隻唾鎮其象者蓋滔〻焉而

諸公乃在厭享私觀接賓議禮之暇了其填塞溢輩

山積谷量之價故其獲之不能十三一乎十百而其

了之也隨矣而取初毋剜親疏後先工拙庭之

熙速矣則其獲杏碑猶射益中之覆而巳余日不

然

諸公於二此ノ邦ノ之文ニ不レ取則已己ニ取矣安得浮虚謊

擇馬許敬宗有言曰卿自難記夫

諸公以我為非何劉沉謝逅矣雖然我豈自沮哉

於是置諸不復以為意越十一月十九日

使節西矣又一日ヲ

足下及

諸公之和致自岡生二割キ封薫盤捧誦再三属

諸公ノ有ヲ取馬及ヒ讀ニ

足下真假ノ説ヲ喜不自持セ不使之喜豈喜其説假過富

我特喜ノ徴ニ平日ノ之言也昔越石父甘在ニ縲絏求絶

平不辭入シ閨則安得篇ロ

足下不楮疑元龜我僕少年時從先君子ニ授ニ文粹文

鑑等書ヲ讀之甚説逐以唐宗四大家ヲ爲文章之源

渤尾洞ト迫爲自運句衡章權專矩矱四家窮力歩

驟不〻楚膚受肌立脆弱莫〻成耳及弱冠見〻荻茂卿

徂來者茂卿一見國士畜僕〻乃以〻脆弱之説抑

諸則曰子知〻彼爲〻山君〻手欲〻其〻尤〻切〻必先覆〻土乎

地〻倚之〻而後〻芟〻殊藥〻鋤〻晶〻塊〻版〻焉〻築〻焉〻山〻成後〻僅〻

子雲而〻芟〻鋤〻版〻築〻今〻乃歩〻驤〻四家〻猶〻之〻拾〻人〻番〻輸〻

浔〻九〻刎〻夫〻四家〻也〻者〻會〻典〻誥〻而〻還〻茍〻孟〻賈〻馬〻仲〻舒〻

之〻遺〻實〻中〻諸〻版〻幹〻段〻使〻能〻九〻刎〻不〻脆〻何〻待〻子〻欲〻善〻學〻

四象益少キ高台之詩以脩辭書以遂意南華冲虚魯

盲湘纍以遠乎蕭統氏ノ所纂斑如翠如我無隠乎

兩而後四家者書自在其中也不悮曰是則然矣

唯奈古昔獨有議叙兩端而已矣彼序記論贊箴

銘謀誌匪而別者何有於古我茂卿曰子必然矣

體備者在明李王七子先覺於古者也余於是讀

七子ノ書始知乾坤之際有所謂古文辭者存矣乃

蓋焚其初ノ藁專ニ力ヲ古ノ學ト縣ノ孝孺諸子ニ築ク初

牛耳ヲ茂卿孝孺戴書ヲ佞捧盤敝而盟之故

令叢時有所著示諸人不睨而抛凶唾而罵曰子

何從而得餌此干鱗之毒且子嫌唐宗不古明鐙

古也邪余曰不然四家為乾辟如學山七子不畫

辟如學海故學四家者以四家為歸宿徽七子者

以七子為與梁竇翅與梁七子周誥殷盤亦皆吾

之與梁已我自歸於我宿是所謂造物之楮葉非

宋人之琢玉也夫近之則鍾音无遠之則磬音意

物固有近不若遠者爲當令非之安知

將未海內罵之安知城之外矛今夫契契爲削足

適履殺頭便冠我未之聞也于鱗之妻安知不爲

不朽藥石耶我是僕平日之言也頃戲爲四家者

言此諸前者砭學之時者頗覺添所兩古人以

終南為仕宦捷徑古文無乃四家捷徑乎不佞自
期者已徵矣而將來非僕之所知焉期之海外乃
浮

足下

足下之文無論才峰奇拔崢嶸嵬峩其議論皈㲉對
儷森嚴邇之東西京淮南孟堅實其比也念
足下亦非規韓唐宋者哉不然巧中不佞所好猶退

之誌樊宗師ノ自ラ似タリ樊文ニ嬻テ而於僕カ文ニ未ニ嘗喹サ而罵

之前者ニ所謂鐘馨之説忽徵二于

足下也陛岳不已啟鼇弄里是僕於不朽之業不絕

望也不使之喜不亦宜乎謹謄寫拙稿三首ヲ附覧

其管仲論乃唐宗故炊中川記志在漢以還而送

香洲序則志益遠云未知

下以何者為彼善乎此我又前日貢詩ヲ

鏡湖洪公回音至今寥〻矣豈徵於

足下者猶未徵於

洪公邪餘皇〻艤无復有所望也不便得隴望蜀

足下少加意行且凌朔涉瀚伏惟

自保

右

上

龍淵嚴公足下

東野滕煥圖東壁再拜

十一月念一日

34

附徠翁與松霞沼書

茂卿數年前嘗已聞三西別州二有三霞沼先生者其爲

賦詩颯〳々爭悉中二大國之音一又有兩森夫子者皆

超乘才也府中多暇諷詠相屬與偕切劇此事驊

然相淂不當應徐之在斡中也松心竊自卿洼者

又之而猶疑世人耳食焰〵者皆是其所傳稱登

足盡信乎已又慨然以謂海西之於華復中間一

木道北走齊魯南走吳千里旦暮寶若比鄰二則

文學是自天性一則人文所藪澤流風漸被豈無

有一二聞而知之者是其言廕或可以徵耳則何

所從得二君子片言隻辭以火窺其大雅之致文

章所造詣者如何我去月忽得溝南人書有云獲

識雨君雨君盛稱周南縣孝孺至於目之以海西

無雙也昨日岡生孝訪話及韓館事遍謂足下

辨此束唯一孝孺足為吾

於桑咋氣館中毎値抱藝未見者則輒說孝孺英才

英才而及聞其反斃則又求一識不復之画迺

至醉中作書數十百言擬憑周生見寄會茗芋手

顧不勝筆研中慶遂已不使於是乎始識鄉者所

傳聞不妄又識足下二君者實同臭味吾黨矣夫

西別距

東都水陸三千里道途ノ所經由雄藩大府何ゾ翅數十

其ノ中文學士又何ゾ翅數百而唯一孝孺足ヲ為ル

扶桑吐氣也譚何容易段使二君者善揚人善則何

唯一孝孺此非其中有所深喜焉者而能尚頗之

不惜若是乎不使固陋少小脩文章之業報不自

揣妄意以覇詩不下天而文則西京以上務自

出杼柚不循人墻下而走唐唯韓柳明唯王孝自

詫以外雖歐蘇諸家亦所不屑要有況輊近乎俗

況吾

東方乎

東方唯詩一道衡上下數千年雖與文章可也嘗持

是說以求諸海内卒未見一人之能合焉則愴然

以自悲而不可已則上求之古人下逮子雲子

將来古人骨已朽今子雲骨亦朽于將来是豈不

念益可悲也乎當是時間或得壽掇一二輩孺子

可教則曜然欲狂不勝其喜四海比肩覺此生之

不孤矣其喜不亦宜乎儻使其求時而易得則何

喜若是其甚也由是觀之世豈唯不肖無子期也

乎其不可無伯牙者亦已審矣何者子期之心非

是不不樂也此足下二君所以口二孝孺不已者而不

徐聞之艸木臭味良不誣耳是何必獲其片言隻

語以讀之而後識其致與所造讀之奧上乎所恨

音辭使迫欲西五馬之行不可留也不俟病炎不

得捧盤牛血就館所築壇載書而講狗盟之事是

巳雖然四海比肩有神交在又何必聚首執臂

堂中而後耕相知也乎岡生往謹奉尺素以布

衷曲俾致意兩君路過長門再見孝孫亦煩以此

見告時維之日歲發万維自童不備十一月十

三日

附徠翁與縣生書

本月十日津南江子徹者書至具言馬島而生辨

嘆足下口噴ヽ彿巳至標之以海西要雙也則予

喜芭夫雨生者故不足以輕重足下焉雖然海西

者芭筑以南而言之也謂之與之京也

盤我言乎非足下未足以當之矣吾未知渠從何

処而得此言也吾始以為海内唯足下與余辟而
今而後又有而生為吾黨置郵于海内吾之喜不
亦宜乎及取二子徹書所附西人詩以讀之迺又奕
然自失為七論其卑靡一沿襲宋元之舊是自三
韓土俗使然即其和子徹詩猶且不能變子徹意
而發之窘手既受病于韻與對之間是未可以
和子徹之詩而況對足下壘也乎其後又得實藩

諸文學所更相唱酬者若干篇於昌平塾中則終

莫有足下之声豈亦自慊於千金珠抵之萬邪是

以不肖傳念益知足下所見不予殊已若夫吾

東都之事則莫快焉有蓽上君子昌言於

朝者曰聘大禮也三韓上國也其人習文又接壤中

華是不可以世瑣者當之以故鴻臚之館毋陪

原処士之迹不然弊藩或命以列國大夫之事則

不佞雖德乎將何辞亦豈不有足下者之惭我昨

予走二馳道上縱觀下夫西来使者衣冠儀從尚彷

彿乎明典章鼓吹砲震旗斾繽紛者狀所貢胡馬

海東青凡諸瑰瑋奇譎可娛耳目及都人士男女

觀茲競麗扶耄攜倪群聚咨嗟不已皆

率盛事帰則高秋傴卧烘足地爐中以酬一日之

勞時二従旁冷眼以觀下諸人日夜蘇其所以禦乎

敵者疾首呻吟聲頌聞外也無乃更大快哉足下

猶記予昔年所贈詩曰

日本晁卿以後篇郭晁微李白王維輩何以能潤夫

芙蓉白雪之高也雖然足下之不免於慊也自吾

史之也足下其慊於我邪賴得兩生以識於足下

者亦不重慊耳鄉者所謂游道之廣豈不在斯乎

暮春書從秦家姑致之属予之病暑也微已則報

諜築于牛門西故不暇問筆研今已築矣是以

書於足下者瀰尊公所惠梳日以梳朝陽千下大

蒙其賜伏乞善致意不備十月二十日

附又答縣生書

予始得浪華信而識足下有赤閑之捷也及韓使

就館都下人、未還館所者稍、傳館中語則又

識足下一捷業已冠東諸侯也東壁之裏饋糧不

果西塵〃、一矢相加遺館中而已予則謂有足下

及東壁在焉西出偏師邀諸大海之上既足以奪

其魄矣追焉挑戰舟中則不能出二言之相酬上何

足誑相扰乎東奔二千里喘息弗繼遠而遠矣其

悖漸將足焉則東壁金僕姑爬乎又兩集其幕也

亡論韓人再砥其膝龍湖書中語迺松雨二子者亦

敫敫輸誠之弗暇是足下先聲之功爲天弐方夫

謝玄劉窄之力餓辨事豈不安石圖某墅中之日

邪雖熙聞捷不覺展齒折吾牛門之築殆乎將作

之一賭耳鳴呼次公足卞吾豈為辯人故而重次

公乎次公之名藉是隆乎乎起故也吾又豈為

其名而喜不自勝乎次公之實副之也吾觀足下

所寄示文自西京典刑猶在遠體類郭璞予所特

愛者七言律歌行可謂高岑雁行在明徐天目吳

49

川樓酒有怯色五律七絶亦置諸盛唐中雖有巨

眼不復易辨識矣美哉次公偉然名家身分既定

足以不朽矣老夫之喜不亦宜乎由此以往務自

愛嗇益懋明德次答天眷則詩曾周南

扶桑詩廢或由足下而後可誦我予寄霞沼書及東

壁書詩附往之東壁則令老優孟我足下書詩皆

以韓人離

50

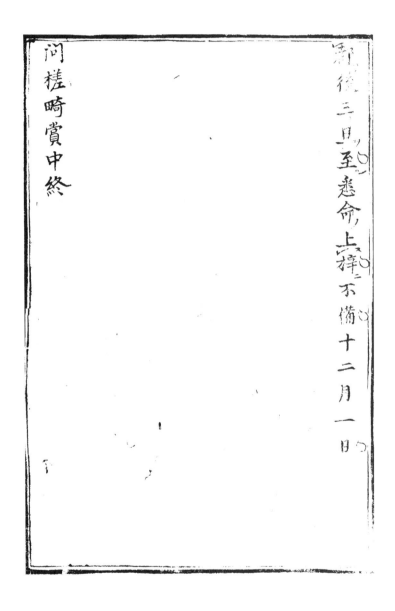

問槎畸賞中終

郡後三月到遷命上撰不備十二月一日

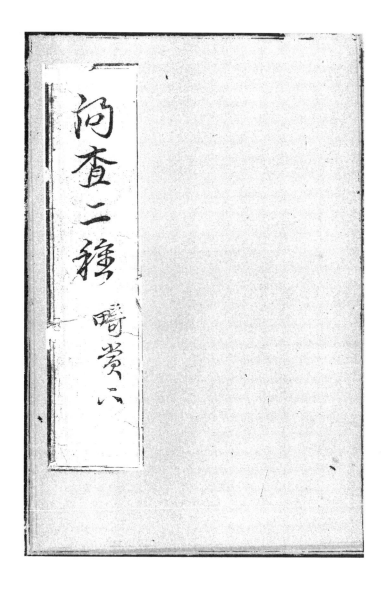

問槎畸賞下

　　　　　　須溪　秋以正子帥甫　輯

孤山　吉有隣臣我甫　按

一十一月帰軺出東都十二月再達浪泊豫州牧

其香籐侯有贈併東郭和詩二晉翌年録示社中

徒翁有和韻五首

○○野律一章寄示朝鮮東郭李生余時承

恩就國不獲往面爲頁歡惟多生偶不客報于木

桃則豈當瓊瑤之照厥邑已弐適足以代一

日會畫也。

○起○得○大○樣○自○是○青○雲○上○語○非○帝○布○所○去○及○矣○

錦飄遙度万餘里指日忽来天一涯路阻難憑玄

鶴翼江寒應映紫芝眉嚴冬對雪思妻子永夜吟

○此○轉○法○人○多○不○用○

詩慈瞹離早勉東風蓬島起三韓歸去是花時

○結○轉○可○訊

朝散大夫藤其香

奉次

藤侯惠示韻

這廉情憧、迅未見做○見必是其在西時預先○作下若干首及茶

恼悵交情頁麗澤二一帆逆迥海天涯詩壇向日思

未每○遇人寄詩随手寫去以○銜敏捷耳不太那得這○様胡乱了

攀袂別恨今朝忽上眉秋雁遠實寒始去夜禽同

欵可悯

宕曉還離愁未独唱停雲曲古寺鐘鳴月落時

辛卯季冬下浣三韓東郭稿

5

豫州藤侯贈韓客

奉和ス

瑤韻五首ヲ 尊槖ニ

太守ノ風流耻眺暇ニ豫州郡中勝事復無シ涯賦裁ヲ招隱雲爲シ

掌歌罷ヒテ懷父月似ノ眉南斗天河窺ニ錯落北風交野

獵ニ迷離支機最是モ

君ガ家ノ物ヲ持贈ル仙槎欲ル返ス時

天河交野ハ河内ノ名勝

其二

聞説蒹葭霜露後伊人宛在浪華涯　緑毫題去時

偏曼目青羽回来只倩眉誰謂南方無美鴈便知

西土有徒離祇鑑笑折梅花報何減王仁擅昔時

西槎時駐浪華而蒹葭梅花ハ　國風ノ所詠

王仁亦韓人

翩々名

其三

五馬何如織南北

雁臣汗海涯獨識玄經亭寂寞忽投赤玉燭鬚眉傑

末劍氣斗間淺異日練光天上離因憶柏梁高

賜宴依俙尚似夢釣時

君侯分班雁間故引北史雁臣

其四

鼎湖龍去帝郷遠總テ嘆ス人間ノ生有涯○十里ノ山河紫驛ニ上

足ヲ三年侍從泣ケ蛾眉ニ入テ○

朝冠佩星旋轉出守干旌雲陛離還是子男周爵貴シ○

好將二治最一答フ

明時ニ○

子男ハ五命値ル二五品一

9

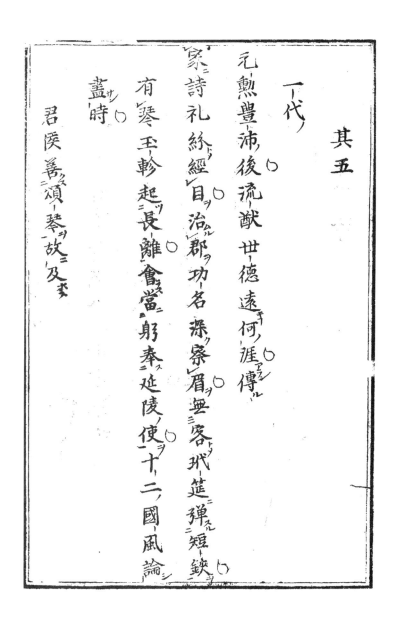

其五

一代

元勲豊沛後流澌世德遠何涯傳

家詩礼絲經目治郡功名探察眉無客珙延弾短鋏

有琴玉軫起長離會當躬奉延陵使十二國風論

盡時

君侯善頌琴故及

東都物茂卿再拜

一翌年正月帰槎再泊赤間關次公又邀二十一日〇

二十三日二十六日凡四次筆語唱酬若干首以〇

三月ニ録到ス社中ニ〇

〇奉ニ呈製述李公ノ案下　正月二十一日

周南

○次公○此後○厭気○

湖山風雪幾詩篇東道ノ主人誰カ最賢更惜鳳鳴澗

不久韺飛明日白雲邊

向承近有尊慈得稍愈否貴梓曰近重加調摂

勉力自致僕向以賤職在上朔大節不駐更從

舟後抵此適遂素志ヲ

奉次周南詞伯贈別韻ヲ　東郭

12

袖裏朱錦繍篇を携へ動もすれば文彩を以て諸賢永嘉臺下に想ふ

時廣應逐春鴻到海邊

奉寵湖嚴公兼告諸君　周南

次公對濱端人咄閃者状宪在目矣不覚捧腹

上年九月朔應森松二子而奉呈諸君詩各數章

下里巴歌何足奏大方之門徒取辱之具已唯長

袖易舞多鐡易高枉賜和章幸甚不然五色煙霞

闷諸崑丘玄圃之阿人間不得仰觀其何以觀大

邪之光ヲ自ラ此ニ到ル馬島之間猶是數百里之海ル山不

可高閣ニ様筆而閧過ニス矣。敢請勿ヲ愛チ中之珠ヲ

復

示ニ意謹ヲ悉ニ在ニ江戸時寄ス朱詩ニ不覆接見ニ或者中間

龍淵

浮沈而然耶

又復

周南

別ニ具ニ二本ヲ當呈ニ左右ニ從ヲ此ニ到ル馬島之間率々賜ヘ高ヲ和ヲ

復　　　　　　　　　　龍湖

今更書贈則敢不奉和。

稟東郡李公　　　　　　周南

向者所奉之詩未達記曹是必旅寓紛冗或致失

誤耳當剞劂寫二本呈上左右従此到馬島之間奉

賜和章。

復　　　　東郡

15

尊詩初ヨリ求メ得テ見ルニ...喬ヨリ沈ミ於中間耳十首並ニ寫シ惠則

謹ミ當ニ一一夾呈ス矣。

○奉呈記室嚴公案下　　　　　周南

黃鵠長飛萬里翔　白雲何処訪歸郷高歌二曲西

山暗不ルハ是陽關ニ亦斷腸ヲ

奉次周南詩伯ノ晬韻ヲ　　竜涸

歸意驚見欲決翔　春為伴好還郷多君筆下文

16

稟李公　　　　　　周南

辭富佳句裁成錦繡腸

〇韻且押不得

拜誦高和情義懇到。感謝何勝。謹當奉持而爲己。

日之容顔。讀者小人有父名長伯。守子成号松軒。

以濂洛之學爲辭府。講官令年六十餘矣。老而病。

也雖文旆辱在境上。而靡自致。然以僕獲托徳者。

其心謂猶自待。權欣夷懌。亦猶小人之所爲。敢請

17

大雅ノ韻ニ被ニ兼舞之歌ニ

　　　　復　　　　　　東部

晰ニ教謹テ悉ニ而審尊大人年高德卲猶ホ泥ニ拙官ニ有ツ
無ノ命之歎終ニ古黙ニ矣此ノ行若淹滯一兩ノ日則當以
一ノ詩ヲ奉贅朝日若發行則當於中道ニ付シ呈ニ一ノ詩ニ以
表ニ區々景仰之恍上ヲ毋ノ溝即傳ヲ上ニ之意勤テ囑ヲ於芳洲霞

從此到ニ馬島ノ間ニ為ニ僕題ニ松軒ノ詩一首惟幸冀ニ以

沼兩詞伯是呵〻。

　　復　　　　　　　　周南

重荷盛愛感謝不可以筆而悲矣總祈照察盛什

成則附森松一人二人有信人也決不負尊意

　　稟李公　　　　　　周南

僕嘗讀麗史曰東真人周漢始傳小字文書小字

之學始此所謂小字何耶語會及朝鮮諺文因發

此
問〇

復

東部

高麗之初〇去箕聖已遠〇文教中〇衰而不振〇周漢傳

中國楷字書籍之後人文丕彰〇小字即中國楷字

朝鮮自其三國時〇有漢字久矣〇不待漢
傳李盖不知小字〇遂撰是言鑒問耳〇

復

東部

我國出入之際無官者着道袍〇有官者着紅袍雖

20

有官者、非二公ノ故ニ則着二直領ヲ其ノ製様ハ与二道袍一大同小

異。平居ハ則雖モ在二父兄ノ前ニ着二中赤ヲ俗音莫ク僕ハ之ノ所

著即細縷飛藍ノ中赤莫耳。竜湖卅ヘ和ヲ之譯人二李ヲ所レ服ス之ヲ衣ヲ譯人所レ間問二對ニ州

不レ知。問レ之ヲ李ニ、則接レ筆ヲ書レ示ス。

○夜別周南詞仙ニ留贈ス一律ヲ時ニ壬辰新元廿三

日、夕三日夜 ○次公曰殊肥覩此令人疑 ○應 ○豊雨後 ○所致耶 ○胸 ○李趁顔 ○妄言

東郡

歴落龍頭ノ客清高鶴骨ノ仙前縁應二風世後會更何

年彩翩遙通二海飛鴻一不レ礙レ天要令レ書替レ畫有レ便即

相傳ヲ

○奉レ次二東郭李公惠一示ス韻ヲ　周南

今宵眞可レ惜塵裏見二神仙一誰カ識レ從遊ニ日還成二遠別一

吾詩傳二千載一業人在二一方一天春樹滄溟外雁書行

處傳ス

稟二李公座下一　周南

這箇容秋所憑霞沼而奉呈之稿本淹留有日矣

賜尊和

復周南座下

　　　　　東部

清製令始得見謹當次韻因芳洲傳致慎勿遺
（又要直）

之意勤囑於芳洲是可

復

　　　　周南

芳洲是信人既許金諾

○秦郡李公靜樹　　　芳洲

周南孩年英才而奮淬勵勇男往之志几見于文

詞者覆昂之氣而無萎薾之態以余視之它日

成就窅不可測量者今因佛校節之未幸獲与先

生酬酢於詩酒之間上親炙之頗薫蒸之厚未必無

長格之益今夜幸無裕客旅梱樹安静不吝微夜之

談德其匹惟德梱載而帰如何余従幼好學員筏四

24

方不幸、而不遇明師、憧憧虚度四十五ノ春秋。

雖欲日侍蜂帳以求進益、其奈衰齢已過氣力漸

盡、何我因此愈欲其人之深承提撕切矣、不亦宜

乎。

　　　　稟李公

　　　　　　　周南

上年九月三使相及先生三記室作下。

安德天皇祠次前使臣之詩大音長響亦旬日二而

25

人間爭傳始致紙價之貴僕既謄寫珍藏何大邦

之富詩玄如斯而愈出愈奇幾以加耶因想

兩朝洪祈永久纉之者千秋万歳而弗替焉僕客

秋出開迎客閑曠度日因作吊古詩十首以屬祠

戸比之諸公之作絲庶菅蒯精粗不齊不同目而

觀適有稿本敢瀆電矚不是要高和尚請改定

復　　東新

十首極佳而當從容談獵矣。足下居在是處耶

在它處耶。讀古人書幾何耶

　　復　　　　　　　　　　周南

僕家在本州萩府。距此二百里程僕幼承家學枕

席文籍篋襄郷陋邑既乏好書又無明師欧龍瞞

瞞可甚悃焉。

　因周南奉呈其春府松軒公案下

賢郎詩禮典刑存。想得家庭學業尊。　東部

太守虛襟開講席。宿儒談道有淵源。少時雅望才

超世晚歲幽情病掩門。怊悵班荊違素計。赤闌寒

夜對空尊。

復東郭先生

周南

象翁 一散儒天下可怡老顏之具莫若翰墨況是

為象筆蹟雖桓家之褒羡以加焉携帰以頒明公

之惠〇

周南座下　　　　　東郭

李計窮天延〇至晨支画孔〇抵其詩債可〇笑也

俄者屡枉極庬驚感此又縈臨多荷多荷足下諸

詩正使相覧之極加歡賞欲一接清儀早晩當奉

邀耳〇以下廿五日夜

奉復李公座下

　　　　　　周南

鄙詩俄經三使相之一覽非獨視而不弃且評
拜階下是誠鄙生之大幸事出望外昌勝感戰苟
非先生爲之先容奚得此榮耶第私執拜謁有似
不穩姑待告于官長之後謹當如命耳

○李公座下　　　芳洲

<small>斯君之於次公○蓋三致意矣</small>

使道相公以文章之司命奉啣持龍節赤臨于
万里之遠域其爲尊嚴何如哉而其所破裕而欲

見者在二東都一則有二祇園等數人一而此地又有二周南

雖云其人詞華可レ觀之所レ致然非ノ愛レ才下レ士之風

直與二古人相ノ伴ヒ安能如レ此薈二貴國尚レ文之俗一蔚然

不レ讓二於古一即テ此而自可レ見矣它日以二此心一而居二罷

鈇之地上扶二明主ヲ下一擇二後良一則必使二其舉國之人

勃〻然有中仕進之望其誰ヵ復抱二才鍼一軻而歎乎

盧二耶惟小生以二虫老之年一而居二于風馬不レ浉之地

〇憤悱不レ火

則多士拔茹之盛風不但不能目覩恐亦不能耳

聞矣素何。

○奉呈東郡李公　　　　周南

紅燈徹夜笑譚中相向總忘西與東　○大○雅　亦水雪花飛

似羽誰知此處坐春風

○次周南韻　　　　東郡

清樽留醉寺樓中我�廾西歸子欲東也是波神知

別苦朝、不借一帆風。

○○奉呈東郭　　　　　　周南

思君不見且登山、欲折桂枝塗更艱、紫氣漸從東　○青○蓮○空○同○○

北轉春風先至赤間開

赤澗客夜次周南詞仙韻　　　東郭

不泛滄溟即訪山、此行誰道太辛艱、分明別後并

33

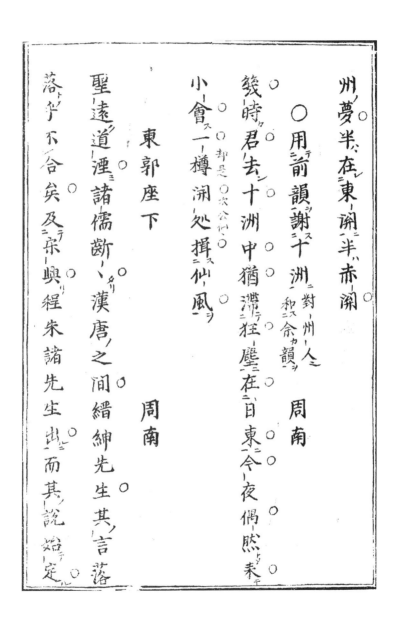

州夢半在東溷半赤溷 ○

○用前韻謝十洲二對州人 和余韻 周南

小會一樽溷処撰仙風 ○都是○太公佗○

幾時君去十洲中猶滯狂塵在目東今夜偶然來

東郭座下　周南

聖遠道湮諸儒斷漢唐之間縉紳先生其言落

落々不合矣及宗興程朱諸先生出而其説始定

於象山陸子以當世豪傑儼然不肯其後學者更

有異說至王陽明陳白沙之徒盖以抵捂貴國之

学箕聖遠矣間令之学則自高麗白僉議顧正氏

而與盆齋稼亭牧隱圓隱三峯諸儒僕聞而知之

學脈之正議論之精觀陽村退溪諸先生之書而

可見焉然學問之道人有識見自匪聖哲不能一

之其間各有得失明者擇而取焉是自学問之方

不可以同異而立藩籬不知今之學者一於程朱
耶或有異向先生視陸王如何

復周南

東郡

漢人去聖不甚遠聞聖人糟粕宜或有慿而能知
者而董江都數三人外未或有彷彿者豈其時君
無道率之化而然耶唐則所尚者唯文章詩律而
已晚而韓文公以超卓之才不無獨得之見而猶

不免無頭之議則其餘即又何說焉宋興群彥輩
出闡明吾道洙泗餘波復通於濂洛程朱之學卓
予無以議為其間若而人之立私見懍聖道者何
足以累尊聖道之治乎我東自素車東秉之後
人文始敞聖道復明歷數千世未嘗熄至我朝尤
有大焉麗朝鄭圃隱諸先生之學日益大明於是
五先生以後若李栗谷先生珥成牛溪先生渾金

沙溪先生長生宋尤菴先生時烈尹明齊先生極
右相嫡傳正先生之統緖以尊王黜霸為本以窮
理正心為要而一語一黙一動一静皆以朱夫子
為繩墨則豈可使邪説悖語或行於其間乎陸王
之学自学其学非吾儒之学則元非儒者所可尊
信者我國五尺之童亦知其去就之分矣眼暗紙
短不能吐胸中之万二惟喚従容一要話耳

復東郭座下　　　　周南

貴國以善柔易教之俗、張仁賢易化之訓、而宿儒
碩師歷、相承和調監梅燮理陰陽、其治之隆其
俗之美雖万里之外可推而知焉而其學語默動
静皆繩墨朱夫子是誠亘然復何訝哉　本國文
教之盛夐超前代政治之體風俗之文雖不比大
國亦自可觀芳洲霞沼或先悉諸何嫉更賛然。

國家設學校教多士亦皆莫不保夫子道有二

仗師別門戶自建學問其言或有不與程朱之

說合者論性以教論仁義以德而以為力所謂性

氣為在氣質之上與夫程朱本性之說相背戾

吳僕頃受讀其書翁然而有悅豈是所以致問先

生然其說未何以一言而悉姑奉先生之吉矣

曰工夫之熱耳

40

周南座下　　　東郭

此邦勝地真箇仙境足下所居亦有園林花卉之

畸賞

〇復　　　　　周南

海外畸人無二足觀者唯山水之奇勝或賞慰客

中之鬱悶僕蓬戸繩樞遶支風雨然於園林花卉

之賞未能忘情數畝芳菲聊答春風意耳

41

鏡湖座下　　　　　周南

肉眼不記神仙ヲ慚愧何言承所奉之詩既達記曹

而有貴恙不便把毫案族它且而賜和奇寒烈於

冬威勉加調和以下廿六日

　復　　　　　鏡湖

僕亦精神昏憒相視而不記可笑病卜篷底不詩

用ヘ奉接何恨何恨貴什謹受而連有幽憂之病

恭ニ即チ仰キ和従襞ニ小間並ニ呈ス是計耳

伏テ呈ス正使道座下　副使病テ而在リ
舟不及ニ接見ニ
　　　　　　　　　　周南

龍節遥ニ臨ム滄海限リ倚リ楼兼テ有リ使千才龍ク知ル箕城奎
星彩遥ニ照テ扶桑万里来ル

・伏テ呈ス従事道座下
　　　　　　　　周南

豊城春色雪紛々、喜ビ見ル楼頭五彩雲欲シテ写サント平生知

43

過感短篇慚愧不成文

　　　　　　　　　　正使

梅開盃

幸爲我賦之出示瓶梅

○謹賦二使相命韻伏呈

　　　　　　周防

赤水橋頭一樹梅却從瓶裡趁春開分明認得...

44

昌邁要ヲ照シ嘉賓ノ夜宴ノ盃ニ

東郭座下
　　　　　周南

二相公以テ大國ノ賢大夫ヲ爵尊德尊雄才震世高文

回瀾聞ク江都多士猶且得見者數三人而已何料

言及卅荅俄借階下之地雖是君子汎愛之餘波

實因先生幹旋之力鏤心銘肝永矢不諼且煩先

生敦為轉謝二相公則區區之意廣乎羙安耳

45

限風下開孌滯汝旬周南平君辛勤見訪以

詩辱贈感已深矣即席詠梅之作尤清警有

味真不易淂之才手也遂次所贈韻以謝之

　　　　　　　　　平泉居士　正使

春日維舟碧海限逢君一笑愛君才清新席上梅

花句直透詩家妙覺末

次謝周南平君

　　　　　　南岡居士　從事

46

春愁興雪共繽紛　回首鄕山隔暮雲旅榻忽驚佳

客至一燈清夜細論文

○赤間關舟上和奉周南詞伯

南作容

○骨硬○氣遒○吾向○道○四子○惟断○人窃○末○差矣○但念○
古雅○是足○冬韻○色催○足与○若○水枕○衡耳○訛習○次○公之○

客船初返長門道揚帆欲過藍岐島藍岐路遠那
可渡万疊風濤雪色皓歸心戀戀病相仍越吟莊
敕○
舄多愁惱周南高士文章伯為余寄詩開懷抱篇

長句麗三過讀倏覺風妖祛頭腦光如初日映珊
瑚韻似輕珠滴碼碯風雲忽晦祝馘宮睡驪驚失
頷下室已喜佳什慰旅情更憐奇才敩天造癡昨
皇華初遇時日本豪士爭顛倒幕府懶非說頑才
賓筵狠屈騷壇老衆燭連床開夜酣揮毫蓉繡
巖藻夫子紅顏最年火玉立高歌向秋昊枝以璚
瑤報木瓜兩情綢繆富紵縞晴遊跌宕興不倦曉

48

色蒼〻、河影影維時仲秋八月晦霜落仙園緫剝

黍今来日月幾多更雪残梅窻春色早招、舟子

人滅〻蓋獨尓須卯塵掃掃重逢此地已驚喜何況

投来長句好君能起我、有思我且為君襟懷討

君今屈賂為三釜我獨逢春悲三寸艸桑滇万里

搓賂蹞朱先躅忘如搏未聘下二句皆宗蹟

　　　　　先君於乙未歳以従事宣

本蓮菴裡想往事　安德祠中泣遺藁風濤阻滞

古今同舊記猶存事可放波神終惜一帆便日夜

虔誠心黙禱分附篤師占風色帰意怱更浩

與君明日君篤別臨岐躑躅慶心悵神交元不限

異域百年金蘭期永保它年隔海思君処遙望扶

桑出日杲

十八日雨芳洲轉送窟閉詩六首十二月次

50

公書致社中二

奉次周南詩伯前秋寄示韻

嚴漢重

海邦多俊士賓館共聯翩煖酒薰爐上題詩靜榻

邊春光曾見日風色仰高天征俊何時已安居覺

汝賢

老湖才此二句

經年浮海舶水宿又風餐文酒皆良覿湖山且大

觀蒼茫窮異境悅惚見仙官畏道艱危遍方知此

俊難
此下二首偁此佳却欠格力佳処即病処

載得如虹筆隨來貫斗樓遠游聊可賦奇勝儘堪

誇
玉洞尋丹竈瑤岑躡紫霞靈區超世外誰道十

洲遐

旅泊憐吾輩過從賴爾曹盃樽逢勝餞詩律淨縈

褱竹色連洪澳梅香動漢皐陽春正難和奈此曲

彌高

却憶前秋會重逢舊約存征人初繋舶詩伴又敲

門下筆詞華富論襟笑語溫可堪相別後何処復

開樽

又以五律奉呈窺冀和答

我愛周南子妙齡巳風成子安滕閣序長吉雁門

行巳喜文華炳真憐骨格清新交添惜別與俗又

龍湖大底不辭轉法

不做語

人情〇

〇〇附縣生答㗬翁書

臈月二書頃者薦臻乃知〇先生塗茨牛門之西

輪奐既告成矣幸獨雖僻也亦猶夫廣晋率為發

者狀其喜何言小人瑤書之庇令在城東之湖上

憾無緣二相送迎耳赤水諸章敢是五斗之俀迺

先生過舉厠之二三子之次弊之先進之中表章

54

過當胡見相許之一至此耶而孝孺之載筆備下

應也不至貽詬韓使者舉

先生之餘

先生之餘不為　先生之所疏則於孝孺足矣雖

狼不悅將所不恤淑艾匪慚增圖未日東辟金僕

姑其為高墉之具父矣自匪巨翺安能承當不知

其能飲羽否孝孺獨異夫韓承中原羶腥之餘冠

帶自係善柔之遺猶爾如在其人慈實敦龐忠厚

相與孝孺於李礥老睦至亏爲孝孺之未娶輒憂繼

嗣森伯陽與南聖重著感詩稿序其言其孝則

之形佯人惻然隕淚不禁焉風教之攸維邪抑水

地邪何爲美也礥又謂孝孺曰聞南方學者喜讀

異書爭以博洽相長礥則不悅博覽雖多其若眩

而聰明何六經專門之業學術文章可蘇是而耦

進矣昔者始墮門也

夫子之言及焉礩何為者而簡要正大有古人之

遺若斯耶趙大年風調爽朗殆似可言者對府預

戒不得筆兵相接有雀同知者為中休離期耳

可惜李美伯紈袴之子衛玠流人孝孺觀人多矣

未見姣好如彼者唯韓俗必紀律余欲為之謂茅

鶤也乃若文辭詩章當就其本土設科未可卞論遠

以西而望之竊謂礎詩比諸往日成洪格調固異

鈞之其力亦能齊鑣已○文逈殊優琬世悉雖夯之

貧轡鞠不劣屈也大氐韓人所作雖調熟穩貼不

比此間之簾率而概有懦色猶尚與其望猿玉之

旒曳兵僻易同且誶得諸旅羸憊之際亦其本

領亡所逃遁然一朝歸咎夫二三人者擯排焉則

夫其所推尊夸張先代之英者亦飲鴫綠水矣

已其謂之何哉所憾

先生有節制之師不及使其一觀望已東韓我飛

將軍也假令假節橫行于北人厥熱可勒惜貳伏

請為孝孺亦一致意它不錄上　右　上復

祖徠老先生　函丈

十月朔

　　　　　救生縣孝孺再拜頓首

問槎畸賞下終

予業已與子帥挍藤東辟縣次
公与韓客贈酬脣詩若文若干
首理為三襄命之曰問槎畸賞
矣既畢顧子帥以言曰蓋聞有
鳥鳴高岡而其聲和以翔鳳飄

揚手沖霄行則歸嬉止則捱扶

其色五采燦爛乎め雲人仰而

知非人間之物者寧得ふ鳳乎

又聞有物躍天池發崑崙之墟

宿於孟諸而能幽能明倏忽變

化氣靈而勢神嘘吸風雷人望

而知非池中之物春寧得不龍

乎今觀君之有味于斯文

英雄一浮一沈賦于不同而

造妙非殊其於筆陣固知無有

敵者也大氐諸作特筆者賀反

好道者文逹此其所以得二者

之中備風人之體也者可得而

言矣次公之詩水月鏡花言外

之象而猶古律音諧有文明之

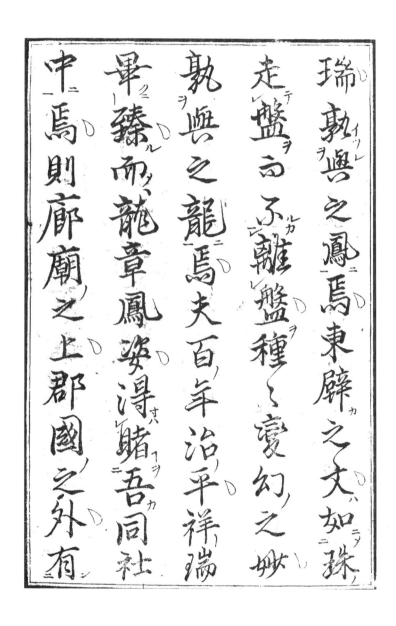

不可得而測者哉獨不佞有鄰

以有同社之舊故沽之乎增色

於二君者忘知有所本焉乎爾

子帥唯之固識簡末

正德壬辰八月望吉有鄰書

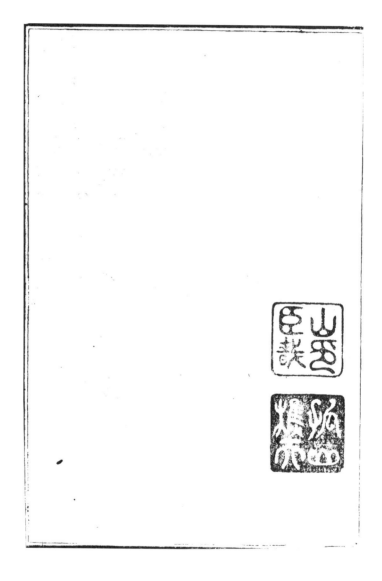

跋問槎畸賞後

雷霆之奮發也則能驚物而
聲竒恬焉拙文乃然竒旦騰捲
逸柔電馳而硯潭忽波墨雲
一遠勢不可當者是蓋文章之

69

奮發者也苐吾黨諸君一轟丈

塲而三韓諸子怯手措弗開焉

才夫響之所彼光之所射山動

虎窟海湧鼓濫巨石裂大木

折而赫奕昿聲咸震百里之外

也怙乎狃弗闇者ハ耳雖然ト

頗能取其下爲者或謂詩家妙

境或謂真實君子狃於雷ハ然リ

者之怙乎狃弗闇爲狃且見テ閃

爍者爲電淋漓者爲雨以真識

電與雷而不可謂非聲歟則聲

者之怗乎獨弗聞焉豈仍謂之

非雷哉然世之內在者一遇雷

竟輒遊諸密室中而竢其不怙

非聲而学聾均之聲耳焉乎

文章ノ奮發シテ正ニ可當者其能

有二如斯者一也而研之慮之今稍

耳根二者此篇而已乎獨謂其能

驚物院如斯則豈止無能藏

物耶吾黨小子蝶二三乎文苑者

如喬等忽聽其研之隱隱者則

似蠶面殼首跂然出窠而破甲

生匊者顧天壤之間斯文流行

亦豈莫有蝡之蠶跂似喬等者

荣康幾乎有以見其甲破成鱗

74

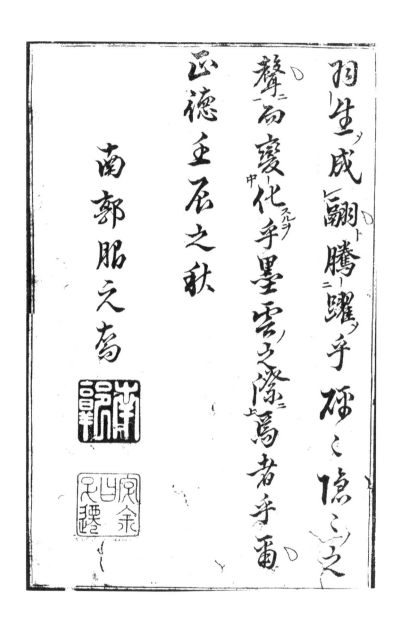

羽生シ成リ翩トシテ騰ニ躍ラ乎硯之陰ニ之

聲一而ニ變化スルヲ乎墨雲之際ニ嶌者乎面

正德壬辰之秋

南部脂元書

조선후기 통신사 필담창화집
번역총서를 간행하면서

　20세기 초까지 한자(漢字)는 동아시아 사회의 공동문자였다. 국경의 벽이 높아서 사신 외에는 국제적인 교류가 불가능했지만, 문자를 통한 교류는 활발했다. 중국에서 간행된 한문 전적이 이천년 동안 계속 한국과 일본을 비롯한 주변 나라에 전파되었으며, 사신의 수행원들은 상대방 나라의 말을 못해도 상대방 문인들에게 한시(漢詩)를 창화(唱和)하여 감정을 전달하거나 필담(筆談)을 하며 의사를 소통했다.

　동아시아 삼국이 얽혀 싸웠던 임진왜란이 7년 만에 끝난 뒤, 조선에 군대를 파견하였던 중국과 일본은 각기 왕조와 정권이 바뀌었다. 중국에는 이민족인 청나라가 건국되고 일본에는 도쿠가와 막부가 세워졌다. 조선과 일본은 강화회담이 결실을 맺어 포로도 쇄환하고 장군이 계승할 때마다 통신사를 파견하여 외교를 회복했지만, 청나라와에도 막부는 끝내 외교를 회복하지 못하고 단절상태가 계속되었다. 일본은 조선을 통해서 대륙문화를 받아들일 수밖에 없었고, 그 방법 중 하나가 바로 통신사를 초청할 때 시인, 화가, 의원 등의 각 분야 전문가를 초청하는 것이었다.

오백 명 규모의 문화사절단 통신사

연암 박지원은 천재시인 이언진(李彥瑱, 1740~1766)이 11차 통신사 수행원으로 일본에 다녀온 지 2년 만에 세상을 뜨자, 이를 애석히 여겨 「우상전」을 지었다. 그 첫머리에 일본이 조선에 다양한 전문가들로 구성된 문화사절단을 파견해 달라고 요청한 사연이 실려 있다.

일본의 관백(關白)이 새로 정권을 잡자, 그는 저축을 늘리고 건물을 수리했으며, 선박을 손질하고 속국의 각 섬들에서 기재(奇才)·검객(劍客)·궤기(詭技)·음교(淫巧)·서화(書畵)·여러 분야의 인물들을 샅샅이 긁어내어, 서울로 모아들여 훈련시키고 계획을 갖추었다. 그런 지 몇 달 뒤에야 우리나라에 사신을 파견해 달라고 요청하였는데, 마치 상국(上國)의 조명(詔命)을 기다리는 것처럼 공손하였다.

그러자 우리 조정에서는 문신 가운데 3품 이하를 골라 뽑아서 삼사(三使)를 갖추어 보냈다. 이들을 수행하는 사람들도 모두 말 잘하고 많이 아는 자들이었다. 천문·지리·산수·점술·의술·관상·무력으로부터 퉁소 잘 부는 사람, 술 잘 마시는 사람, 장기나 바둑 잘 두는 사람, 말을 잘 타거나 활을 잘 쏘는 사람에 이르기까지, 한 가지 기술로 나라 안에서 이름난 사람들은 모두 함께 따라가게 되었다. 그런데 이들 가운데서도 문장과 서화를 가장 중요하게 여기지 않을 수가 없었다. 왜냐하면 그들은 조선 사람의 작품 가운데 한 글자만 얻어도 양식을 싸지 않고 천리 길을 갈 수 있기 때문이었다.

도쿠가와 이에하루(德川家治)가 쇼군을 계승하자 일본 각 분야의 대표적인 인물들을 에도로 불러들여 조선 사절단 맞을 준비를 시킨 뒤, "마치 상국의 조서를 기다리는 것처럼 공손하게" 조선에 통신사를 요

청하였다. 중국과 공식적인 외교가 단절되었으므로, 대륙문화를 받아들이기 위해 조선을 상국같이 모신 것이다. 사무라이 국가 일본에는 과거제도가 없기 때문에 한문학을 직업삼아 평생 파고든 지식인들이 적어서, 일본인들은 조선 문인의 문장과 서화를 보물같이 여겼다.

조선에서도 국위를 선양하기 위해 여러 분야의 문화 전문가들을 선발하여 파견했는데, 『계림창화집(鷄林唱和集)』이 출판된 8차 통신사(1711년) 때에는 500명을 파견했다. 당시 쓰시마에서 에도까지 왕복하는 동안 일본인들이 숙소마다 찾아와 필담을 나누거나 한시를 주고받았는데, 필담집이나 창화집은 곧바로 출판되어 널리 읽혔다. 필담 창화에 참여한 일본 지식인은 대륙의 새로운 지식을 얻었을 뿐만 아니라, 일본 사회에서 전문가로서의 위상도 획득하였다.

8차 통신사 때에 출판된 필담 창화집은 현재 9종이 확인되었으며, 필담 창화에 참여한 일본 문인은 250여 명이나 된다. 이는 7차까지 출판된 필담 창화집을 모두 합한 것보다 훨씬 많은 수인데, 통신사 파견이 100년 가까이 되자 일본에서도 한문학 지식인 계층이 두터워졌음을 알 수 있다. 8차 통신사에 참여한 일행 가운데 2명은 기행문을 남겼는데, 부사 임수간(任守幹)이 기록한 『동사록(東槎錄)』이나 역관 김현문(金顯門)이 기록한 또 하나의 『동사록』이 조선에 돌아와 남에게 보여주기 위해 일방적으로 쓴 글이라면, 필담 창화집은 일본에서 조선과 일본의 지식인들이 마주앉아 함께 기록한 글이다. 그러기에 타인의 눈을 통해 자신의 모습을 객관적으로 볼 수 있다.

16권 16책의 방대한 분량으로 다양한 주제를 정리한
『계림창화집』

에도막부 초기의 일본 지식인은 주로 승려였기에, 당연히 승려들이 통신사를 접대하고, 필담에 참여하였다. 그 다음으로 유자(儒者)들이 있었는데, 로널드 토비는 이들을 조선의 유학자와 비교해 "일본의 유학자는 국가에 이용가치를 인정받은 일종의 전문 지식인에 지나지 않았다"고 규정하였다. 그 가운데 상당수는 의원이었으므로 흔히 유의(儒醫)라고 하는데, 한문으로 된 의서를 읽다보니 유학에도 관심을 가지게 된 것이다. 이노 작스이(稲生若水)가 물고기 한 마리를 가지고 제술관 이현과 서기 홍순연 일행을 찾아가서 필담을 나눈 기록이 『계림창화집』권5에 실려 있다.

> 이 현 : 이 물고기는 우리나라의 송어입니다. 조령의 동남 지방에 많이 있어, 아주 귀하지는 않습니다.
> 홍순연 : 이 물고기는 우리나라의 농어와 매우 닮았습니다. 귀국에도 농어가 있는지 모르겠지만, 이것과 같지 않습니까? 농어가 아니라면 내가 아는 물고기가 아닙니다.
> 남성중 : 이 물고기는 우리나라 송어입니다. 연어와 성질이 같으나 몸집이 작으며, 우리나라 동해에서 납니다. 7~8월 사이에 바다에서 떼를 지어 강으로 올라가는데, 몸이 바위에 갈려 비늘이 다 떨어져 나가 죽기까지 하니 그 성질을 모르겠습니다.

그는 일본산 물고기의 습성을 자세히 설명하고 조선에도 있는지 물었지만, 조선 문인들은 이 방면의 전문가들이 아니어서 이름 정도나

추정했을 뿐이다. 홍순연은 농어라고 엉뚱하게 대답하기까지 하였다. 조선 문인이라면 모든 것을 알 수 있을 것이라고 기대했기에 생긴 결과인데, 아직 의학필담으로 분화되기 이전의 형태다. 이 필담 말미에 이노 작스이는 이런 기록을 덧붙여 마무리했다.

> 『동의보감』을 살펴보니 "송어는 성질이 태평하고 맛이 달며 독이 없다. 맛이 진기하고 살지다. 색은 붉으면서 선명하다. 소나무 마디 같아서 이름이 송어이다. 동북쪽 바다에서 난다"고 하였다. 지금 남성중의 대답에 『동의보감』의 설명을 참고하니, '鮏'은 송어와 같은 것이다. 그러나 '송어'라는 이름은 조선의 방언이지, 중화에서 부르는 이름이 아니다. 『팔민통지(八閩通志)』(줄임) 『해징현지(海澄縣志)』 등의 책에 모두 송어가 실려 있으나, 모습이 이것과 매우 다르다. 다른 종류인데, 이름이 같을 뿐이다.

기록에서 보듯, 이노 작스이는 다수의 의견에 따라 이 물고기를 '송어'라고 추정한 후, 비교적 자세한 남성중의 대답과 『동의보감』의 기록을 비교하여 '송어'로 결론 내렸다. 그런 뒤에 조선의 '송어'가 중국의 송어와 같은 것인지 확인하기 위해 중국의 여러 지방지를 조사한 후, '송어'는 정확한 명칭이 아니라 그저 조선의 방언인 것으로 결론지었다. 양의(良醫) 기두문(奇斗文)에게는 약초를 가지고 가서 필담을 시도하였다.

> 稻生若水 : 이 나뭇잎은 세 개의 뾰족한 끝이 있고 겨울에 시들지 않으며, 봄에 가느다란 꽃이 핍니다. 열매의 크기는 대두만하고, 모여서 둥글게 공처럼 되며, 생길 때는 파랗고, 익으면 자흑색이 됩니다. 나무

에 진액이 있어 엉기면 향이 나고, 색이 붉습니다. 이름은 선인장 나무입니다. (줄임)

　　기두문 : 이것이 진짜 백부자(白附子)입니다.

제술관이나 서기들이 경험에 의존해 대답한 것과 달리, 기두문은 의원이었으므로 자신의 지식을 바탕으로 확실하게 대답하였다. 구지 현박사의 연구에 의하면 이노 작스이는 『서물류찬(庶物類纂)』이라는 박물지를 편찬하기 위해 방대한 자료를 수집·고증하고 있었는데, 문화 선진국 조선의 문인에게 서문을 부탁하여, 제술관 이현이 써 주었다. 1,054권이나 되는 일본 최대의 백과사전에 조선 문인이 서문을 써 주어 권위를 얻게 된 것이다.

출판사 주인이 상업적인 출판을 위해 직접 필담에 참여하다

초기의 필담 창화집은 일본의 시인, 유학자, 의원 등 전문 지식인이 번주(藩主)의 명령이나 자신의 정보용, 명예욕에 따라 필담에 나선 결과물이지만, 『계림창화집』 16권 16책은 출판사 주인이 직접 전국 각 지역에서 발생한 필담 창화 원고들을 수집하여 출판한 것이다. 따라서 필담 창화 인원도 수십 명에 이르며, 많은 자본을 들여서 출판하였다. 막부(幕府)의 어용 서적을 공급하던 게이분칸(奎文館) 주인 세오겐베이(瀨尾源兵衛, 1691~1728)가 21세 청년의 몸으로 교토지역 필담에 참여해 『계림창화집』 권6을 편집하고, 다른 지역의 필담 창화 원고까지 모두 수집해 16권 16책을 출판했을 뿐 아니라, 여기에 빠진 원고들까

지 수집해 『칠가창화집(七家唱和集)』 10권 10책을 출판하였다.

　『칠가창화집』은 『계림창화속집』이라고도 불렸는데, 7차 사행 때의 최대 필담 창화집인 『화한창수집(和韓唱酬集)』 4권 7책의 갑절 규모에 해당한다. 규모가 이러하니 자본 또한 막대하게 소요되어, 고쇼모노도 코로(御書物所)인 이즈모지 이즈미노조(出雲寺 和泉掾) 쇼하쿠도(松栢堂) 와 공동 투자하여 출판하였다. 게이분칸(奎文館)에서는 9차 사행 때에 도 『상한창화훈지집(桑韓唱和塤篪集)』 11권 11책을 출판하여, 세오겐베 이(瀬尾源兵衛)는 29세에 이미 대표적인 출판업자로 자리매김하게 되 었다. 그러나 안타깝게도 38세에 세상을 떠나, 더 이상의 거질 필담 창화집은 간행되지 못했다.

필담창화집 178책을 수집하여 원문을 입력하고 번역한 결과물

　나는 조선시대 한문학 연구가 조선 국경 안의 한문학만이 아니라 국경 너머를 오가며 외국인들과 주고받은 한자 기록물까지 연구해야 한다는 생각으로, 첫 번째 박사논문을 지도하면서 '통신사 필담창화 집'을 과제로 주었다. 구지현 선생은 1763년에 파견된 11차 통신사 구 성원들이 기록한 사행록 9종과 필담창화집 30종을 수집하여 분석했는 데, 박사학위를 받은 뒤에도 필담창화집을 계속 수집하여 2008년 한국 학술진흥재단의 토대연구에 『조선후기 통신사 필담창수집의 수집, 번 역 및 데이터베이스 구축』이라는 과제를 신청하였다. 이 과제를 진행 하면서 우리 팀에서 수집한 필담창화집 178책의 목록과, 우리가 예상

한 작업진도 및 번역 분량은 다음과 같다.

1) 1차년도(2008. 7.~2009. 6.) : 1607년(1차 사행)에서 1711년(8차 사행)까지

연번	필담창화집 책 제목	면 수	1면 당 행수	1행 당 글자 수	예상되는 원문 글자 수
001	朝鮮筆談集	44	8	15	5,280
002	朝鮮三官使酬和	24	23	9	4,968
003	和韓唱酬集首	74	10	14	10,360
004	和韓唱酬集一	152	10	14	21,280
005	和韓唱酬集二	130	10	14	18,200
006	和韓唱酬集三	90	10	14	12,600
007	和韓唱酬集四	53	10	14	7,420
008	和韓唱酬集(결본)				
009	韓使手口錄	94	10	21	19,740
010	朝鮮人筆談幷贈答詩(國圖本)	24	10	19	4,560
011	朝鮮人筆談幷贈答詩(東京都立本)	78	10	18	14,040
012	任處士筆語	55	10	19	10,450
013	水戶公朝鮮人贈答集	65	9	20	11,700
014	西山遺事附朝鮮使書簡	48	9	16	6,912
015	木下順菴稿	59	7	10	4,130
016	鷄林唱和集1	96	9	18	15,552
017	鷄林唱和集2	102	9	18	16,524
018	鷄林唱和集3	128	9	18	20,736
019	鷄林唱和集4	122	9	18	19,764
020	鷄林唱和集5	110	9	18	17,820
021	鷄林唱和集6	115	9	18	18,630
022	鷄林唱和集7	104	9	18	16,848
023	鷄林唱和集8	129	9	18	20,898
024	觀樂筆談	49	9	16	7,056
025	廣陵問槎錄上	72	7	20	10,080
026	廣陵問槎錄下	64	7	19	8,512
027	問槎二種上	84	7	19	11,172

028	問槎二種中	50	7	19	6,650
029	問槎二種下	73	7	19	9,709
030	尾陽倡和錄	50	8	14	5,600
031	槎客通筩集	140	10	17	23,800
032	桑韓醫談	88	9	18	14,256
033	辛卯唱酬詩	26	7	11	2,002
034	辛卯韓客贈答	118	8	16	15,104
035	辛卯和韓唱酬	70	10	20	14,000
036	兩東唱和錄上	56	10	20	11,200
037	兩東唱和錄下	60	10	20	12,000
038	兩東唱和後錄	42	10	20	8,400
039	正德韓槎諭禮	16	10	18	2,880
040	朝鮮客館詩文稿(내용 중복)	0	0	0	0
041	坐間筆語附江關筆談	44	10	20	8,800
042	七家唱和集-班荊集	74	9	18	11,988
043	七家唱和集-正德和韓集	89	9	18	14,418
044	七家唱和集-支機閒談	74	9	18	11,988
045	七家唱和集-朝鮮客館詩文稿	48	9	18	7,776
046	七家唱和集-桑韓唱酬集	20	9	18	3,240
047	七家唱和集-桑韓唱和集	54	9	18	8,748
048	七家唱和集-賓館縞紵集	83	9	18	13,446
049	韓客贈答別集	222	9	19	37,962
예상 총 글자수					589,839
1차년도 예상 번역 매수 (200자원고지)					약 8,900매

2) 2차년도(2009. 7.~2010. 6.) : 1719년(9차 사행)에서 1748년(10차 사행)까지

연번	필담창화집 책 제목	면수	1면 당 행수	1행 당 글자 수	예상되는 원문 글자 수
050	客館璀璨集	50	9	18	8,100
051	蓬島遺珠	54	9	18	8,748
052	三林韓客唱和集	140	9	19	23,940
053	桑韓星槎餘響	47	9	18	7,614

054	桑韓星槎答響	106	9	18	17,172
055	桑韓唱酬集1권	43	9	20	7,740
056	桑韓唱酬集2권	38	9	20	6,840
057	桑韓唱酬集3권	46	9	20	8,280
058	桑韓唱和塤篪集1권	42	10	20	8,400
059	桑韓唱和塤篪集2권	62	10	20	12,400
060	桑韓唱和塤篪集3권	49	10	20	9,800
061	桑韓唱和塤篪集4권	42	10	20	8,400
062	桑韓唱和塤篪集5권	52	10	20	10,400
063	桑韓唱和塤篪集6권	83	10	20	16,600
064	桑韓唱和塤篪集7권	66	10	20	13,200
065	桑韓唱和塤篪集8권	52	10	20	10,400
066	桑韓唱和塤篪集9권	63	10	20	12,600
067	桑韓唱和塤篪集10권	56	10	20	11,200
068	桑韓唱和塤篪集11권	35	10	20	7,000
069	信陽山人韓館倡和稿	40	9	19	6,840
070	兩關唱和集1권	44	9	20	7,920
071	兩關唱和集2권	56	9	20	10,080
072	朝鮮人對詩集1권	160	8	19	24,320
073	朝鮮人對詩集2권	186	8	19	28,272
074	韓客唱和/浪華唱和合章	86	6	12	6,192
075	和韓唱和	100	9	20	18,000
076	來庭集	77	10	20	15,400
077	對麗筆語	34	10	20	6,800
078	鳴海驛唱和	96	7	18	12,096
079	蓬左賓館集	14	10	18	2,520
080	蓬左賓館唱和	10	10	18	1,800
081	桑韓醫問答	84	9	17	12,852
082	桑韓鏘鏗錄1권	40	10	20	8,000
083	桑韓鏘鏗錄2권	43	10	20	8,600
084	桑韓鏘鏗錄3권	36	10	20	7,200
085	桑韓萍梗錄	30	8	17	4,080
086	善隣風雅1권	80	10	20	16,000
087	善隣風雅2권	74	10	20	14,800
088	善隣風雅後篇1권	80	9	20	14,400

089	善隣風雅後篇2권	74	9	20	13,320
090	星軺餘轟	42	9	16	6,048
091	兩東筆語1권	70	9	20	12,600
092	兩東筆語2권	51	9	20	9,180
093	兩東筆語3권	49	9	20	8,820
094	延享五年韓人唱和集1권	10	10	18	1,800
095	延享五年韓人唱和集2권	10	10	18	1,800
096	延享五年韓人唱和集3권	22	10	18	3,960
097	延享韓使唱和	46	8	14	5,152
098	牛窓錄	22	10	21	4,620
099	林家韓館贈答1권	38	10	20	7,600
100	林家韓館贈答2권	32	10	20	6,400
101	長門戊辰問槎상권	50	10	20	10,000
102	長門戊辰問槎중권	51	10	20	10,200
103	長門戊辰問槎하권	20	10	20	4,000
104	丁卯酬和集	50	20	30	30,000
105	朝鮮筆談(元丈)	127	10	18	22,860
106	朝鮮筆談1권(河村春恒)	44	12	20	10,560
107	朝鮮筆談1권(河村春恒)	49	12	20	11,760
108	韓客對話贈答	44	10	16	7,040
109	韓客筆譚	91	8	18	13,104
110	韓人唱和詩	16	14	21	4,704
111	韓人唱和詩集1권	14	7	18	1,764
112	韓人唱和詩集1권	12	7	18	1,512
113	和韓文會	86	9	20	15,480
114	和韓唱和錄1권	68	9	20	12,240
115	和韓唱和錄2권	52	9	20	9,360
116	和韓唱和附錄	80	9	20	14,400
117	和韓筆談薰風編1권	78	9	20	14,040
118	和韓筆談薰風編2권	52	9	20	9,360
119	鴻臚傾蓋集	28	9	20	5,040
예상 총 글자수					723,730
2차년도 예상 번역 매수 (200자원고지)					약 10,850매

3) 3차년도(2010. 7.~ 2011. 6.) : 1763년(11차 사행)에서 1811년(12차 사행)까지

연번	필담창화집 책 제목	면수	1면당 행수	1행당 글자수	예상되는 원문 글자수
120	歌芝照乘	26	10	20	5,200
121	甲申槎客萍水集	210	9	18	34,020
122	甲申接槎錄	56	9	14	7,056
123	甲申韓人唱和歸國1권	72	8	20	11,520
124	甲申韓人唱和歸國2권	47	8	20	7,520
125	客館唱和	58	10	18	10,440
126	鷄壇嚶鳴 간본 부분	62	10	20	12,400
127	鷄壇嚶鳴 필사부분	82	8	16	10,496
128	奇事風聞	12	10	18	2,160
129	南宮先生講餘獨覽	50	9	20	9,000
130	東渡筆談	80	10	20	16,000
131	東槎餘談	104	10	21	21,840
132	東游篇	102	10	20	20,400
133	問槎餘響1권	60	9	20	10,800
134	問槎餘響2권	46	9	20	8,280
135	問佩集	54	9	20	9,720
136	賓館唱和集	42	7	13	3,822
137	三世唱和	23	15	17	5,865
138	桑韓筆語	78	11	22	18,876
139	松菴筆語	50	11	24	13,200
140	殊服同調集	62	10	20	12,400
141	怏怏餘響	136	8	22	23,936
142	兩東鬪語乾	59	10	20	11,800
143	兩東鬪語坤	121	10	20	24,200
144	兩好餘話상권	62	9	22	12,276
145	兩好餘話하권	50	9	22	9,900
146	倭韓醫談(刊本)	96	9	16	13,824
147	倭韓醫談(寫本)	63	12	20	15,120
148	栗齋探勝草1권	48	9	17	7,344
149	栗齋探勝草2권	50	9	17	7,650
150	長門癸甲問槎1권	66	11	22	15,972

151	長門癸甲問槎2권	62	11	22	15,004
152	長門癸甲問槎3권	80	11	22	19,360
153	長門癸甲問槎4권	54	11	22	13,068
154	萍遇錄	68	12	17	13,872
155	品川一燈	41	10	20	8,200
156	表海英華	54	10	20	10,800
157	河梁雅契	38	10	20	7,600
158	和韓醫談	60	10	20	12,000
159	韓客人相筆話	80	10	20	16,000
160	韓館應酬錄	45	10	20	9,000
161	韓館唱和1권	92	8	14	10,304
162	韓館唱和2권	78	8	14	8,736
163	韓館唱和3권	67	8	14	7,504
164	韓館唱和續集1권	180	8	14	20,160
165	韓館唱和續集2권	182	8	14	20,384
166	韓館唱和續集3권	110	8	14	12,320
167	韓館唱和別集	56	8	14	6,272
168	鴻臚摭華	112	10	12	13,440
169	鷄林情盟	63	10	20	12,600
170	對禮餘藻	90	10	20	18,000
171	對禮餘藻(明遠館叢書 57)	123	10	20	24,600
172	對禮餘藻(明遠館叢書 58)	132	10	20	26,400
173	三劉先生詩文	58	10	20	11,600
174	辛未和韓唱酬錄	80	13	19	19,760
175	接鮮瘖語(寫本)1	102	10	20	20,400
176	接鮮瘖語(寫本)2	110	11	21	25,410
177	精里筆談	17	10	20	3,400
178	中興五侯詠	42	9	20	7,560
예상 총 글자수					786,791
3차년도 예상 번역 매수 (200자원고지)					약 11,800매

1차년도에는 하우봉(전북대) 교수와 유경미(일본 나가사키국립대학) 교
수를 공동연구원으로 하여 고운기, 구지현, 김형태, 허은주, 김용흠 박

사가 전임연구원으로 번역에 참여하였다. 3년 동안 기태완, 이지양, 진영미, 김유경, 김정신, 강지희 박사가 연구원으로 교체되어, 결국 35,000매나 되는 번역원고를 마무리하였다.

일본식 한문이 중국식 한문과 달라서 특히 인명이나 지명 번역이 힘들었는데, 번역문에서는 독자들이 읽기 쉽도록 한국식 한자음으로 표기하고, 첫 번째 각주에서만 일본식 한자음을 표기하였다. 원문을 표점 입력하는 방법은 고전번역원에서 채택한 방법을 권장했지만, 번역자마다 한문을 교육받고 번역해온 과정이 다르기 때문에 재량을 인정하였다. 원본 상태를 확인하려는 연구자를 위해 영인본을 뒤에 편집하였는데, 모두 국내외 소장처의 사용 승인을 받았다.

원문과 번역문을 합하여 200자원고지 5만 매 분량의『조선후기 통신사 필담창화집 번역총서』를 12,000면의 이미지와 함께 편집하고 4차에 나누어 10책씩 출판하는 과정이 복잡하고 힘들었기에, 연세대학교 정갑영 총장에게 편집비 지원을 신청하였다.『조선후기 통신사 필담창수집 번역본 30권 편집』정책연구비(2012-1-0332)를 지원해주신 정갑영 총장에게 감사드린다.

『조선후기 통신사 필담창화집 번역총서』를 편집하는 과정에 문화재청으로부터『통신사기록 조사 및 번역, 데이터베이스 구축』연구용역을 발주받게 되어, 필담창화집을 비롯한 통신사 관련 기록을 세계기록유산으로 등재하는 작업에 참여하게 된 것도 기쁜 일이다. 통신사 관련 기록들이 모두 데이터베이스로 구축되어 국내외 학자들이 한일문화교류, 나아가서는 동아시아문화교류 연구에 손쉽게 참여하게 된다면『통신사 필담창화집 번역총서』의 사명을 다하는 것이라고 생각한다.

　조선후기 통신사가 동아시아 문화교류 연구에 중요한 이유는 임진왜란 이후에 중국(청나라)과 일본의 단절된 외교를 통신사가 간접적으로 이어주었기 때문이다. 통신사 필담창화집 번역총서 60권 출판이 마무리되면 조선후기에 한국(조선)과 중국(청나라) 지식인들이 주고받은 척독집 40여 권도 데이터베이스로 구축하여, 일본에서 조선을 거쳐 청나라로 이어지는 '동아시아 문화교류의 길' 데이터베이스를 국내외 학자들에게 제공하고자 한다.

▌기태완(奇泰完)

중앙대학교 문예창작과 졸업.

성균관대학교 국어국문학과 석사·박사 졸업. 문학박사.

홍익대학교 겸임교수와 연세대학교 연구교수 역임.

저서로『황매천시연구』,『곤충이야기』,『한위육조시선』,『당시선』上·下,『천년의 향기-한시산책』,『화정만필』,『송시선』,『요금원시선』,『명시선』등이 있고, 역서로는『거오재집』,『동시화』,『정언묘선』,『고종신축의궤』,『호응린의 역대한시 비평-시수』,『퇴계 매화시첩』,『심양창화록』,『집자묵장필유』8책 등이 있다.

조선후기 통신사 필담창화집 번역총서 12

問槎二種 畸賞

2014년 8월 28일 초판 1쇄 펴냄

역 자 기태완
발행인 김흥국
발행처 도서출판 보고사

등록 1990년 12월 13일 제6-0429호
주소 서울특별시 성북구 보문동7가 11번지 2층
전화 922-5120~1(편집), 922-2246(영업)
팩스 922-6990
메일 kanapub3@naver.com
http://www.bogosabooks.co.kr

ISBN 979-11-5516-287-3 94810
      979-11-5516-055-8 (세트)

ⓒ 기태완, 2014

정가 30,000원
이 도서의 국립중앙도서관 출판예정도서목록(CIP)은 서지정보유통지원시스템 홈페이지
(http://seoji.nl.go.kr)와 국가자료공동목록시스템(http://www.nl.go.kr/kolisnet)
에서 이용하실 수 있습니다. (CIP제어번호:CIP2014024646)